Hye Won World Best

Hye Won World Best

Hye Won World Best

Hye Won World Best 22

Dama s Sobachkoy

개를 데리고 다니는 여인

A. P. 체호프 지음
김임숙 옮김

惠園出版社

파도 소리는 아직 이곳에
얄타도 오레안다도 없었던 옛날에도 들렸을 것이고,
지금도 들리고,
그리고 우리가 죽은 뒤에도
똑같이 무관심하고 둔한 소리로
계속될 것이다.

《개를 데리고 다니는 여인》中에서

차 례

귀여운 여인

　퇴직 팔등관(八等官) 프레 니코프의 딸인 올렌카는 자기 집 정원으로 내려가는 좁은 계단에 앉아 골똘히 생각에 잠겨 있었다. 더운 날이어서 파리가 성가시게 달라붙었으나 이제 곧 선선한 저녁이 온다고 생각하니 기분이 좋았다. 동쪽에서는 검은 구름이 몰려오고 이따금 그쪽 방향에서 습기찬 바람이 불어왔다.

　안뜰의 한복판에는 유원지(遊園地) 티보리의 경영주이자 소유자이며, 역시 그 집의 별채에 세 들어 살고 있는 쿠킨이라는 남자가 허공을 쳐다보고 있었다.

　"또야!"

하고 그는 내뱉듯이 말했다.

　"또 비가 오실 모양인가! 날마다 질척거리지 않고는 못 배기는 모양이군. 마치 일부러 그러는 것 같잖아. 이래서야 목을 매라는 것과 다를 게 뭐람. 이건 파산해 버리라는 거나 마찬가지야! 매일 손해가 이만저만이어야지!"

　그는 두 손을 탁 치더니 올렌카를 바라보며 말을 걸었다.

　"바로 이런 거예요. 올렌카 세묘노브나, 우리가 살아간다는 건 말입

니다. 정말 울고 싶죠! 일한다, 정성을 들인다, 끙끙대며 밤잠도 못 잔
다. 조금이라도 나은 것으로 만들려고 온갖 머리를 다 짜낸다……. 그
런데 사실은 어떤가요? 첫째는 우선 저 구경꾼들인데, 그 사람들은 교
육도 못받은 야만인들이다 이거예요. 이쪽에선 온갖 정성을 다해서
고르고 골라 오페레타니, 몽환극(夢幻劇)이니, 훌륭한 가요곡의 명가
수니 하고 내보내지만, 그것이 과연 그네들이 원하는 것일까요? 그 작
자들한테 그런 것을 보여주면 과연 그것이 무엇인지 알기나 합니까?
그 작자들이 원하는 것은 유랑 극단의 신파(新派)라구요! 그리고 또
이 날씨를 보세요. 밤에는 반드시 비가 오거든요. 5월 10일부터 장마
가 들어서 두 달 동안 줄곧 내리다니, 정말 어처구니 없죠! 구경꾼은
거의 오지 않는데 나는 토지 사용료를 어김없이 바치고 있지 않습니
까? 배우들에게 급료 지불도 하고 있지 않습니까?"

다음날도 저녁 무렵에 비구름이 몰려왔으므로, 쿠킨은 신경질적으
로 웃으면서 지껄였다.

"도대체 어떻게 된 거야? 멋대로 쏟아지라구! 차라리 유원지 전체
를 물바다로 만들어 버리란 말이다! 차라리 나를 나를 물 속에 집어
넣어 버리라지! 현세의 행복 따위가 어떻게 되든 내가 알 게 뭐야!
배우들도 나를 고소하고 싶으면 고소하라구! 제기랄, 재판소가 뭐야.
시베리아로 유형을 보내도 상관없어! 단두대도 상관하지 않겠어! 하
하하!"

그 다음날도 마찬가지였다.

올렌카는 잠자코 진지한 표정으로 쿠킨의 말을 듣고 있었다. 때로
는 그녀의 눈에 눈물이 괴는 적도 있었다. 마침내 그녀는 쿠킨의 불행
으로 해서 그를 사랑하게 되었다. 쿠킨은 키가 작고 바싹 마른 사나이
인데, 누런 암색에 조금밖에 없는 귀밑털을 산뜻하게 쓰다듬어 붙이

고 답답하고 가는 음성으로 말을 하며, 말할 때 입이 비뚤어지는 것이 버릇이었다. 쿠킨의 얼굴은 언제 보아도 절망의 빛을 띠고 있었으나, 역시 그는 그녀의 가슴에 깊은 감동을 불러 일으켰던 것이다.

그녀는 언제나 누군가를 사랑하고 있었으며, 사랑이 없이는 견디지 못하는 여인이었다. 이전에 아버지를 몹시 좋아했으나 지금은 아버지도 병이 들어 어두운 방 안에 팔걸이 의자에 앉은 채 괴로운 나날을 보내고 있었다. 올렌카는 한때 숙모를 좋아한 적도 있었으나, 그녀는 간혹 2년에 한 번 정도로 브크스에서 나오곤 했다. 그보다 훨씬 이전 여학교에 다닐 무렵에 프랑스 어를 담당한 남자 선생님을 몹시 좋아한 적도 있었다.

그녀는 조용하고 성질이 온순하며 정이 깊은 처녀였다. 다정하고 부드러운 눈매를 가지고 있으며 또한 몹시 건강하였다. 그녀의 토실토실한 장밋빛 뺨이나, 까만 점이 하나 있는 목덜미나, 무엇인가 유쾌한 이야기를 들을 때면 곧잘 그녀의 얼굴에 떠오르는 착한 미소 따위를 바라보며 사나이들은 마음 속으로 '아주 만점인데……' 하고 생각하면서 자신들도 덩달아 빙그레 웃었다. 상대가 여자일 경우엔 참을 수가 없어서 이야기 도중에 갑자기 그녀의 손을 잡고 기쁨으로 정신 없이 이렇게 말하지 않을 수 없었다.

"귀여운 아가씨군!"

올렌카의 집은 태어나서부터 줄곧 살아왔고, 아버지의 유언장(遺言狀)에도 그녀의 이름으로 되어 있는 동네 끝에 있는 집시 마을에 있다. 이 집은 티보리 유원지에서 그리 멀지 않았다. 매일밤 초저녁부터 밤늦게까지 유원지 안에서 연주되고 있는 음악 소리와 펑펑 터지는 불꽃놀이의 폭음이 들렸으며, 그것이 그녀에게는 흡사 쿠킨이 자신의 운명과 싸우면서 그가 노리는 소중한 적을, 저 냉담한 구경꾼을 부수려고 돌격을 가하고 있는 것처럼 여겨졌다. 그런 때 그녀의 마음은 달콤하게 저려오는 졸음이 밀려왔다. 이른 새벽녘에 그가 돌아오면 그녀는 자기 침실의 창문을 안쪽에서 조용히 두드리며 커튼 사이로 얼굴과 한쪽 어깨만을 내밀면서 정답게 방긋 웃는 것이었다. 결국, 그가 청혼하여 두 사람은 결혼했다.

그 역시 그녀의 목덜미와 건강하고 부드러운 어깨를 보고 자기도 모르게 손뼉을 치면서 이렇게 중얼거렸다.

"귀여운 여자로군!"

그는 행복한 나날이었으나 공교롭게도 결혼하는 날에 비가 왔고, 밤이 이슥해서도 계속 비가 왔으므로 그의 얼굴에는 내내 실망의 빛이 사라지지 않았다.

결혼한 뒤 두 사람은 즐겁게 살았다. 그녀는 남편의 사무실에 앉아서 유원지 안을 단속하는 데 신경을 쓰거나 장부에 지출을 기입하거나 급료를 주거나 했다. 그녀의 장밋빛 뺨과 사랑스럽고 귀여운, 흡사 후광(後光)과도 같은 미소는 방금 사무실 창구에 보였는가 하면, 다음 순간에는 무대 뒤에 나타났고, 그런가 하면 가설 극장의 식당에 나타나거나 하며 언제나 그 부근을 돌아다녔다.

그리고 그녀는 이젠 낯이 익은 사람들에게 이 세상에서 가장 훌륭한 것, 가장 소중하고 필요한 것이야말로 연극이란 점을 말해 주었다. 그러면서 그녀는 진정한 위안을 얻고, 교양 있고 인정 많은 사람이 되는 길은 연극을 제외한 다른 것에서는 찾을 수 없다고 말하는 것이었다.

"하지만 구경꾼들이 그것을 알 수 있을까요?"

하고 그녀는 연극의 소중함을 구경꾼들이 어떻게 알까 하고 걱정하는 것이었다.

"그 사람들이 원하는 것은 유랑 극단의 신파란 말예요! 어제 우리가 〈개작(改作) 파우스트〉를 올렸더니 자리가 거의 텅텅 비더군요. 하지만 만약에 우리 바니치카하고 둘이서 뭔가 저속한 것을 상연했다면 극장은 밀치락달치락 대만원이었을 것이 틀림없어요. 내일은 바니치카하고 둘이서 〈지옥의 오르페우스〉를 상연하겠어요. 꼭 와 주세요. 네?"

연극이나 배우에 대해 쿠킨이 말한 의견을 그녀도 이렇게 흉내내는 것이었다. 역시 남편과 마찬가지로 그녀도 관람객을 예술에 대해 냉담하다, 무식하다 하면서 업신여기고 있었고, 무대 연습에 참견을 해서 대사(臺詞)를 고쳐 주고 악사들의 품행을 단속하기도 했다. 지방 신문에 자기들의 연극에 대한 혹평이라도 나오는 날이면 그녀는 눈물을 뚝뚝 흘렸으며, 그러다가 결국 신문사에 담판을 지으러 달려가는 것이었다.

배우들은 그녀를 잘 따랐다. '또 하나의 바니치카'라느니 '귀여운 여인'이니 하는 애칭으로 부르고 있었다. 그녀도 그들을 보살펴 주고 성의껏 돈도 꾸어 주는 일도 있었다. 어쩌다가 속는 수가 있어도 그녀는 남몰래 혼자서 울 뿐 남편에게 하소연하는 따위의 일은 하지 않았다.

그해 겨울도 두 사람은 즐겁게 지냈다. 시내의 극장을 한겨울 내내 빌어 우크라이나 인 극단이나 마술사, 지방의 아마추어 극단에게 기한을 짧게 해서 다시 빌려 주는 일도 있었다. 올렌카는 점점 뚱뚱해졌으며 머리끝에서 발끝까지 기쁨의 빛으로 빛나고 있었으나, 한편 쿠킨은 점점 마르고 누렇게 되어 그해 겨울에는 많은 이익을 보았음에도 불구하고 엄청난 손실을 보았다고 투덜거렸다. 그는 밤마다 기침이 심했으므로 그녀는 그에게 나무딸기의 즙이라든가 보리수의 꽃을 이겨서 짠 즙을 먹이거나 오드콜롱으로 문질러 주거나 자기의 폭신한 솔로 감싸주었다.

"당신은 정말 좋은 분이에요!"

그녀는 그의 머리칼을 쓰다듬으면서 진심으로 이렇게 말하는 것이었다.

"당신은 정말 좋은 분이에요!"

대재기(大齋期)에 그는 극단을 모집하려고 모스크바로 떠났다. 남편이 없으면 잠을 잘 수가 없는 그녀는 줄곧 창가에 앉아서 별을 쳐다보고 있었다. 그런 때에 그녀는 자신을 수컷이 없으면 역시 밤새도록 잠 못 이루는 닭장 안의 암컷과 비교해 보는 것이었다.

쿠킨은 시간이 걸려, 부활제 무렵에야 돌아오게 될 것이라고 모스크바에서 편지를 보내왔다. 아울러 티보리 유원지에 관한 여러 가지 부탁도 써 보냈다. 그런데 하루만 지나면 수난주(受難週)의 월요일이 되는 날 밤늦게, 갑자기 문 밖에서 불길한 노크 소리가 났다. 누군가가 대문을 마치 물통이라도 두들기듯 쿵쿵 두드리고 있었던 것이다. 잠이 덜 깬 하녀가 맨발로 물이 괸 곳을 철벅거리면서 대문을 열려고 달려나갔다.

"문 좀 열어 주세요. 대단히 죄송합니다!"

누군가가 문 밖에서 우울하고 낮은 목소리로 말했다.

"전보가 왔어요!"

올렌카는 전에도 남편으로부터 전보를 받은 적이 몇 번 있었지만, 이번에는 웬일인지 소스라쳐 정신이 아찔해졌다. 부들부들 떨리는 손으로 그녀는 전보 봉투를 뜯었다.

'이반 페트로비치 오늘 급서(急逝), 내참 지시 바람, 장례식 화요일.'

이런 식으로 그 전보에는 '장례식'이라든지, 더욱이 알 수 없는 '내 참'이라는 글자가 적혀 있었다. 서명은 오페레타단(團)의 감독 이름으로 되어 있었다.

"아아, 사랑하는 당신!"

올렌카는 그렇게 부르짖으면서 울기 시작했다.

"그립고 사랑하는 나의 당신! 왜 나는 당신을 만났을까요? 왜 당신을 알고 사랑을 했을까요? 당신은 이 가련한 올렌카를, 이 가련하고 불행한 여자를 버렸으니 난 도대체 누구를 의지하라는 것인가요?"

쿠킨의 장례식은 화요일, 모스크바의 바가니코프 묘지에서 거행되었다. 수요일에 집으로 돌아온 올렌카는 자기 방에 들어가자마자 침대 위에 쓰러져 큰 소리로 울음을 터뜨렸다. 그 울음 소리는 거리와 이웃집 마당에까지 들렸다.

"귀여운 여자였는데!"

이웃 여자들은 성호를 그으면서 그렇게 말하는 것이었다.

"아주머니, 귀여운 올렌카 세묘노브나가 저렇게 슬퍼하고 있군요!"

그로부터 석 달이 지난 어느 날, 올렌카는 낮 미사를 마친 후 상복을 입은 모습으로 쓸쓸하게 집으로 돌아가고 있었다. 우연히 그녀와 어깨를 나란히 하여 걷고 있었던 사람은 역시 교회에서 돌아가는 중인 바실리 안드레이치 푸스토바로프라는 이웃집 사나이였다. 그는 바바카예프의 큰 원목(原木) 도매상의 관리를 맡고 있는 사람이었다. 그는 밀짚 모자를 쓰고 흰 조끼에는 금 시계줄을 늘어뜨리고 있어 상인이라기보다 오히려 지주인 듯한 모습이었다.

"어떤 것이든 사물에는 운명이라는 것이 있습니다. 올렌카 세묘노브나."

그는 의젓하게 동정적인 말을 건네는 것이었다.

"그러니까 누군가가 친척이 죽었다 하더라도 그것은 곧 하느님의 뜻이므로, 우리는 마음을 굳게 먹고 순순히 참고 견뎌야만 하는 거죠."

올렌카를 대문까지 바래다 주면서 작별 인사를 한 다음, 그는 되돌아갔다. 그 뒤로 매일매일 그녀의 귓가엔 그의 의젓한 말이 맴돌고, 잠깐 눈을 감아도 금방 그의 새까만 수염이 어른거리게 되었다. 그녀는 그가 몹시 좋아진 것이다. 뿐만 아니라, 아무래도 그녀 역시 상대방의 가슴에 인상을 남겨 주었던 것 같았다. 그 증거로는 그로부터 이삼 일이 지난 후, 평소에 그다지 친하지 않던 어느 한 중년 부인이 커피를 마시러 와서는 식탁에 앉자마자 곧 푸스토바로프의 이야기를 슬그머니 꺼내며 그 사람은 진실하고 좋은 사람이다. 그 사람한테라면 어떤 여자라도 기꺼이 시집갈 것임에 틀림없다 하고 늘어놓았던 것이다.

그로부터 사흘 뒤 이번엔 장본인인 푸스토바로프가 찾아왔다. 그는 아주 잠깐 동안, 10분쯤 머물렀을 뿐 말도 몇 마디 하지 않았지만, 올렌카는 그를 몹시 사랑하게 되었다. 더욱이 그것이 또 보통 연정이 아니어서 그날 밤을 뜬눈으로 지새웠으며, 마치 열병에라도 걸린 것처럼 몸과 마음을 불태워, 날이 새기가 바쁘게 그 중년 부인을 불러오도록 심부름꾼을 보내는 소동을 벌였다. 곧 약혼 예물을 교환하고 마침내 결혼식을 치렀다.

푸스토바로프와 올렌카는 부부가 되어 즐겁게 살았다. 대개 그는 점심때까지는 원목장에 있고 그 후에는 밖으로 일을 보러 나갔다. 그럴 때면 올렌카가 저녁때까지 사무실에 앉아 계산서를 작성하거나 상품을 보내는 것이었다.

"요즈음 목재값이 해마다 2할 정도 뛰어오르고 있어요."

하고 그녀는 고객이나 아는 사람에게 말하는 것이었다.

"우리는 이전엔 이 지방의 재목을 취급하고 있었지만, 요즘은 바니치카가 해마다 재목을 사러 모기료프 현(懸)까지 가야만 해요. 그 운임이 또 굉장하답니다!"

그렇게 말하고 그녀는 소름이 끼친다는 듯이 두 손으로 볼을 감싸쥐는 것이었다.

"아이고, 그 운임!"

그녀는 자기가 벌써 오래 전부터 재목상을 해 온 듯한 기분이 들어, 이 세상에서 가장 소중하고 필요한 것은 재목처럼 여겨졌다. 도리목이라든가 통나무, 얇은 판자, 각목(角木), 윗가지, 대목(臺木), 배판(背板) 등과 같은 낱말들에서 왠지 친근하고 그리운 여운을 느낄 수 있었다. 밤마다 그녀의 꿈에 나타나는 것은 두껍고 얇은 판자의 산더미가 몇 개나 쌓아올려지고, 끝없이 긴 짐마차의 행렬이 목재를 어딘가 멀리 동네 밖으로 싣고 가는 것이라든가, 또 일곱 치 굵기에 길이가 서른 자 가까이나 되는 통나무가 모두 일어나 일개 연대를 이루어 깃발과 북소리도 당당하게 원목장으로 쳐들어 오는 광경, 혹은 통나무와 도리목과 배판이 서로 부딪쳐 뱃속 깊이까지 스며들 듯한 마른 나무 소리를 울리면서 한꺼번에 쓰러졌다가는 일어나고 일어났다가는 쓰러져, 서로 상대방을 발판으로 삼아 겹쳐 쌓여지는 모습도 나타났다. 올렌카가 꿈 속에서 놀라 소리를 지르면 푸스토바로프는 정다운 말을 건네 주는 것이었다.

"올렌카, 당신 왜 그래, 응? 성호를 그어요!"

남편이 생각하는 것, 느끼는 것은 동시에 그녀가 생각하는 것이고 느끼는 것이었다. 그가 이 방은 너무 덥다든가, 장사가 요즘 경기가 없다든가 하고 생각하면 그녀도 역시 그렇게 생각하는 것이었다.

구경 다니는 것을 좋아하지 않는 성격인 남편은 쉬는 날이면 집에서 지냈으므로 그녀도 역시 그렇게 했다.

"참, 아주머니는 늘 집에만 계시고, 그렇지 않으면 사무실에만 계시는군요."

하고 이웃 사람들은 흔히 그렇게 말했다.

"귀여운 아주머니, 가끔 극단이나 곡마단에라도 놀러 가시면 좋을 텐데."

"우리 바니치카와 내게는 구경갈 틈이 없어요."

하고 그녀는 정색을 하며 대답했다.

"우리같이 자기 손으로 벌어먹는 사람한테는 그런 시간 여유가 없답니다. 연극이 뭐 그렇게 좋은 것인가요?"

토요일이 되면 푸스토바로프와 그녀는 반드시 저녁 미사에 참석하고 제일(祭日)에는 아침 미사에 나갔다. 교회에서 돌아올 때면 언제나 사이좋게 어깨를 나란히 하고 감동어린 표정으로 좋은 향기를 풍기면서 걸어갔는데, 그럴 때면 그녀의 비단옷 스치는 기분좋은 소리가 들렸다.

집에 돌아오면 차를 마시고 맛있는 빵과 여러 가지 잼을 먹은 뒤 사이좋게 고기만두에 입맛을 다신다. 매일 점심때가 되면 정원은 물론 문 밖의 거리에까지 야채 수프나 양(羊)과 오리구이 등의 맛있는 냄새가 풍기고, 육식을 금하는 제일이면 생선요리 냄새로 바뀌어 문 앞을 지나는 사람치고 식욕을 느끼지 않는 이가 없었다.

사무실에서는 언제나 사모바르가 김을 내고 있었으며, 고객은 둥근 빵과 차 대접을 받았다.

일 주일에 한 번씩 두 부부는 목욕탕에 갔는데, 돌아오는 길이면 두 사람 다 얼굴이 붉게 상기되어 있었다.

"덕분에 행복한 생활을 하고 있어요."

올렌카는 아는 사람을 만날 때마다 그렇게 말했다.

"고마운 일이죠. 정말 여러분한테도 우리 주인과 나처럼 생활하도록 해드리고 싶어요."

푸스토바로프가 모기료프 현으로 목재를 사들이기 위해 떠나자, 그녀는 몹시 쓸쓸해 하며 며칠이고 잠도 자지 않고 눈물만 흘렸다.

가끔 저녁 무렵에, 연대(聯隊)에 근무하는 수의(獸醫)로 그녀의 집 별채를 빌어 쓰는 스미르닌이라는 젊은 사나이가 놀러 왔다. 그는 이야기를 들려 주거나 트럼프 놀이의 상대가 되어 주곤 해서 그녀의 기분이 전환되었다. 그 중에서도 특히 재미있는 것은 그의 가정 생활의 추억담이었다. 그에게는 아내도 있고 아들도 있었으나, 아내가 바람을 피워 이혼을 했다는 것이었다. 그는 아내를 미워하면서도 매달 아들의 양육비로 40루블리를 보내 주고 있었다. 이러한 이야기를 들으면서 올렌카는 한숨을 쉬고 고개를 저으면서 이 사나이를 마음 속으로 불쌍히 여기는 것이었다.

"그럼 안녕히 주무세요."

그녀는 그를 배웅하러 촛불을 들고 계단까지 나와 말했다.

"고맙습니다. 덕분에 쓸쓸한 기분은 가라앉았어요. 안녕히 주무세요."

그녀는 또 남편의 흉내를 내어 정말 의젓하고 침착하게 말하는 것이었다. 수의의 모습은 벌써 문 밖으로 사라졌는데도 그녀는 다시 한 번 그의 이름을 불러 이런 말을 해 주었다.

"블라디미르 푸스토느이치, 부인하고 화해하시는 것이 좋겠어요. 아드님을 위한 일이라 생각하고 부인을 용서해 드리세요! 아드님도 이젠 철이 들 나이가 되었으니까요."

푸스토바로프가 돌아오자 그녀는 소리를 낮추어 수의사와 그의 불행한 가정 생활에 관한 이야기를 들려 주었다. 두 사람은 함께 한숨을 짓거나 고개를 저으면서 그의 아들은 아마 아버지를 그리워하고 있을 것이라고 말하고, 마침내 일종의 기묘한 상념의 흐름에 이끌려 두 사람은 성상(聖像) 앞에 무릎을 꿇고 땅에 이마를 대고 예배하면서, 하느님 제발 우리에게도 아기를 주십시오 하고 기도하는 것이었다.

이와 같은 식으로 푸스토바로프 부부는 조용히 서로 사랑하고 사랑을 받으면서 원앙새처럼 정답게 6년의 세월을 보냈다. 그런데 어느 겨울날, 바실리 안드레이치는 사무실에서 뜨거운 차를 실컷 마신 다음 모자도 쓰지 않은 채 목재를 내주려고 밖에 나갔다가 감기가 들어 자리에 눕게 되었다. 이름난 의사들의 치료를 받았으나 끝내 병을 이겨내지 못하고 넉 달 후에 죽어 버렸다. 올렌카는 또다시 과부가 된 것이다.

"이렇게 나를 두고 갔으니 도대체 난 누구를 의지하라는 거예요, 여보."

남편을 매장하고 난 다음 그녀는 흐느껴 울었다.

"당신이 돌아가셨으니 이제 앞으로 어떻게 살아 나가면 좋아요. 이 불쌍하고 불행한 나는 말예요! 친절하신 여러분, 나를 불쌍하게 여겨 주세요. 하늘에도 땅에도 친척이라고는 없는 이 여자를 말예요……."

그녀는 줄곧 검은 옷에 상장(喪章)을 달고 다닐 뿐, 모자와 장갑은 일체 사용하지 않기로 했다. 외출도 극히 이따금 교회나 남편의 묘지에 참배하러 가는 것이 고작이었고, 마치 수녀처럼 틀어박혀 지냈다. 그렇게 6개월이나 지나자 그녀는 겨우 상장을 떼고 창의 덧문도 열어 놓게 되었다. 이따금 아침 나절에 가끔 그녀가 식료품을 사려고 하녀를 데리고 시장에 나가는 모습이 눈에 띄었으나, 그녀가 집 안에서 어떤 생각을 하고 있는지, 집안 형편이 어떤지는 짐작으로밖에 알 도리가 없었다. 그 짐작의 발단이 되는 것은, 이를테면 그녀가 정원에서 수의를 상대로 차를 마시거나 그가 그녀에게 신문을 읽어 주는 광경을 누가 본 사람이 있다든가, 또는 우체국에서 만난 안면이 있는 어느 여인에게 그녀가 이런 말을 했다는 따위의 일이었다.

"우리 동네에서는 수의의 가축 검사가 제대로 되어 있지 않기 때문에, 그로 인해서 여러 가지 병이 생기는 거죠. 사람들은 항상 우유에서 병이 생겼다든가, 말이나 소에서 병이 감염되었다든가 그런 얘기만 하고 있죠. 정말 가축의 건강은 사람들의 건강 못지않게 주의하지 않으면 안 돼요."

그녀가 말하는 것은 바로 그 수의와 같은 생각이며, 이제는 매사에 그와 똑같은 의견이었다. 그녀는 이제 누구에게든 열중하지 않고는 1년도 살 수 없는 자신의 새로운 행복을 자기 집 별채에서 찾아냈음이 분명했다. 다른 여자였다면 세상의 비난을 받지 않을 수 없을 이 사건도 올렌카에 관한 일이었기에 누구 한 사람 나쁘게 생각할 마음이 일어나지 않았다. 그녀의 신상에 관한 일은 어떤 것이라도 아주 당연하게 납득될 수 있었던 것이다.

그녀와 수의는 그들 사이에 일어난 변화에 대해서 누구에게도 말하지 않고 비밀에 붙여 두었지만, 이것이 두 사람이 바라는 대로 되지 못한 까닭은 올렌카가 대체로 비밀이라는 것에 어울리지 않는 여자였기 때문이다. 연대의 동료가 손님으로 그를 찾아오면 그녀는 차를 따라 주거나 저녁을 대접하거나 하면서 소나 양의 페스트에 관한 이야기며, 결핵에 관한 이야기며, 그 동네의 도살장에 관한 이야기 등을 거침없이 늘어놓았다. 때문에 수의는 몹시 당황하여 손님이 돌아간 뒤 그녀의 손을 붙들고 화가 치민 듯 언성을 높여 말하는 것이었다.

"자기가 알지 못하는 얘기를 해서는 안 된다고 그렇게 부탁하지 않았소? 우리 수의들끼리 말할 때에는 제발 좀 참견하지 말아요. 쓸데없는 얘기니까 말이오!"

그러면 그녀는 소스라쳐 놀란 눈으로 두려운 듯 그를 쳐다보며 이렇게 묻는 것이었다.

"브로지치카(블라디미르의 애칭), 그럼 나는 어떤 얘기를 하면 좋아요?"

그리고 그녀는 눈물을 글썽거리며 그를 껴안고는 제발 화내지 말아 달라고 부탁한다. 이렇게하여 두 사람은 행복했다. 그러나 이 행복도 잠깐이었다. 수의사가 연대를 따라 가 버렸던 것이다. 그것도 영원히 가 버렸던 것이다. 왜냐 하면, 그 연대가 어딘가 아주 먼 곳으로, 거의 시베리아에 가까운 곳으로 이동했기 때문이었다. 이 때문에 올렌카는 또 홀로 남게 되었다.

이번에야말로 그녀는 정말 혼자가 되었다. 아버지는 벌써 오래 전에 세상을 떠났으며, 생전에 그가 애용하던 팔걸이 의자만이 먼지투성이가 되어 다리 하나가 떨어져 나간 채 다락방에 뒹굴고 있었다. 그녀는 살이 빠지고 얼굴도 초췌한 모습이었다. 거리에서 만나는 사람들도 이젠 예전처럼 그녀를 유심히 보거나 미소를 보내 주지 않았다. 분명히 꽃피는 시절은 지나가서 옛날 이야깃거리가 되어 버렸고, 이제는 뭐가 뭔지 모를 일종의 별다른 생활, 이것저것 생각하지 않는 것이 나을 성싶은 생활이 시작되려는 것이었다.

저녁마다 올렌카는 정원으로 내려가는 계단에 앉아 티보리에서 연주하는 음악과 불꽃 터지는 소리를 들었다. 그러나 그것도 이제는 아무런 감상도 불러일으키지 못했다. 그녀는 흥미없는 눈초리로 텅 비어 있는 자기집 정원을 바라보면서 무엇을 생각하는 것도 아니고, 무엇을 원하는 것도 아닌 그저 멍청한 상태로 있다가, 이윽고 밤이 깊어지면 침실로 들어가 텅빈 정원을 꿈에 보는 것이었다. 먹는 것도 마시는 것도 그녀는 마지못해 하는 듯했다.

그런데 그 중에서도 가장 좋지 못한 것은, 그녀에게는 이제 주견이라는 것이 전혀 없다는 일이었다. 그녀의 눈은 주위에 있는 사물들이 보이기도 하고 주위에서 일어나는 것의 하나하나를 이해할 수도 있었지만, 그러나 어떤 일에 대해서도 자기의 주견을 세울 수가 없고 무슨 이야기를 해야 좋을지 도무지 분간할 수가 없었다. 아무런 주견이 없다는 것은 얼마나 무서운 일일까? 이를테면 병이 하나 서 있거나, 비가 오거나, 또는 농민이 짐마차를 타고 가는 것을 보아도 그 병이라든가 비라든가 농민이 무엇 때문에 있는지, 그것에 무슨 의미가 있는지, 그것을 말하지 못했다. 아마 천 루블리를 주겠다는 말을 들어도 아무 대답을 할 수 없었을 것이다. 쿠킨이나 푸스토바로프와 함께 살았을 무렵이나, 그 뒤 수의사와 함께 있었을 때는 올렌카가 설명할 수 없는 것이란 하나도 없었고, 어떤 문제가 나와도 자기 의견을 말하는 데 부자유를 느낀 일이 없었는데, 이제는 온갖 상념 가운데도, 마음 속에도 흡사 자기 집의 정원과 마찬가지로 공간이 생겨 버렸다. 이루 말할 수 없이 기분나쁜, 입맛이 쓴 느낌은 마치 쑥을 잔뜩 먹고 난 뒤와 같았다.

거리는 차츰 사방으로 뻗어갔다. 집시 마을에도 이제는 거리[街]의 이름이 주어졌고, 그 티보리 유원지와 목재 하치장이 있었던 부근에도 주택이 늘어서서 골목이 가지런히 줄을 이었다.

세월은 빨리도 흘렀다. 올렌카의 집은 그을음에 찌들어 지붕은 녹슬고 헛간은 기울어지고 정원에는 키 큰 잡초와 가시돋친 쐐기풀이 무성했다. 올렌카 자신도 늙어서 볼품이 없어졌다. 여름철이 되면 그

녀는 변함없이 그 계단에 앉았으나, 그녀의 가슴 속은 여전히 텅 비어
있고 따분하여 쓴 쑥의 뒷맛이나 다름없었다. 겨울에는 겨울대로 그
녀는 창가에 앉아 멍청하게 눈을 바라보았다. 봄의 숨소리가 살짝 스
치거나 불어오는 바람결에 교회의 종소리가 전해오거나 하면, 갑자기
과거의 추억이 한꺼번에 밀어닥쳐 감미롭게 가슴이 저려오며 두 눈에
선 하염없이 눈물이 흐르지만, 그것도 순간적인 일로 가슴 속은 텅 비
게 되고 무엇을 보람으로 살고 있는지 정말 알 수가 없게 되었다. 검
은 고양이 브루이스카가 재롱을 부리며 골골하고 부드럽게 목구멍 소
리를 내기도 했지만, 이런 고양이 따위의 아양을 받아 보았댔자 올렌
카는 조금도 달갑지가 않았다. 그녀가 원하는 것이 그런 것이었을까?
아니다. 그녀가 바라는 것은 같은 사랑이라도 자기의 온 몸과 온 넋
을, 있는 대로의 넋과 이성(理性)을 송두리째 꽉 쥐어 주는 사랑, 자기
에게 사상과 생활의 방향을 가리켜 주는 그런 사랑, 노쇠해 가는 자신
의 피를 따스하게 해주는 그런 사랑인 것이다. 그래서 그녀는 옷자락
에 매달린 브루이스카를 뿌리치고 화난 듯이 이렇게 꾸짖는 것이었
다.
　"저쪽으로 가, 저쪽으로. 여긴 아무것도 없어!"
　이리하여 날이 가고 해가 거듭되었다. 아무런 기쁨도 아무런 주견
도 없이 그녀는 하녀 마브라가 말하는 것이라면 그저 무엇이든 좋다
는 식이었다.
　7월의 어느 더운 날, 해질 무렵이었다. 마을의 가축 떼가 거리로 몰
려 정원 가득히 먼지가 들어찰 때였다. 갑자기 누가 대문을 두드렸다.
스스로 문을 열러 나간 올렌카는 힐끔 밖을 내다보고는 소스라쳐 멍
하니 멈춰 서 버렸다. 문밖에 서 있는 사람은 수의사 스미르닌이었다.
이미 머리칼이 희끗희끗했고 옷차림도 평복이었다. 그녀는 금방 모든

추억이 되살아나 그만 참을 수가 없어 울음을 터뜨리며 말도 못하고 사나이의 가슴에 얼굴을 파묻었다. 너무 흥분한 나머지 그 뒤 둘은 어디를 어떻게 해서 집 안으로 들어와 테이블에 마주앉게 되었는지도 모를 지경이었다.

"정말 반가워요!"

그녀는 기쁨으로 부들부들 떨면서 중얼거렸다.

"블라디미르 푸스토느이치! 도대체 어디서 무슨 바람이 불어서 오셨어요?"

"정말은 이곳에 와서 정착하려고 생각했기 때문이오."

라고 그는 말했다.

"군대를 그만두고 이렇게 이 동네로 온 것은, 자유의 몸이 되어 운을 시험해 보고도 싶고, 또 한군데에서 뿌리박은 생활을 해 보려고 마음을 먹었기 때문이오. 게다가 아들도 중학교에 보낼 나이구요. 많이 컸지요. 나는 실은 아내와 화해를 했죠."

"그럼 부인은 지금 어디 계세요?"

하고 올렌카가 물었다.

"아들과 함께 여관에 있소. 그래서 난 이처럼 셋집을 구하러 다니고 있는 중입니다."

"어머, 그러시다면 차라리 우리 집으로 오세요. 이 정도면 얼마든지 살 수 있지 않겠어요? 정말 그게 좋겠군요. 그러신담 난 집세 같은 건 한 푼도 안 받을 거예요."

흥분하기 시작한 올렌카는 또다시 눈물을 흘렸다.

"가족과 함께 여기서 살아 주세요. 나는 저쪽 별채에서 살아도 좋아요. 아아, 난 정말 기뻐요!"

이튿날, 안채의 지붕에 페인트 칠을 하고 벽칠도 새로 했다. 올렌카

는 두 손을 허리에 짚고 정원의 여기저기를 왔다갔다하면서 지휘를
했다. 그녀의 얼굴에는 다시 옛날의 미소가 빛나기 시작했고 생생하
게 활기를 띤 모습은 마치 기나긴 잠에서 깬 사람 같았다. 수의사의
아내도 왔다. 그녀는 바싹 마르고 못생긴데다가 짧은 머리에 고집이
있어 보이는 여자였다. 함께 따라온 사샤라는 어린아이는 나이에 비
해 몸집이 작았으나(그는 이제 열 살이었다.) 토실토실하고 아름다운
파란 눈동자를 가지고 있었으며, 양쪽 볼에 보조개가 있었다. 소년은
정원으로 들어가자마자 곧 고양이를 뒤쫓았다. 그러자 집 안에서 금
방 소년의 쾌활하고 즐거운 소리가 들렸다.

"아줌마, 이거, 아줌마네 고양이예요?"

하고 소년은 올렌카에게 물었다.

"이 고양이가 새끼를 낳으면, 미안하지만 우리 집에도 한 마리 주
세요. 네? 엄마는 쥐를 몹시 싫어하거든요."

올렌카는 소년을 상대로 잠시 이야기를 하면 금방 가슴이 따뜻해지
고 달콤하게 저려 오는 것이 마치 이 소년이 자기가 낳은 아들인 듯
여겨졌다. 그리고 밤이 되어 그가 식당에 앉아서 복습을 하고 있으면
그녀는 감동과 동정이 가득 찬 눈길로 소년을 뚫어지게 바라보면서
이렇게 속삭이는 것이었다.

"정말 귀엽고 잘 생긴 아이로군……. 귀여운 아가, 넌 정말 똑똑하
고, 이렇게도 흰 살결을 가지고 있구나."

"섬이라는 것은."

하고 소년은 커다란 소리로 읽었다.

"뭍의 일부로서, 사면이 바다로 둘러싸여 있는 것을 말한다."

"섬이라는 것은 뭍의 일부로서……."

하고 그녀도 뒤따라 말했는데, 이 말이야말로 그녀가 오랜 세월에 걸

쳐 잠겨 있던 침묵과 생각의 공허를 깨고서 확신을 가지고 말한 최초의 주견이었다.

이리하여 그녀는 자기의 주견이라는 것이 생겼으므로 저녁식사와 같은 때에 사샤의 부모를 상대로 요즘 중학 공부가 상당히 어려워졌지만, 그러나 역시 고전(古典) 교육이 실과(實科) 교육보다 훌륭하다. 왜냐 하면, 중학을 나오면 어느 방면에도 깊이 트여 있어 자기 지망에 따라 의사도 될 수 있고 기사(技師)도 될 수 있기 때문이다 하는 이야기를 늘어 놓는 것이었다.

사샤는 중학교에 다니게 되었다. 그의 어머니는 하르코프에 있는 언니에게로 간 뒤 돌아오지 않았다. 아버지는 매일같이 어딘가로 가축 검역(檢疫)을 하러 떠나 때로는 사흘 동안이나 집을 비우는 일도 있었으므로, 올렌카는 사샤의 부모로부터 버림을 받아 집안에서 쓸데 없는 인간으로 취급받고, 굶주려 죽어가고 있는 것만 같은 생각이 들었다. 그래서 그녀는 소년을 자기가 사는 별채로 데리고 와서 작은 방 하나를 마련해 주었다.

사샤는 그녀가 사는 별채에 살게 된 지도 어느덧 반 년이 되었다. 매일 아침 올렌카가 소년의 방에 들어서면 그는 으레 한쪽 팔에 볼을 얹은 채 숨소리 하나 내지 않고 깊이 잠들어 있다. 그러면 그녀는 깨우는 것이 가엾다는 생각이 든다.

"사센카." 하고 그녀는 슬픈 듯이 말한다.

"일어나거라, 애야! 학교에 갈 시간이야."

소년은 일어나서 옷을 입고 하느님께 기도한 뒤 차를 마시려고 앉는다. 차를 석 잔 마시고 커다란 둥근 비스킷 두 개와 버터를 바른 프랑스 빵 반 조각을 먹는다. 그는 아직도 잠이 덜 깨어 기분이 나쁘다.

"사센카, 너 아직 동화시(童話詩)를 완전히 외지 못했지?"

올렌카는 그렇게 말하며 먼 여행에 보내기라도 하는 듯한 눈길로 소년을 가만히 지켜본다.

"말썽꾸러기로구나. 정말 잘 해야 돼. 공부도 잘 하고 말이야, 선생님 말씀도 잘 들어야 한다."

"괜찮아요! 좀 내버려 두세요 제발!" 하고 사샤는 말한다.

그리고 그는 학교를 향해 집을 나선다. 키가 작은데도 커다란 제모(制帽)를 쓰고 제법 묵직해 보이는 책가방을 둘러메고 있다. 올렌카는 그 뒤를 소리 없이 따라간다.

"잠깐 기다려, 사센카!" 하고 그녀는 불러세운다.

소년이 뒤를 돌아보면 그녀는 그의 손에 대추라든가 캐러멜을 쥐어준다. 학교가 있는 골목길로 접어들면 소년은 자기 뒤에 키가 큰 뚱뚱보 아줌마가 따라오는 것이 부끄러워져 뒤돌아서서 이렇게 말한다.

"아줌마, 집으로 돌아가요. 난 이제 혼자서 갈 수 있으니까요."

그녀는 걸음을 멈추고 눈도 깜박거리지 않은 채 소년의 뒷모습이 교문 안으로 사라져 버릴 때까지 바라보고 있다. 아아, 얼마나 그녀에게는 이 아이가 귀여웠겠는가?

그녀가 지금까지 기억하고 있는 애착 가운데에 이보다 깊은 것은 없었다. 날이 갈수록 가슴 속에 모성(母性)의 애정이 세차게 불타오르는 지금만큼 아무 분별도 없이, 욕심도 이해도 떠나서 마음 속으로부터 자기의 넋을 바칠 생각이 든 적은 이제껏 단 한 번도 없었다. 그녀에게는 전혀 남인 이 소년, 양쪽 볼의 보조개, 커다란 제모, 이런 것들을 위해서라면 자기의 목숨을 내동댕이쳐도 아깝지 않았을 것이다. 뿐만 아니라, 오히려 기쁨에 넘쳐 감동의 눈물을 흘리면서 목숨을 바쳤을 것이다. 무슨 이유로 그럴 수 있는지, 그것을 누가 알겠는가?

사샤를 학교에까지 바래다 준 그녀는 참으로 만족스럽고 여유 있고 흐뭇한, 애정이 넘쳐흐를 듯한 기분에 젖어 천천히 집으로 돌아간다. 그녀의 얼굴 또한 요 반 년 동안에 다시 젊어져서 줄곧 미소를 띠고 있었으며, 그녀의 눈동자 또한 밝게 빛나고 있었다. 거리에서 만나는 사람들은 그녀의 얼굴을 유심히 쳐다보고는 저도 모르게 흐뭇해져서 이런 말을 건넨다.

"안녕하세요. 귀여운 올리가 세묘노브나 아주머니. 기분이 어떠세요?"

"요즘엔 중학 공부도 상당히 어려워졌어요."

하고 그녀는 장터에서도 그런 이야기를 한다.

"정말 보통일이 아녜요. 어제만 해도 1학년 학생에게 동화시를 암기하고 라틴어를 번역하는 일, 그리고 또 한 가지 숙제가 나왔어요. 정말 꼬마들한테 그래도 괜찮을까요?"

그리고 그녀는 선생들에 대한 소문, 수업 이야기, 교과서 이야기와 전부터 사샤로부터 들은 이야기를 늘어놓는다.

2시쯤부터 그들은 함께 점심 식사를 하고, 밤에는 함께 연습을 하거나 웃거나 한다. 이윽고 사샤를 침대에 눕혀 주면서 그녀는 오랫동안 그를 위해 성호를 긋거나 나지막한 소리로 기도문을 외우거나 한다. 그것을 마치면 자기도 침대에 들어가 꿈도 아니고 생시도 아닌 희미한 먼 장래에 관한 일, 즉 사샤가 대학을 나와 의사나 기사가 되어 셋집 아닌 자기의 커다란 저택을 가지고, 자기의 말과 멋진 포장마차를 갖추어 신부(新婦)를 맞이하여 아기를 낳고 하는 공상을 즐겼다. 자면서도 역시 같은 것만을 생각했다. 감은 눈에는 눈물이 흘러나와 양쪽 뺨을 적시고 떨어졌다. 그리고 검은 고양이가 그녀의 겨드랑이에 안겨 자면서 자꾸 목구멍 소리를 내고 있다.

"골…… 골…… 골……"

그런데 갑자기 심하게 대문을 두드리는 소리가 났다. 올렌카는 소스라쳐 잠이 깨어 무서움에 숨을 못 쉴 지경이었다. 심장의 고동이 터질 듯했다. 30초쯤 뒤 또다시 두드리는 소리.

'하르코프에서 전보가 온 모양이군.'

하고 그녀는 온몸을 떨면서 생각했다.

'저 아이의 어머니가 사샤를 하르코프로 불러들이려고 하는 거야……. 아아, 어쩌면 좋지?'

그녀는 정신이 나간 듯한 기분이었다. 머리도 발도 손도 싸늘해지고 자기만큼 불행한 사람은 세상에서 아무도 없을 것 같았다. 그 뒤 1분쯤 지나자 말소리가 들려 왔다. 수의사가 클럽에서 돌아온 것이다.

'아아, 다행이구나.'

하고 그녀는 생각했다.

심장의 고동이 차츰 가라앉으며 다시 안도의 편안한 기분이 되었다. 그녀는 또 누워서 사샤에 대한 생각을 계속했다. 사샤는 옆방에서 쿨쿨 잠들어 이따금 이런 잠꼬대를 하고 있었다.

"……어디, 두고 보자! 저리 안 갈 테야! 그만두지 못하겠어!"

골짜기

1

우클레예보 마을은 골짜기에 있었다. 그래서 한길이나 정거장에서는 종각(鐘閣)과 사라사 염색 공장의 굴뚝만이 보일 뿐이었다. 부근을 지나는 사람이 저곳은 어떤 마을이냐고 물으면, 틀림없이 이런 식의 대답을 듣는다.

"저건 말예요, 장례를 치를 때 교회 머슴이 이크라(연어나 송어를 절인 것)를 죄다 먹어치운 마을이라오."

옛날에 공장 주인인 코스추코프의 추도 미사 때 나이 많은 교회 머슴이 자쿠스카 가운데 알이 큰 이크라가 나와 있는 것을 보고, 옆에 있던 사람이 쿡쿡 찌르고 소매를 끌어 당겼지만 마치 기쁨으로 몸이 굳어져 버린 듯 전혀 눈치채지 못하고 먹는 데에만 정신이 팔려 있었다. 결국 그는 이크라를 모조리 먹어치웠는데, 그 그릇 속에는 자그마치 두 관 가까운 이크라가 있었던 것이다.

그때 이후 이미 몇 년이나 지나 그 교회 머슴도 벌써 오래 전에 죽어버렸으나, 이크라의 이야기만은 누구든지 기억하고 있었다. 이곳 생활이 그만큼 가난했는지, 혹은 사람들이 10년이나 전에 일어났던 이 자그마한 사건 외에는 무엇 하나 기억할 만한 재치가 없었던지, 우클레예보 마을에 대해서는 그 이야기말고는 언급할 것이 아무것도 없었다.

마을에는 아직도 열병이 끊이지 않았으며 여름철에도 땅이 질퍽거렸다. 갯버들의 노목이 늘어져 넓은 그늘이 진 울타리 밑은 특히 심했다. 마을에는 또 언제나 공장의 폐수나 사라사를 염색할 때 사용하는 초산 냄새가 풍기고 있었다.

공장으로는 사라사 염색 공장 셋과 피혁 공장이 하나 있었는데, 마을 한복판이 아닌, 마을에서 약간 벗어난 곳에 있었다. 자그마한 공장들로서 직공이라야 모두 합쳐 4백 명이 될까말까 했다.

피혁 공장이 있기 때문에 냇물에서 흔히 고약한 냄새가 풍기거나 폐수가 풀밭을 더럽혀, 농부의 가축이 탄저열(炭疽熱)에 걸리거나 했을 때 공장의 폐쇄 명령을 받았으나 표면상으로만 폐쇄된 것으로 되었을 뿐, 사실은 공장주로부터 매달 10루블리씩 받아먹고 있는 지서장(支署長)과 군의(郡醫)의 묵인 아래 은밀히 일을 계속하고 있었다.

이 마을에는 지붕에 철판을 깐 석조로 된 훌륭한 집이라곤 두 채밖에 없었다. 한 채는 면사무소 건물이고, 또 한 채는 교회를 마주보고 있는 2층집으로 예피판 태생의 상인 치부킨이라고 부르는 그리고리 페트로프가 살고 있었다.

그리고리는 식료품 가게를 경영하고 있었지만, 그것은 단지 표면상일 뿐 실제로는 보드카와 가축, 피혁, 곡물, 돼지 등 닥치는 대로 무엇이든 취급하고 있었다. 이를테면, 외국 부인의 모자에 꽂는 까치털 주문이 있었을 때는 한 쌍에 30카페이카씩 벌었고, 벌채용으로 삼림을 매점(買占)하거나 비싼 이자를 받고 돈을 꾸어 주거나 하며 대체로 앞을 내다볼 줄 아는 영감이었다.

그에게는 두 아들이 있었다. 장남인 아니심은 경찰 수사과에 근무하고 있어 좀처럼 집에 들어오지 않았다. 둘째 스체판은 장사를 하여 아버지를 돕고 있었으나, 병약한데다 귀가 어두웠으므로 실제적인 도움은 되지 않았다. 스체판의 아내 아크시니야는 아름답고 날씬한 몸매를 가진 여인으로, 휴일이 되면 모자를 쓰고 파라솔을 받치고 외출했으나, 보통 때는 아침 일찍 일어나서 밤늦게 잠자리에 들어가며, 온종일 스커트를 짧게 걷어올리고 열쇠뭉치를 찰깍거리며 헛간과 움과 가게로 뛰어다니고 있었다. 치부킨 노인은 그러한 그녀가 맏며느리가 아니라, 여인의 아름다움에 홀린 귀가 어두운 차남의 아내인 것을 안타깝게 여기는 것이었다.

노인은 평소 가정 생활에 애착을 가지고 있어서 자기의 가정을 이 세상 어떤 것보다도 사랑하고 있었다. 특히 그가 사랑하고 있었던 사람은 수사과에 다니는 장남과 차남의 아내였다. 아크시니야는 귀머거리에게 시집오자마자 드물게 보는 장사 수완을 보여 누구에게 외상을 주어서 좋은가 나쁜가를 이내 분간하고, 열쇠뭉치를 몸에 간수해 두고는 남편에게 건네주지 않았으며, 주판알을 퉁기고 농부들이 하듯 말의 이빨을 검사하기도 하며 언제나 웃거나 명랑한 소리를 지르고 있었다. 그녀의 말과 행동에 대해 노인은 그저 탄복할 뿐으로, 언제나 이렇게 중얼거렸다.

"참, 귀여운 며느리야! 신통한 며느리지……."

노인은 홀아비 생활을 하고 있었으나, 아들이 결혼한 뒤 1년쯤 지났을 때는 더 참을 수가 없어 자기도 후처를 맞았다. 마침 우클레예보 마을에서 30베르스타쯤 떨어진 곳에 바르바라 니콜라예브나라고 하는, 중년이기는 하지만 아름답고 품위 있고 집안도 괜찮은 여인이 있었다. 이 여인이 2층의 한 방에 살게 되자 온 집안의 창문이란 창문은 모조리 새 유리를 끼워 넣은 듯이 환하게 밝아졌다. 테이블은 눈처럼 흰 덮개가 씌워졌으며, 창문이나 마당에는 빨간 싹이 돋은 화초가 모습을 나타내고, 식사 때에는 이전처럼 한 그릇에서 먹지 않고 각자 개인 접시를 사용하게 되었다.

바르바라 니콜라예브나는 언제나 기분좋고 정다운 미소를 띠고 있었으므로 온 집안이 늘 미소짓고 있는 듯했다. 그리고 전에는 한 번도 없었던 일로, 거지와 순례자와 성지 참배에 나선 여인들이 집안을 드나들게 되었다. 또 창문 밑에서 우클레예보 마을 농사꾼 아낙네들의 가련하게 노래하는 듯한 음성이며, 술 때문에 공장에서 쫓겨난 쇠약하고 피로에 지친 농부들의 조심스러운 기침 소리가 들릴 적도 있었다.

바르바라는 잔돈과 빵, 낡은 옷 등을 동냥해 주었는데, 차츰 생활에 익숙해지자 가게에서까지 물건을 들어내게 되었다. 어느 날 귀머거리인 차남이 그녀가 60킬로그램 정도의 차(茶)를 집어 내는 것을 보았다. 그는 당황했다.

"어머님이 차를 60킬로그램이나 가져갔어요."

하고 그는 아버지에게 알렸다.

"어느 장부에 적어 놓을까요?"

노인은 아무 대답도 하지 않고 잠시 동안 눈썹을 꿈틀거리면서 선 채로 생각에 잠겼다. 그리고 그는 2층에 있는 아내에게 갔다.

"여보, 바르시카, 가게 물건 중에서 필요한 것이 있으면."

하고 그는 부드럽게 말했다.

"가져가도 좋소. 사양하지 말고 얼마든지 가져가요."

그러자 그 다음날, 귀머거리 스체판은 앞마당을 종종걸음으로 달리면서 큰 소리로 그녀에게 외쳤다.

"어머니, 필요한 것이 있으면 가져가셔도 좋아요!"

그녀가 자선을 한다는 그 사실에는 등불이나 빨간 초에서 느끼는 것과 같이 뭔가 새롭고 마음 가볍고 들뜬 기분이 있었다. 사흘이나 계속된 수호성자의 첨례일(瞻禮日)에 상자 곁에 서 있기만 해도 참을 수 없을만큼 지독하게 악취를 풍기는 소금에 절인 썩은 고기를 농부들에게 팔아먹거나, 주정꾼들로부터 낫이나 모자나 아내의 스카프를 저당잡히거나, 혹은 싸구려 보드카에 정신 없이 취한 노동자들이 진흙탕 속을 엎치락뒤치락하거나, 그러한 죄업이 쌓이고 쌓여서 안개처럼 공중에 자욱이 끼어 있는 듯이 느껴질 때, 문득 집안에 소금에 절인 고기나 보드카와는 전혀 관계가 없는 조용하고 더러움을 모르는 여인이 있다고 생각하는 것만으로도 왠지 마음이 가벼워지는 것이었다. 그녀의 자선은 이처럼 답답한 안개에 싸인 나날에 있어서는 기계의 안전판(安全瓣)과 같은 작용을 하고 있었다.

치부킨네의 나날은 바쁘게 지나갔다. 아직 태양이 떠오르기도 전에 벌써 아크시니야가 문간방에서 세수를 하며 푸푸 소리를 내고, 부엌에서는 사모바르인가 뭔가가 불길한 예언이라도 하는 듯이 펄펄 끓고 있었다. 그리고 페트로프 영감은 기다랗고 검은 프록코트에 번쩍이는 긴 장화를 신고 사라사 바지를 입고는 매우 깔끔하고 자그마한 모습으로 이 방 저 방 돌아다니며 유명한 민요에 나오는 시아버지처럼 뒤축에서 삐걱거리는 소리를 내고 있었다. 이윽고 가게의 앞문이 열렸다.

주위가 밝아지면 층계 앞에 경주용 사륜 마차가 닿고, 영감은 챙 없는 커다란 모자를 귀까지 눌러쓰면서 성큼 올라탄다. 그의 모습을 보고 누구든 그가 이미 쉰여섯 살이나 되었으리라고는 생각지 않을 것이다. 배웅하러 나온 사람은 아내와 며느리이다. 그리고 영감은 손질이 잘 된 고급 프록코트를 입고 3백 루블이나 하는 커다란 검은 종마(種馬)를 마차에 맬 때, 농부들이 뭔가를 청원이나 애원하려고 다가오는 것을 몹시 싫어했다. 그는 농부들을 증오하고 그들에 대해 혐오감을 느끼고 있었으므로, 어떤 농부가 문 옆에서 기다리고 있는 것을 보면 벌컥 화를 내며 이렇게 외쳤다.

"왜 거기 서 있는 거야? 썩 꺼져 버려!"

혹은 그 사람이 거지라면 이런 식으로 소리쳤다.

"하느님한테서나 얻어 봐!"

그가 볼일이 있어 외출하면 아내는 검은 옷에다 검은 앞치마를 두르고 방을 치우거나 부엌 일을 돕거나 한다. 아크시니야는 가게에 나가 있다. 병과 돈이 짤그랑거리는 소리와, 그녀가 웃거나 외치거나 기분이 상한 손님이 성내는 소리가 안뜰까지 들려 온다. 그런 때에는 가게에서 보드카의 밀매(密賣)가 행해지고 있는 것을 알 수 있다. 한편, 귀가 먼 차남은 가게를 지키거나, 모자도 쓰지 않은 채 두 손을 호주머니 속에 넣고 거리를 서성거리면서 멍청히 농부의 오두막집을 들여다보거나 하늘을 우러러본다. 집에서는 하루에 여섯 번 정도 차를 마시고 네 번쯤 식사를 한다. 밤이 되면 매상고를 계산하여 장부에 기입한 다음 푹 잔다.

우클레예보 마을에서는 사라사 공장과 공장 주인인 프뤼민 형제의 집, 그리고 코스추코프네 집에 전화가 가설되어 있었다. 면사무소에도 전화가 가설되어 있었으나, 전화기 속에 빈대와 바퀴벌레가 살고 있었기 때문에 곧 불통이 되어 버렸다. 면장은 글을 읽고 쓰는 일이 서툴러서 서류를 한 낱말씩 대문자로 썼다. 그리고 전화가 고장나면 이렇게 말하곤 했다.

"글쎄, 이제부터는 전화가 없어서 불편하게 됐어요."

프뤼민네의 형과 동생은 끊일 사이 없이 소송을 일으키고 있었다.

분란이 일어나면 때로는 동생이 재판 문제로까지 끌고가, 그럴 때면 서로 화해할 때까지 한 달이고 두 달이고 공장은 일을 하지 않았으며, 그 싸움의 원인에 대해 여러 가지 이야기와 소문이 자자했으므로 우클레예보 마을의 주민들에게는 좋은 심심풀이가 되었다. 휴일이면 코스추코프와 동생 프뤼민이 장거리 드라이브를 나가 우클레예보 마을을 돌아다니며 송아지를 치어 죽이곤 했다. 아크시니야가 풀이 빳빳한 스커트 자락을 사각거리면서 가게 옆 거리를 걷고 있으면 동생네 집안 사람이 그녀를 붙잡고 강요하다시피 데리고 갔다.

휴일에는 치부킨 영감도 새 마차를 자랑하기 위해 마차를 타고 달렸는데, 바르바라도 함께 태우고 다녔다.

밤이 되어 드라이브를 마치고 잠자리에 들어갈 무렵이 되면 동생 프뤼민네 집안 뜰에서는 값비싼 손풍금 소리가 울려퍼졌다. 달이 밝은 밤일 때에는 그 소리 때문에 가슴이 두근거리고 들뜬 기분이 되어, 우클레예보 마을도 어느덧 움 속 같은 기분이 들지 않게 되었다.

2

장남 아니심이 집에 돌아오는 일은 아주 드물어 큰 축제 때로 한정되어 있었지만, 그 대신 그는 종종 고향 사람에게 부탁하여 선물과 편지를 보내왔다. 편지는 언제나 청원서와 같은 서류 용지에 누군가 다른 사람의 매우 아름다운 필적으로 대신 씌어져 있었는데, 아니심이 말할 때에는 결코 사용하지 않는 표현으로 가득 차 있었다. '친애하는 아버님, 어머님, 두 분의 기호(嗜好)를 만족시켜 드리기 위해 특제인 새 차(茶) 4백 킬로그램을 보내드립니다.' 하는 식으로 되어 있었다.

어느 편지에나 끝이 닳아빠진 펜으로 마구 갈겨 쓴 '아니심 치부

킨'이라는 서명이 있고, 그 말에 다시 훌륭한 필적으로 '대필(代筆)'
이라고 적혀 있었다.

편지는 언제나 몇 번이고 큰 소리로 읽혀졌다. 영감은 감격하여 흥
분한 나머지 얼굴을 상기시키면서 말했다.

"보라구, 그놈은 집에서 사는 것이 싫어서 학문의 길로 들어갔어.
하지만, 그것도 좋지! 제 성격 나름이니까."

사육제 전의 어느 날의 일이다. 우박 섞인 비가 쏟아지기 시작했다.
영감과 바르바라는 바깥을 내다보기 위해 창가로 다가갔다. 문득 바
라보니 아니심이 썰매를 타고 집 안으로 달려들어오고 있었다. 뜻밖
의 일이었다.

그는 불안한 듯이 겁에 질린 표정으로 방으로 들어와서는 줄곧 초
조한 표정을 띠고 있었다. 태도도 왠지 자포자기적인 것 같았다. 여느
때처럼 서둘러 읍에 돌아갈 기색도 없고 마치 직장에서 파면이라도
당한 듯한 느낌이었다. 한편, 바르바라는 그가 집으로 돌아온 것을 기
뻐하고 있었다. 그녀는 무슨 곡절이라도 있는 듯한 시선으로 그의 얼
굴을 쳐다보고는 한숨을 쉬거나 고개를 내젓고 있었다.

"정말 어떻게 된 일인지 모르겠어." 하고 그녀는 말했다.

"원 참, 스물여덟 살이나 되고도 아직까지 혼자서 어정거리다니, 원
참……."

옆방에서 들으면 그녀의 조용하고 평온한 말투는 말끝마다 '원 참'
이라고 하는 것 같았다. 그녀가 영감과 아크시니야에게 뭔가 나직이
말하기 시작하자, 듣는 사람의 얼굴에도 음모자와 같은 의미심장하고
비밀스러운 표정이 떠올랐다.

아니심에게 색시를 갖도록 해 주자는 것이었다.

"원, 참…… 동생은 벌써 오래 전에 색시를 얻었는데."

하고 바르바라는 말했다.

"아니심은 아직도 시장터의 수탉처럼 짝지을 암탉이 없으니 도대체 어떻게 된 건지. 색시만 얻어 버리면 나중 일은 어떻게든 되는 거예요. 직장에 나가고 색시에게 집안일을 도와 달라고 해도 되거든요. 아무렇게나 살아 와서 세상의 습관을 죄다 잊어버리고 있어요. 정말 시내에 사는 사람들은 한심하다니까요."

이제까지 치부킨네 집안이 신부를 맞아들일 때에는 부잣집답게 마을에서 가장 아름다운 색시감을 골라 왔다. 그래서 아니심을 위해서도 역시 아름다운 신부가 물색되었다. 하기야 그 자신은 그다지 풍채가 좋은 편이 못되며, 가냘픈 병자와 같은 체격에 키가 작고 볼은 일부러 부풀게 한 것처럼 퉁퉁했다. 눈은 똑바로 치뜨고 날카로운 시선을 던지고 있으며, 듬성듬성한 빨간 턱수염을 기르고, 생각에 잠길 때면 언제나 그 턱수염을 입 속에 넣어서 짓씹었다. 게다가 그는 술을 많이 마셨는데, 얼굴과 걸음걸이로써 그것을 한눈에 알 수 있었다.

그래도 그를 위해 퍽 아름다운 색시가 발견되었다는 소식을 듣자, 그는 이내 이렇게 말하였다.

"음, 나도 애꾸눈은 아냐. 본디 치부킨 집안의 사람은 확실히 모두 풍채가 좋거든."

읍을 벗어난 곳에 톨르구예보라는 자그마한 마을이 있었다. 이 마을은 최근에 그 절반이 읍에 편입되었지만 나머지 절반은 여전히 마을 그대로였다. 읍에 편입된 마을 쪽에 한 미망인이 자그마한 집에서 살고 있었다. 그 여인에게는 날일을 하러 다니는 아주 가난한 여동생이 한 사람 있었는데, 그 여동생에게 역시 날일을 하러 다니는 리파라는 딸이 있었다. 이 리파가 아름다운 처녀라는 것은 오래 전부터 톨르구예보 마을에서 곧잘 화제에 오르곤 했었지만, 너무도 가난하기 때문에 누구나 주저하고 있었던 것이다.

　마을 사람들은 어느 중년 남자나 홀아비가 가난한 것을 잘 알고도 신부로 맞이하든가, 또는 그냥 그럭저럭 맡아서 보살펴 주든가 하면 딸 덕분에 어머니도 생활이 훨씬 편해질텐데 하고 이야기들을 했다. 바르바라는 늙은 중매쟁이로부터 리파의 이야기를 듣자 곧 톨르구예보 마을로 떠났다.

　이윽고 이모 집에서 형식대로 자쿠스카와 포도주를 차려 놓고 선을 보았다. 리파는 선을 보이기 위해 일부러 새로 만든 장밋빛 옷을 입고 있었다. 머리에는 불꽃 같은 진홍색 리본이 빛나고 있었다. 그녀는 바깥일을 했기 때문에 햇볕에 그을러 있었으나 선이 가늘고 온화한 표정의 여위고 가냘픈 처녀였다. 얼굴에는 언제나 쓸쓸하고 겁먹은 듯한 미소를 띠고, 어린애처럼 사람을 끝까지 믿는 호기심에 가득 찬 눈을 하고 있었다.

　그녀는 어렸다. 젖가슴도 거의 없을 만큼 아직도 어린 소녀였다. 그러나 나이로 말한다면 이제 당당히 결혼할 수가 있는 나이였다. 그녀는 정말 아름다웠다. 다만, 한 가지 마음에 거슬리는 점이 있다면 그것은 손이 남자처럼 크다는 것으로, 그녀의 손은 지금도 두 개의 커다란 장도리처럼 축 처져 있었다.

　"지참금이 없으시다는 얘기지만 말이죠. 우리는 조금도 개의치 않습니다."

하고 영감이 이모에게 말했다.

　"우리 둘째 아들 스체판한테도 역시 가난한 집의 색시를 맞아 주었지만, 지금은 아무리 칭찬해도 못다할 정도지요. 집안일이건 장사일이건 아주 손색없는 팔입니다."

　리파는 문 옆에 서서,

"저를 좋으실 대로 해 주세요. 저는 여러분을 믿고 있어요."

하고 말하고 싶은 표정을 띠고 있었다. 한편 품일을 하고 있는 어머니 플라스코바는 부엌에 숨어서 실신할 만큼 겁에 질려 있었다. 그녀가 아직 젊었을 무렵 어느 상인 집에서 마루를 닦고 있었는데, 그 상인이 홧김에 그녀를 발로 차는 바람에 소스라치게 놀라 기절해 버린 일이 있은 뒤로는 한평생 공포가 가시지 않았다. 무서운 일을 당하면 그녀는 언제나 손발이 와들와들 떨리고, 볼이 경련을 일으켰다.

지금도 그녀는 부엌에 앉아 손님들이 어떤 이야기를 하고 있는지 열심히 귀를 기울이며, 이마에다 손가락을 대고 성상을 우러러보면서 줄곧 성호를 긋고 있었다.

그때 약간 술에 취한 아니심이 부엌으로 통하는 문을 열고 거리낌 없이 이렇게 말을 건넸다.

"왜 그런 데 앉아 계십니까. 소중한 장모님. 장모님이 안 계시면 쓸쓸해요."

그러자 플라스코바는 더욱 겁에 질려, 말라서 쑥 들어간 가슴에다 두 손을 대면서 이렇게 대답했다.

"아니에요. 별 말씀을 다 하십니다…… 황송한 일이에요."

선을 본 뒤 곧 결혼식 날짜가 결정되었다. 그런 후로 아니심은 자기 집에 틀어박혀 늘 집안을 돌아다니며 휘파람을 불거나, 또는 갑자기 무엇인가 생각난 듯 시무룩하게 생각에 잠겨 마치 땅바닥을 꿰뚫어보려는 듯이 날카로운 눈초리로 마루를 노려보거나 했다. 결혼한다, 더구나 이제 곧 클라스나야 고르카(부활절을 마친 최초의 월요일)의 날에 결혼한다는 데도 기쁜 표정이나 약혼녀를 만나 보고 싶어하는 태도는 보이지 않고, 다만 휘파람만 불고 있었다.

분명히 그는 아버지와 계모가 그렇게 하기를 바라기 때문에 결혼하는 것 같았다. 그리고 아들이라면 결혼하여 집안을 돌볼 여자를 얻는 것이 마을의 관습이기 때문이라는 태도였다. 읍으로 돌아갈 때에도 별로 서두르는 기색이 없었으나, 그의 태도는 그 전에 집에 돌아왔을 때와는 전혀 달랐다. 이유는 모르지만 일부러 자포자기적인 행동을 하고 엉뚱한 말을 했다.

3

시칼로바야 마을에 바느질을 하는, 호르이스토브스토보(러시아의 한 교파) 교도인 두 자매가 살고 있었다. 혼례복을 주문받은 것은 이 자매로, 두 사람은 이따금 가봉(假縫)하러 와서는 오랫동안 차를 마시고 갔다. 바르바라는 검은 레이스와 장식용 유리 구슬이 달린 짙은 갈색 옷을 만들게 했고, 아크시니야는 노란색으로 가슴받이를 대고 기다란 치맛자락의 옅은 녹색 옷을 주문했다.

옷이 완성되었을 때 치부킨 영감은 대금을 현금으로 지불하지 않고 가게의 상품으로 지불했다. 두 자매는 필요하지도 않은 장식용 초와 기름에 절인 정어리 보따리를 손에 들고 슬픈 듯이 돌아갔는데, 마을에서 들판으로 벗어나자 언덕에 주저앉아 울음을 터뜨렸다.

아니심은 결혼식 사흘 전에 온통 새 옷으로 단장하고 돌아왔다. 그는 반들반들 윤이 나는 고무 덧신을 신고 넥타이 대신 장식용 구슬이 달린 손으로 짠 빨간 끈을 매고 또한 새로 맞춘 외투를 어깨에 걸치고 있었다.

정중하게 하느님에게 기도를 올린 후 그는 아버지에게 인사하고 1 루블리 은화 열 개와 50카페이카 은화 열 개를 선물하고, 이어 바르바라에게도 똑같은 은화를 선물했다. 아크시니야에게는 25카페이카짜리 은화 스무 개를 주었다. 이 선물의 가장 큰 매력은 그 은화들이 모두 일부러 골라온 아주 새 것들이어서 햇살을 받아 번쩍번쩍 빛나고 있었던 것이었다. 근엄한 듯이 매우 진지한 표정을 지으려 애쓰느라고 아니심은 오히려 얼굴이 굳어져 볼이 툭 붉어져 있었다. 술 냄새도 풍겼다. 아마 기차가 역에 설 때마다 식당으로 뛰어간 모양이었다. 그리고 또다시 터무니없이 자포자기적인 태도가 엿보였다. 이윽고, 아니심과 영감은 차를 마시고 자쿠스카를 들었다. 바르바라는 두 손으로 새 은화를 만지작거리면서 읍내에 사는 마을 사람들의 소식을 이것저것 물었다.

"고맙게도 모두 아무 일 없어요."
하고 아니심이 말했다.

"다만 이반 예골프한테 불행이 있었지요. 할머니 소피아니키포로브나가 세상을 떠났거든요. 폐병으로 말입니다. 추도 미사용 요리는 1인분에 2루블리 반짜리를 요릿집에 주문했지요. 포도주도 나왔었죠. 몇 사람인지 농부들도 있었지만, 물론——이 읍내에 사는 사람들이죠——그 작자들한테도 2루블리 반짜리 요리가 나왔어요. 그 작자들은 젓가락도 대지 않더군요. 어쨌든 농부들이 소스의 맛 따위를 알 리가 없으니까!"

"2루블리 반짜리 요리란 말이지?"
하고 영감이 말하고 고개를 옆으로 저었다.

"그럼요. 거긴 시골이 아니니까요. 무얼 조금 먹으려고 레스토랑에 가서 한 접시, 두 접시 시키고 있는 동안에 동료들이 모여들어 술을 마시지요. 정신을 차려 보면 벌써 날이 새어 오는 거예요. 그렇게 되면 한 사람 앞에 3루블리나 4루블리는 각오해야죠. 사모로도프가 함께 있으면 말입니다. 마지막에 코냑이 든 커피로 입가심을 하는 걸 좋아하는데, 그 코냑이 한 잔에 60카페이카나 하거든요."

"거짓말 마." 하고 영감이 흥분해서 말했다.

"거짓말만 늘어놓는군!"

"저는 요즘 사모로도프와 함께 있지요. 바로 그가 제 편지를 써 주는 그 사모로도프입니다. 굉장히 글을 잘 쓰죠. 그리고 어머님." 하고 아니심은 바르바라를 향해서 즐거운 듯이 말을 이었다.

"그 사모로도프가 어떤 작자라는 걸 말씀드려도 도저히 곧이들으시지 않을 거예요. 우리는 모두 그를 무프탈이라고 부르고 있는데, 그것은 그가 아르미니아 사람처럼 새까맣기 때문이지요. 저는 그 작자의 정체를 꿰뚫어보고 있어요. 그 작자가 무엇을 하고 있는지 다섯손가락처럼 알고 있죠. 어머님, 그 작자도 그것을 느끼고 있어 늘 저한테 달라붙어서 떨어지지를 않아요. 지금은 끊을래야 끊을 수 없는 사이가 되었어요. 그한테는 좀 기분 나쁘겠지만 그래도 저 없이는 살아갈 수 없다니까요. 제가 가는 곳에는 반드시 따라왔어요. 제 눈은 말이죠, 어머님, 틀림없이 빗나가지 않거든요. 이를테면 시장에서 농부가 셔츠를 팔고 있죠──'이봐, 그 셔츠는 장물이야!' 하고 제가 말한다면 그 셔츠는 정말로 장물인 거예요."

"어떻게 알지?" 하고 바르바라는 물었다.

"어떻게라니요? 제 눈은 그런 식으로 되어 있다니까요. 저도 그게 어떤 셔츠인지는 몰라요. 다만 어찌 된 영문인지 그 셔츠에 끌려서 머리에 뭔가 스치는 거예요. 그뿐이라니까요. 우리 수사과에서는 흔히 이렇게 말합니다.

"'야아, 아니심이 또 도요새를 잡으러 갔군!' 이것은 장물을 찾으러 갔다는 의미죠. 그래요……도둑질이라는 것은 아무라도 할 수 있지만, 문제는 어떻게 감추느냐는 것이죠! 땅덩어리는 굉장히 크지만 장물을 감출 장소는 아무 데도 없는 겁니다!"

"지난 주일 이 마을에 사는 군트료프네 집에서 숫양과 암양 두 마리를 도둑맞았는데 말이야."
하고 말하며, 바르바라는 한숨을 쉬었다.

"아무도 찾아내지 못했지……. 원 참……."

"뭐라구요? 제가 찾아내지요. 문제 없어요."

결혼식날이 다가왔다. 몹시 추웠지만 가슴 설레게 맑은 날씨의 4월 초하루였다. 아침 일찍부터 트로이카와 쌍두마차가 말의 멍에와 갈기에 형형색색의 리본을 달고 짤랑짤랑 방울 소리를 울리며 우클레예보 마을을 달리고 있었다. 갯버들가지 위에서는 마차에 놀란 까마귀 떼가 까악까악 울어대고, 찌르레기들이 치부킨네의 결혼을 기뻐하는 듯 끊임없이 요란하게 울고 있었다.

집 안에는 일찍부터 모든 식탁 위에 커다란 생선과 소의 허벅지살과 양념을 다져 넣은 닭고기와 기름에 절인 청어 상자, 소금에 절인 여러 가지 고기, 식초에 절인 갖가지 고기, 많은 보드카와 포도주병 등이 놓여 있었고, 훈제(燻製)한 소시지와 새우젓 냄새가 풍기고 있었다. 그리고 이들 식탁 옆을 치부킨 영감이 나이프와 나이프를 마주 갈면서 발뒤꿈치로 소리내어 왔다갔다하고 있었다. 바르바라는 줄곧 여러 사람들에게 불리어 이것저것 일을 부탁받고 그때마다 난처한 표정으로 숨을 헐떡거리며 부엌으로 달려갔다. 부엌에서는 코스추코프네 요리사와 동생 프뤼민네집의 여자 요리사가 날이 밝기 전부터 일하고 있었다. 머리를 곱슬곱슬하게 지진 아크시니야는 웃옷도 입지 않고 코르셋 바람으로 새로 맞춘 목이 긴 구두를 삐걱거리면서 회오리바람처럼 안뜰을 왔다갔다 뛰어다니고 있었다. 그럴 때마다 그녀의 드러난 무릎과 가슴이 살짝살짝 엿보였다. 온 집안이 소란했다. 꾸짖는 소리와 "아아, 맙소사!" 하고 외치는 소리가 들렸다. 지나가는 사람들이 활짝 열려진 문 옆에 서 있었다. 뭔가 심상찮은 일이 이제라도 일어날 듯한 기색이 그러한 모든 일을 통해서 느껴졌다.

"신부를 맞으러 간대!"

방울 소리가 짤랑짤랑 울리기 시작하더니 멀리 마을 저쪽으로 사라져 갔다. 2시가 지나 마을 사람들이 달려나간 지 한참만에 또다시 짤랑거리는 방울 소리가 들려 왔다. 신부를 데리고 온 것이다. 교회는 사람들로 꽉 들어 차 있고, 가지가 여럿인 촛대에는 불이 환하게 켜지고 치부킨 영감이 요청한 대로 합창대가 악보를 보면서 노래를 불렀다.

리파는 휘황한 등불과 화려한 의상에 눈이 부시고, 합창대의 커다란 소리는 마치 작은 망치로 자기 머리를 탕탕 치는 것같이 느껴졌다. 난생 처음으로 입은 코르셋과 목이 긴 구두가 몸을 죄어든다. 그녀는 마치 방금 실신 상태에서 깨어난 듯한 표정을 하고 있었다. 그리고 눈을 뜨고 있는데도 아무것도 보이지 않았다.

한편, 아니심은 검은 프록코트에 넥타이 대신 손으로 짠 빨간 끈을 매고 가만히 한 군데를 쳐다보면서 생각에 잠겨 있었다. 그리고 합창대가 큰 소리를 낼 때마다 재빨리 성호를 그었다. 그의 가슴은 감격에 가득 차 있었으며 울고 싶은 기분이었다. 이 교회는 어린 시절부터 잘 아는 교회였다. 옛날 돌아가신 어머니에게 안겨 성찬을 받으러 온 적도 있었고 합창대 자리에서 소년들과 함께 성가를 부른 적도 있었다. 어느 모퉁이, 어느 성상(聖像)에도 옛날의 추억이 깃들어 있었다.

지금 결혼식이 거행되고 관습대로 아내를 맞이하는 입장이 되었지만 그는 지금 그것은 생각도 하지 않거니와 결혼식이 거행되고 있는 것조차 아예 잊고 있었다. 눈물이 흘러 성상이 흐려지고 가슴이 메어 왔다. 그는 기도를 올리고 내일이라도 당장 자기에게 닥쳐올 피할 수 없는 불행이, 해가 빛날 때 한 방울의 비도 떨어뜨리지 않고 마을을 피해 지나가는 소나기 구름처럼 어떻게 자기 몸을 빗나가 주기를 하느님께 빌었다. 어쩌면 그렇게도 많은 죄가 과거 속에 쌓여져 있었던가? 피할 수 없고 돌이킬 수도 없는 엄청난 죄 때문에 용서를 바라는 것조차 꺼림칙할 정도였다. 그래서 그는 용서를 빌고 큰 소리로 흐느끼기까지 했다. 그러나 누구 한 사람 그를 주목하는 이는 없었다. 사람들은 그가 술에 취했다고 생각했던 것이다.

갑자기 겁에 질린 듯한 어린아이의 울음소리가 들렸다.

"엄마, 돌아가!"

"조용히!" 하고 신부가 외쳤다.

교회에서 돌아오는 길에는 마을 사람들이 뒤를 따랐다. 가게 앞에도, 대문 주위에도, 저택 안에 있는 창문 밑에도 사람들이 떼지어 있었다. 농부의 아낙네들이 축하의 노래를 부르려고 왔다. 신랑 신부가 문지방을 넘어서자마자 악보를 들고 현관에 서 있던 합창대가 우렁차게 노래를 부르고 일부러 읍내에서 불러온 악대가 연주를 했다. 이내 돈 지방산(産)인 샴페인이 커다란 잔에 담겨 잇따라 날라져 오고 눈이 덮일 만큼 눈썹이 짙은, 키가 크고 여윈 청부업자 엘리자로프 노인이 신랑 신부에게 이런 이야기를 했다.

"아니심과는 서로 의좋게 하느님의 뜻대로 살아야 해. 그렇게 하면 성모 마리아가 너희들을 지켜 주실 거야."

그리고 그는 치부킨 영감의 어깨에 매달려 흐느꼈다.

"여보게, 그리고리 페트로프 실컷 우세그려. 기쁨의 눈물을 흘리자구."

나직한 소리로 이렇게 말하자 그는 갑자기 껄껄 웃어대더니 쩌렁쩌렁한 음성으로 말을 이었다.

"하하하! 이번 색시도 훌륭하군! 모든 것이 있어야 할 곳에 제대로 자리 잡고 미끄럽게 움직여서 덜컥덜컥 하지 않고 기계 상태도 좋고 나사도 충분히 있지."

그는 예골리예프스키 군(郡) 태생이었는데, 젊었을 때부터 죽 우클레예보 마을의 공장과 이 군 내에서 일해와 그대로 이곳에 정착해 버렸다. 오래 전부터 홀쭉하고 키가 크며 뼈와 가죽만이 남아 있는 영감으로 알려져 누가 먼저 말했는지는 모르나 '목발'이라고 부르고 있었다. 아마 40년 이상 여러 공장에서 수리 전문으로 살아 왔기 때문일 것이다.

그는 오로지 튼튼한 점, 다시 말해 수리가 필요한가 어떤가라는 면에서 인물이나 물품을 감정했다. 테이블 앞에 앉기 전에 그는 몇 개의 의자가 튼튼한가 어떤가를 시험해 보고, 이어 연어 요리에도 잠시 손가락을 대보았다.

샴페인으로 건배를 한 후에 모두들 식탁 앞에 앉기 시작했다. 손님들은 의자를 움직이면서 서로 이야기를 나누고 있었다. 현관에서는 합창대가 노래를 부르고 음악이 연주되고, 한편 안뜰에서는 농부의 아낙네들이 소리를 맞추어 축하의 노래를 부르고 있었다. 머리가 아찔할만큼 굉장하게 거친 소리의 뒤범벅이었다. 목발은 의자 위에서 몸을 빙글빙글 돌리며 옆사람을 팔꿈치로 쿡쿡 찌르기도 하고 남의 이야기를 방해하기도 하고 또 울다가 웃다가 했다.

"아가야, 아가야……."
하고 그는 빠른 소리로 중얼거렸다.

"아크시니야 씨, 바르바라 씨, 우리 서로 의좋고 조용하게 살아갑시다. 내 귀여운 토끼들……."

그는 평소 술을 그다지 많이 마시지 않았으므로 겨우 한 잔의 영국산 보드카를 마시고는 취해 버렸다. 무엇으로 만들었는지 분명치 않은 보드카 때문에 그것을 마신 사람들은 모두 얻어맞은 것처럼 비틀거렸고, 혀가 굳어졌다.

피로연의 자리에는 교회 신부와 아내를 동반한 공장 감독들과 그 밖에도 마을 상인과 선술집 주인들이 참석하고 있었다. 면장과 면사무소의 서기도 나란히 앉아 있었는데, 그 두 사람은 벌써 14년이나 함께 근무를 하고 있었지만 그 동안 한 장의 서류에도 서명한 일이 없었을 뿐 아니라 마을 사람 누구도 속이거나 모욕을 주지 않고 면사무소에서 돌려 보낸 적이 없는 작자들이었다. 두 사람 다 디룩디룩 살이 찌고 기름이 번지르르한 사나이들로, 낯가죽이 사기꾼처럼 유난히 두꺼워져 버린 것 같았다. 서기의 아내는 말라빠진 사팔뜨기였는데 아이들을 모두 데리고 왔을 뿐 아니라 매처럼 옆눈으로 접시를 노려보고는 닥치는 대로 집어다 자기와 아이들의 호주머니 속에 슬쩍슬쩍 넣고 있었다.

리파는 교회에 있을 때와 똑같은 표정을 띤 채 딱딱하게 굳어져 앉아 있었다. 아니심은 그녀를 알고 나서 아직 한 마디도 말을 나눈 적이 없었으므로 리파의 목소리가 어떤지도 모르고 있었다. 지금도 나란히 앉아 있으면서 그는 묵묵히 영국산 보드카만 들이킬 뿐 취기가 돌자 문득 맞은 편에 앉아 있는 이모에게 이렇게 말을 건넸다.

"저한테는 말이죠. 사모로도프라는 친구가 있어요. 색다른 사나이지요. 명예 시민(名譽市民)의 자격이 있는데 좌담의 명인이에요. 하기야 이모님, 저는 그 작자의 정체를 꿰뚫어보고 있죠. 그 작자도 그것을 느끼고 있어요. 이런 이모님과 사모로도프를 위해 건배를 올립시다."

바르바라는 지쳐서 어찌할 바를 모르며 손님들에게 요리를 권하느라 식탁 주위를 왔다갔다하고 있었다. 그녀는 이렇게 많은 요리가 호화롭게 나왔으니, 이런 정도라면 누구도 불평을 하지 않을 것이라고 충분히 만족하고 있을 것이라고 생각했다. 해가 져도 연회는 계속되었다. 이제 무엇을 먹고 무엇을 마시고 있는지 전혀 알 수가 없었다. 무엇을 이야기하고 있는지도 알아들을 수가 없었다. 다만, 가끔 음악이 중단될 때면 안뜰 쪽에서 어느 농부의 아낙네가 이렇게 외치고 있는 것이 뚜렷이 들려 왔다.

"지독하게 사람들의 피를 빨아먹은 악당들. 그러고도 편안하게 살이 찌는군!"

밤이 되자 음악에 맞추어 춤이 시작되었다. 동생 프뤼민네에서 술을 가져와, 카트리유가 시작되었을 때 그 중의 한 사람이 술병을 두 손에 한 개씩 들고 잔을 입에 물었으므로 모두들 와자지껄하게 웃었다. 카트리유를 추는 도중에 갑자기 몸을 구부리는 춤이 시작되고 녹색 옷을 입은 아크시니야가 너풀너풀 뛰어다니자 그녀의 길게 끌린 치맛자락에서 바람이 일었다. 누군가가 치맛자락을 밟았다. 그러자 목발이 재빨리 외쳤다.

"여어, 허리가 풀어졌어! 얘들아!"

아크시니야는 귀여운 회색 눈을 거의 깜박이지 않고 뜨고 있었는데, 얼굴에는 줄곧 순진한 미소를 띠고 있었다. 한 번 깜박이지도 않은 이 눈에도, 기다란 목 위에 얹혀 있는 자그마한 머리에도, 그녀의 날씬한 가는 몸매에도 뭔가 뱀과 같은 느낌이 있었다. 노란 가슴받이가 달린 녹색 옷을 입고 미소를 띠며 그녀가 주위를 살펴보는 모습은, 봄날 어린 라이보리 사이에서 몸을 뻗어 대가리를 치켜들고 길 가는 사람을 노려보는 살무사를 꼭 닮아 있었다. 프뤼민 집안 사람들은 그녀에게 매우 친근한 태도를 취했는데 그녀가 그 형되는 사나이와 전부터 보통 사이가 아니라는 것을 뚜렷이 알 수 있었다. 그러나 귀가 먼 남편은 아무것도 모르고 아내 쪽을 쳐다보려고도 하지 않았다. 다만 다리를 포개고 의자에 앉아 호두를 집어 권총이라도 쏘듯이 요란하게 소리를 내면서 깨물고 있었다.

이윽고 치부킨 영감까지도 춤을 추고 싶다고 신호를 하면서 손수건을 활짝 펴들었다. 그러자 집 안에서는 물론 안뜰에 있던 사람들 사이에서도 찬성의 환성이 일어났다.

"몸소 추시겠다는 거야! 몸소!"

하기야 춤을 춘 사람은 바르바라이고 영감은 다만 손수건을 흔들면서 제자리걸음을 하였을 뿐이었다. 그래도 안뜰에 모여 있는 사람들은 서로 상대방의 어깨를 짚고 창문 안을 들여다보면서 정신 없이 기뻐하며 이 순간만은 영감의 모든 것을, 그가 부자라는 것도, 지독한 짓을 하는 것도 용서할 마음이 들었다.

"훌륭해, 그리고리 페트로프!"

하는 소리가 군중 속에서 튀어나왔다.

"잘한다! 잘해! 그 정도면 아직도 얼마든지 벌 수 있지, 하하!"

피로연이 끝난 것은 밤이 이슥한 새벽 1시가 넘어서였다. 아니심은 비틀거리면서 돌아가며 합창대와 악대에게 작별 인사를 하고 한 사람 한 사람에게 50카페이카짜리 새 은화를 한 개씩 주었다. 영감은 비틀거리지는 않았지만 한 발로 걷는 시늉을 하면서 손님들을 배웅하러 나와 한 사람 한 사람에게 이렇게 말했다.

"이 결혼에는 2천 루블리나 들었단 말이야."

사람들이 흩어지는 혼잡한 틈을 타서 시카로프스코에 마을 선술집 주인의 고급 작업복이 누구의 것인지 낡은 작업복과 바뀌어졌다.

그러자 아니심은 갑자기 화를 내며 큰 소리로 말했다.

"기다려! 내가 곧 찾아 내겠어! 나는 누가 훔쳤는지 알고 있단 말이야! 기다려!"

그는 거리로 달려나가서 어떤 사람을 뒤쫓아 추격했다. 이윽고, 그 사나이가 팔을 붙들린 채 집으로 끌려왔다. 술과 분노로 얼굴이 벌개지고 땀이 흠뻑 난 사나이는 이모가 급히 리파에게 옷을 갈아입히고 있는 방으로 밀려들어가자, 열쇠가 찰칵 채워졌다.

4

닷새가 지났다. 아니심은 출발 준비를 마치고, 작별 인사를 하러 2층에 있는 바르바라의 방으로 올라갔다. 방 안에는 모든 등불마다 불이 켜지고 향수 냄새가 풍기고 있었다. 바르바라는 창가에 앉아 빨간 털실로 양말을 짜고 있었다.

"함께 지낸 지 얼마 되지 않았는데." 하고 그녀는 말했다.

"아마 지루해진 모양이지? 원 참……. 그야 우리 집 살림은 괜찮지. 뭐든 넉넉히 있겠다. 자네 결혼식도 관습대로 깔끔하게 올릴 수가 있었거든. 아버지 말씀으로 2천 루블리나 들었다는 거야. 요컨대, 상인다운 훌륭한 생활을 하고 있는 셈이지만, 그러나 아무래도 쓸쓸하단 말이야. 마을 사람들한테 그야말로 지독한 짓을 하고 있거든. 가슴이 아프다니까. 어쩌면 그렇게 지독한 짓을 하고 있는 걸까. 정말 말을 바꿀 때나 물건을 사거나 고용인을 채용할 때에도 언제나 속이고 있거든. 속인 데에다 또 속이고 있단 말이야. 우리 가게에서 파는 정진유(精進油) 따위는 맛이 쓰고 고약한 냄새가 나고 말이지. 그것보다는 오히려 타르가 나은 편이니까. 정말이지, 왜 좋은 기름을 팔 수 없는지 모르겠어."

"사람에게는 각각 제 나름의 방법이 있거든요, 어머니."

"하지만, 결국 사람은 죽는 것이 아닌가? 정말이지, 자네가 한 번 아버지한테 말씀드려 보면 좋겠는데……"

"어머님이 직접 말씀드리면 되잖아요?"

"그야 물론 나도 여쭈어 보겠어. 하지만, 아버지는 자네와 마찬가지로 사람에게는 제각기의 방법이 있다는 것만 주장하시거든. 저 세상에 가면 누가 어떤 방법을 썼는지 틀림없이 취조가 있을 거야. 하느님의 심판은 올바르시니까 말이야."

"그러나 아무도 조사는 하지 않아요."

아니심은 말하고 한숨을 쉬었다.

"왜냐 하면 하느님이라는 것은 없으니까요. 어머니 조사를 하다니요!"

바르바라는 소스라쳐 놀라며 그를 쳐다보고 저도 모르게 웃음을 터뜨리면서 손뼉을 쳤다. 아니심은, 계모가 진정으로 놀라면서 무슨 괴짜 이야기나 들은 듯이 자기 얼굴을 가만히 들여다보았으므로 당황했다.

"하느님은 아마 계실 거예요. 다만 신앙이 없을 뿐이죠."

하고 그는 말했다.

"결혼식이 거행되고 있을 때, 저는 이상한 기분이 들었어요. 흔히 암탉이 품고 있는 달걀을 집어 보면 달걀 속에서 병아리가 삐악삐악 울고 있을 때가 있지 않아요. 마치 그런 식으로 제 마음 속에는 갑자기 양심이 속삭이기 시작하여 결혼식이 거행되고 있는 동안 저는 줄곧 하느님은 계시다! 하고 생각하고 있었죠. 그런데 교회에서 한 발짝 내디딘 순간 아무것도 없었어요. 그리고 하느님이 계신지 안 계신지를 도대체 어떻게 알 수 있나 생각했죠. 우리 집에서는 어린 시절부터 그런 것도 가르쳐 주지 않았어요. 어머니의 젖을 빨고 있었을 때부터 배운 것이라고는 사람에게는 각각의 방법이 있다는 것뿐이지요. 아버지도 하느님 따위는 믿고 계시지 않아요. 언젠가 어머니가 군트료프네 집에서 양을 도둑맞았다고 하신 적이 있죠?……저는 재빨리 찾아냈어요. 그것은 시칼로바야 마을에 사는 농부의 짓이었더군요. 그런데 도둑질한 것은 그 놈이었지만 털가죽은 우리 아버지한테 있거든요……. 신앙이고 쥐뿔이고 없다니까요!"

아니심은 한쪽 눈을 찡긋하며 고개를 옆으로 저었다.

"면장도 하느님을 믿고 있지 않아요." 하고 그는 말을 이었다.

"서기도 마찬가지죠. 교회 머슴도 그렇구요. 그 작자들이 교회에 가거나 정진(精進)을 지키는 것은 말이에요. 마을 사람들이 나쁜 소문을 퍼뜨리면 난처하기 때문이죠. 그리고 어쩌면 정말 최후의 심판이 있을 때를 대비하는 거예요. 요즘 흔히들 사람들이 약해지고, 어버이를 존경하지 않게 되었다고 불평하면서 말세라고 하지 않아요? 어리석은 말이지요. 저는 말이죠, 어머니 이렇게 생각하고 있어요. 모든 불행은 사람에게 양심이 부족하기 때문에 일어난다고 말이에요. 저는 꿰뚫어 보고 있어요. 어머니 똑바로 알고 있어요. 만약 어떤 사람이 도둑질한 셔츠를 입고 있으면 나는 직감적으로 알아내죠. 어떤 사람이 식당에 앉아 있으면 어머니는 다만 차를 마시고 있는 것뿐이라고 보겠지만, 저한테 차는 고사하고라도 그 사람에겐 양심이 없다는 것까지도 보입니다. 이런 식으로 하루종일 거리를 걷노라면 양심이 있는 사람이라곤 하나도 없어요. 왜냐 하면 모두 하느님이 있는지 없는지 모르고 있기 때문이죠. 그럼, 어머니 안녕히 계세요. 부디 건강하셔야 해요. 나쁘게 생각하지는 마세요."

아니심은 바르바라의 발밑까지 고개를 깊게 떨구었다.

"우리 집에서는 모두 어머니한테 감사하고 있어요."

하고 그는 말했다.

"우리 집안은 어머니한테 큰 은혜를 입고 있죠. 어머니는 정말 훌륭한 여성이에요. 저는 퍽 만족하고 있습니다."

아니심은 감격하여 나갔으나 또 되돌아와서 이렇게 말했다.

"저는 사모로도프 때문에 어떤 일에 휘말려 있어요. 부자가 되든지 파멸하든지 할 거예요. 만약 어떤 일이 생기면 그때엔 어머니, 제발 아버지를 위로해 주세요."

"무슨 말을 하는 거냐? 원 참……하느님은 자비심이 깊은 분이야. 그건 그렇고, 아니심 자넨 색시를 귀여워해 주어야 해. 뽀로통해서 서로 쏘아보고만 있지 않은가? 조금은 웃어 줘야잖아, 정말이야."

"그렇군요. 왠지 이상한 여자예요……."

하고 아니심은 말하고 한숨을 쉬었다.

"무슨 말을 해도 알아듣지 못하고 늘 잠자코 있기만 해요. 어린 탓이겠지요. 좀더 어른이 되어야겠어요."

층계 앞에는 이미 키가 크고 살찐 종마가 무개마차(無蓋馬車)를 끌고 서 있었다.

치부킨 영감이 달려와서 위세좋게 올라타고는 고삐를 잡았다. 아니심은 먼저 바르바라와 그리고 아크시니야와 동생과 작별의 키스를 나누었다. 리파도 층계 위에 서 있었으나, 그녀는 마치 배웅하러 나온 것이 아니라 우연히 거기 있는 것 같은 태도로 꼼짝하지 않고 서서 외면하고 있었다. 아니심은 그녀에게 다가가서 볼에다 가볍게 입술을 댔다. '안녕' 하고 그는 말했다.

그러자 리파는 그의 얼굴은 보지도 않고 왠지 이상한 미소를 띠었다. 얼굴이 와들와들 떨리기 시작했다. 모두들 그녀가 가엾게 여겨졌다. 아니심은 역시 기운차게 마차에 뛰어오르더니 윗몸을 뒤로 젖히며 허리에 손을 댔다. 그는 자신을 미남자라고 생각하고 있었다.

골짜기에서 나가는 도중 아니심은 줄곧 고개를 돌려 마음을 바라보았다. 따뜻하고 맑은 날씨였다. 올해 처음으로 가축이 들로 나왔고, 그 가축 떼 곁에 곱게 차려입은 처녀와 농부 아낙네들이 거닐고 있었다. 갈색의 황소가 자유를 기뻐하면서 음매애음매애 울며 앞발로 땅을 파헤치고 있었다. 곳곳에서 종달새가 지저귀고 있었다.

아니심은 말쑥하게 솟아오른 하얀 교회를 바라보며(그 교회는 최근에 희게 칠해졌다.) 닷새 전에 거기서 하느님에게 기도드린 것을 상기했다. 그는 또한 녹색 지붕의 학교와 옛날에 멱을 감거나 낚시질을 하던 시냇물을 바라보았다. 그러자 가슴에서 용솟음치며, 만약 지금 갑자기 대지에서 벽이 불끈 솟아나와 앞을 가로막고 차라리 과거와 함께 남아 있을 수가 있다면 하는 마음이 들기 시작했다.

역에 도착하자 식당으로 들어가 셰리 주를 한 잔씩 마셨다. 영감은 계산을 하려고 호주머니에 든 지갑을 쥐었다.

"제가 내지요!"

하고 아니심은 말했다. 영감은 감격하여 아들의 어깨를 두드렸다. 그리고 내 아들이 어떠냐 하고 말하고 싶은 듯 식당 주인에게 눈짓을 해 보였다.

"아니심, 네가 집에 남아서 장사를 도와 주면 좋겠는데."

하고 영감은 말했다.

"정말이지 섭섭한 일이야! 내가 말이다, 애야. 발끝에서 머리끝까지 번쩍번쩍하게 해 주마!"

"안 돼요. 아버지!"

셰리 주에서 봉랍(封蠟) 냄새가 났다. 그러나 두 사람은 한 잔씩 더 마셨다.

역에서 돌아왔을 때, 영감은 처음에는 누가 이번에 새로 온 며느리인지 분간할 수가 없었다. 남편이 탄 마차가 안뜰에서 나가자마자, 리파는 갑자기 사람이 달라진 듯 별안간 명랑해졌다. 그녀는 여느때 입던 낡은 스커트로 바꾸어 입고 소매를 어깨까지 걷어 올리고는, 맨발인 채로 현관 계단을 닦으면서 가느다란 방울을 흔드는듯한 고운 목소리로 노래를 부르고 있었다. 더러운 물이 담겨 있는 커다란 대야를 들고 바깥으로 나온 그녀가 여느때의 어린애와 같은 미소를 띠면서 태양을 우러러보는 모습이 마치 한 마리의 제비 같았다.

계단 옆을 지나가던 나이 많은 하인이 저도 모르게 고개를 저으면서,

"정말이지. 그리고리 페트로프 나리댁의 며느리는 하느님이 주신 선물입죠!" 하고 말했다.

"흔한 며느리가 아니라 보물입죠!"

5

7월 8일 금요일. '목발'이라는 별명을 가진 엘리자로프와 리파는 카잔 성모님의 축제에 즈음하여 기도를 올리러 갔던 카잔스코에 마을에서 걸어서 돌아오고 있었다. 두 사람으로부터 훨씬 뒤떨어진 곳에서 리파의 어머니 플라스코바가 걸어오고 있었다. 그녀는 건강이 좋지 않기 때문에 숨이 차서 뒤처져 있었다. 곧 저녁이 될 무렵이었다.

"허허어!……"

하고 목발은 리파의 말을 들으면서 줄곧 놀라고 있었다.

"허허!……그래서?"

"저는 말예요, 일리야 마카르이치. 잼을 퍽 좋아하죠."

하고 리파가 말했다.

"방에 들어앉아 늘 잼을 곁들인 차만을 마시고 있어요. 때로는 바르바라 니콜라예브나와 함께 마시는데요. 그분은 늘 차분한 얘기를 들려 주시죠. 그 집에는 잼이 많이 있어요. 네 통이나 말예요. 그리고 '자 들어요. 리파 체면차리지 말아요.' 하고 말씀해 주시거든요."

"허허어!……네 통이나 있단 말이지!"

"호화로운 생활이지요. 흰 빵에다 차를 마시고, 쇠고기도 마음대로 먹어요. 호화로운 생활이에요. 단 한 가지, 그 집에 있으면 무서워요. 일리야 마카르이치, 몹시 무서워요."

"무엇이 무섭다는 거지?"

하고 목발은 물었다. 그리고 플라스코바가 얼마나 뒤떨어져 있나 보기 위해 뒤돌아보았다.

"처음 결혼식 때는 아니심 그리고리치가 무서웠어요. 별로 어떻다는 것도 아니고 꾸중 들은 것도 아니지만, 그 사람이 곁으로 다가오면 저는 온몸에 소름이 끼치고 뼛속까지 오싹해졌어요. 밤새도록 한잠도 못 자고 벌벌 떨면서 하느님한테 기도를 올렸지요. 하지만 말이죠, 지금은 아크시니야가 무서워요, 일리야 마카르이치. 그 사람도 어떻다는 건 아니고 언제나 방글방글 웃고는 있지만, 이따금 창문 쪽을 힐끔 쳐다볼 때면 무척 딱딱한 눈이 되어 마치 외양간에 있는 양의 눈처럼 녹색으로 번쩍번쩍 불타고 있어요. 프뤼민 동생네 집안 사람들이 이렇게 말하면서 그녀를 부추기고 있죠. '아주머니댁의 할아버지가 부초키노 마을에 40헥타르의 땅을 가지고 있고, 모래와 물이 충분히 있는 아주머니가 벽돌 공장을 세우면 좋지 않아요. 아크시니야? 우리가 주(株)를 사지요.' 벽돌은 지금 천 개에 20루블이나 해요. 이익이 많은 사업이죠. 어제도 밥을 먹으면서 아크시니야가 아버님한테 말하더군요. '저는 부초키노 마을에다 벽돌 공장을 만들고 싶어요. 훌륭한 상인이 되어 보겠어요.' 하고요. 그 사람은 그렇게 말하고 웃고 있었어요. 그러자 그리고리 페트로비치는 싫은 얼굴을 하더군요. 마음에 안 들었나 봐요. '내가 살고 있는 동안에는 혼자서 하는 것은 안 돼. 모두 함께 하지 않으면 안 돼.' 하고 말씀하셨어요. 그러자 아크시니야는 무서운 눈을 하고 이를 갈기 시작하지 않겠어요? 튀긴 과자가 나왔는데 집지도 않더군요!"

"허허허!……" 목발은 놀란 듯이 소리를 질렀다.

"집지도 않더란 말이지?"

"그리고 말이죠. 할아버지, 도대체 그 여자는 언제 잠을 자는지 모르겠어요!" 하고 리파가 계속 말했다.

"30분쯤 자는가 하면 벌써 벌떡 일어나서는 여기저기 걸어다니지 않겠어요? 줄곧 돌아다니며 농부들이 불지르지 않을까, 도둑이라도 들지 않을까 하여 살펴보고 있죠……. 그 여자와 같이 있는 것은 무서워요. 일리야 마카르이치! 그리고 말예요. 프뤼민 동생네 사람들은 결혼식이 끝나자 자려고도 하지 않고 재판을 벌이려고 읍내로 마차를 타고 달려갔는데요, 소문으로는 아크시니야가 원인이라는 거예요, 듣건대, 형제 중의 하나가 그분한테 공장을 세워 주겠다고 약속을 하자 또 한 사람이 골을 내고 한 달 가까이나 공장을 닫게 되어, 그 때문에 자기 아저씨 플로호르는 일이 없어 빵조각을 얻으러 돌아다니게 되었다는 거예요. 저는 이렇게 말해 주었어요. '아저씨, 들에 나가시든지, 장작이라도 패시는 게 어떠세요. 수치스러운 일이에요.' 라고 말예요. 그러자 아저씨는 '나는 농사일에서 손을 뗐는데, 지금 와서 새삼스럽게 아무 일이나 할 수는 없어. 리핀카!' 하고 말씀하시는 거예요……."

두 사람은 어린 고리버들의 숲 곁에서 쉬며 플라스코바를 기다렸다. 엘리자로프는 이미 오랫동안 청부일을 하고 있는데도 말〔馬〕을 갖지 못하고 빵과 양파가 들어 있는 자그마한 자루 한 개를 들고 군내의 여기저기를 걸어서 돌아다녔다. 두 팔을 크게 흔들면서 큰 걸음으로 성큼성큼 걷는 것이었다. 그와 함께 걷는 것은 쉬운 일이 아니었다.

숲 입구에 경계를 표시하는 푯말이 서 있었다. 엘리자로프는 튼튼한지 어떤지를 살펴보기 위해 슬쩍 손을 대어 보았다. 이윽고 플라스코바가 숨을 헐떡이며 다가왔다. 주름살이 많고 언제나 겁에 질려 있는 그녀의 얼굴은 아주 행복한 듯이 빛나고 있었다. 그녀는 오늘 여느 사람처럼 교회에 참례하였고 시장을 구경하면서 돌아다녔으며, 배로 만든 크바스를 마셨던 것이다. 그녀로선 좀처럼 없는 일이었다. 그래서 오늘 난생 처음으로 만족한 생활을 한 듯한 기분이 들기까지 했다. 잠시 쉬고 나서 세 사람은 나란히 걷기 시작했다. 해는 이미 지기 시작하고 석양이 숲을 꿰뚫어 나무줄기들을 밝게 비추고 있었다. 앞쪽에서 인기척이 메아리쳐 들려 왔다. 아까 앞서 걷고 있던 우클레예보 마을의 처녀들이 숲속에서 노닥거리며 아마 버섯이라도 따고 있는 모양이었다.

"이봐, 처녀들!" 하고 엘리자로프가 외쳤다.

"이봐, 예쁜이들!"

대답 대신에 웃음소리가 들려 왔다.

"목발이 걷고 있어! 목발이! 늙은이!"

메아리도 역시 웃고 있었다. 이윽고 숲도 뒤쪽으로 멀어져 갔다. 벌써 공장의 굴뚝 끝이 보이고 종각의 십자가가 반짝 빛나고 있었다. 여기가 바로 '추도 미사 때 교회 머슴이 이크라를 죄다 먹어치운' 그 마을이다. 이젠 거의 집에 돌아온 거나 마찬가지이며, 이제 다만 이 커다란 골짜기로 내려가기만 하면 되는 것이다. 그때까지 맨발로 걸어온 리파와 플라스코바는 구두를 신으려고 풀밭 위에 앉았다. 두 사람과 함께 청부업자도 앉았다.

아래쪽을 내려다보니 갯버들과 하얀 교회와 시내가 있는 우클레예보가 아름답고 조용한 마을로 보였다. 다만 눈에 거슬리는 것이 있다면 경비를 절약하기 위해 음울하고 괴상한 색깔로 칠한 공장의 지붕이었다. 저편의 비탈진 곳에는 라이보리 밭이 보이고 산더미 같은 보리다발이 폭풍에 날린 듯 여기저기 흩어져 있으며, 또한 방금 벤 보리다발이 줄을 지어 놓여 있었다. 귀리도 이젠 무르익어 기울어져 가는 햇살을 받아 진주조개처럼 반짝반짝 빛나고 있었다. 이제 수확의 계절인 것이다. 오늘은 축제일이지만 내일 토요일에는 라이보리를 거둬들이고 건초를 운반하지 않으면 안 된다. 그리고 일요일에는 쉬게 된다. 날마다 멀리서 천둥 소리가 우르릉 울린다. 무더워 비가 내릴 것 같다.

밭을 바라보면서 집집마다 멀리서 곡식 거두기를 바라며 들뜨고 즐거운 마음으로 있지만, 한편으로는 어딘가 불안감을 가지고 있었다.

"요즘에는 보리 베는 삯도 비싸다는군요."
하고 플라스코바가 말했다.

"하루에 1루블리 40카페이카씩 받는대요."

카잔스코에 마을 사람들이 계속 돌아왔다. 농부 아낙네들도 있는가 하면 챙 없는 모자를 쓴 공장 직공, 거지, 어린아이들도 있었다. 어떤 때에는 짐마차가 먼지를 일으키면서 달려가고 그 뒤로 팔다 남은 말이 자기가 팔리지 않은 것을 기뻐하는 듯이 달려갔다.

다음엔 고집을 피우던 소가 뿔이 잡아당겨지자 하는 수 없이 따라갔고, 그 소 위에 술에 취한 농부들이 다리를 건드렁거리며 타고 있었다. 한 할머니가 커다란 모자를 쓰고 커다란 장화를 신은 사내아이를 데리고 지나갔다. 그 사내아이는 더위와 무릎을 구부리거나 뻗을 수도 없는 무거운 장화 때문에 기진맥진하면서도 그래도 줄곧 장난감 나팔을 힘껏 불고 있었다. 이미 밑으로 내려가 거리 모퉁이를 굽어들 었는데도 여전히 나팔 소리가 들려 왔다.

"이곳 공장 주인들은 참 이상하거든……."
하고 엘리자로프가 말했다.

"곤란한 일이에요. 전에도 코스추코프가 나한테 화를 내더군. '처마에다 차양을 다는데 얇은 판자를 너무 많이 사용했어.' 하고 말이야. '무엇이 너무 많이 사용했다는 겁니까' 하고 나는 말해 주었지. '필요한 만큼 사용했을 뿐이에요. 바실리 다니도르이치. 그렇다고 보리죽에 넣어서 먹을 수 없잖습니까, 그 얇은 판자를.' 그러자 그는 버럭 소리를 지르더군. '나한테 감히 그런 말을 하다니, 망할 자식! 잊지 마! 너를 청부업자로 만들어 준 것은 나란 말이야.' '허어 그 말은 금시초문인걸요.' 하고 내가 말했지. 또, '청부업자의 일을 시작하기 전부터 역시 나는 날마다 차를 마시고 있습니다.' 하고 말했지. 그러자 그는 '너희들은 모두 사기꾼이야.' 하고 말하더군……. 나는 잠자코 있었어. '이 세상에서는 우리가 사기꾼이지만 그러나 저 세상에서는 네놈들이 사기꾼이 될 걸.' 하고 나는 생각했지. 하하하! 다음날이 되자 그 놈은 좀 수그러지더군. '여보게 마카르이치, 내가 말한 것에 대해 성내지 말아 주게. 내가 쓸데없는 말을 했다 해도 그게 어떻단 말인가. 나는 일급 상인이니 자네보다 훌륭하지 않나. 잠자코 있는 편이 좋을 걸세.' 그래서 나는 이렇게 말했지. '사실 당신은 일급 상인이고 나는 목수예요. 그것은 틀림없죠. 하지만, 성 요셉도 목수였지요. 우리 일은 하느님의 뜻에 맞는 옳은 일인 거요. 당신이 훌륭하다고 말하고 싶다면 그래도 좋소. 바실리 다니도르이치.' 그 뒤에 말이지, 그러니까 그런 이야기를 한 후 나는 생각했지── 일급 상인과 목수, 어느 쪽이 훌륭한가 하고 말이야. 그야 물론 목수지. 안 그런가?"

목발은 잠시 생각하고 나서 이렇게 덧붙였다.

"그야 물론이지. 안 그런가, 이 사람아. 일하고 꾹 참고 있는 사람이 훌륭하지 뭔가."

해는 이미 지고 시냇물 위와 교회의 뜰과 광장 주위의 빈터에는 우유처럼 뽀얀 안개가 끼어 있었다. 어둠이 밀물처럼 몰려오고 아래쪽에 불빛이 깜박이기 시작하자, 그리고 안개가 그 밑에 바닥 없는 연못이라도 감추고 있는 듯한 생각이 들자, 몹시 가난함 속에 태어나 자기의 겁에 질린 다정스러운 마음만 빼놓고는 모든 것을 남에게 주면서 평생 가난한 생활을 할 각오였던 리파와 그녀 어머니의 마음에도 어쩌면 이 순간 이처럼 거대하고 신비로운 세계와 끝없는 생활의 연속 가운데 있으면서 자기들도 훌륭한 하나의 힘이며 다른 사람들보다 훌륭하다는 생각이 문득 들었을지도 모른다. 그녀들에게는 이 골짜기 위에 앉아 있는 것이 아주 멋진 기분이었다. 두 사람은 행복스러운 미소를 띠고 언젠가는 골짜기로 돌아가지 않으면 안된다는 것을 잊고 있었다.

드디어 집으로 돌아왔다. 문 옆과 가게 주위의 땅바닥에 보리 베는 일꾼들이 앉아 있었다. 우클레예보 마을에 사는 사람들이 대개 치부킨네에는 일하러 오지 않았으므로 이 집에서는 다른 지방에 사는 사람들을 고용하지 않으면 안 되었다.

지금 어둠 속에는 길고 검은 턱수염을 기른 사람들이 앉아 있는 것 같았다. 가게는 열려 있었다. 귀머거리 스체판이 소년을 상대로 서양장기를 두고 있는 게 입구에서 보였다. 보리 베는 일꾼들은 겨우 들릴까말까할 정도의 낮은 목소리로 노래를 부르거나 커다란 소리로 어제의 품삯을 조르고 있었지만, 그들을 내일까지 붙들어 두기 위하여 품삯은 지불되지 않았다. 프록코트 없이 조끼만을 입은 치부킨 영감과 아크시니야가 층계 옆에 있는 떡갈나무 밑에서 차를 마시고 있고, 테이블 위에는 램프가 켜져 있었다.

"영감님요!"

문 밖에서 보리 베는 일꾼이 흉내라도 내는 듯이 말했다.

"절반만이라도 지불해 주십쇼. 영감님!"

그러자 그 순간 왁자지껄하며 웃음소리가 터져나왔지만, 곧 또 들릴까말까한 노랫소리가 되었다.

목발도 차를 마시려고 앉았다.

"뭐, 장보러 다녀왔지." 하고 그는 말하기 시작했다.

"마음이 들떠서 돌아다녔어. 그야 물론 기분좋게 다녔네. 덕분에 말이야. 그런데 이런 일이 있었어. 좋지 못한 일이야. 대장간을 하고 있는 사쉬카가 담배를 사고 50카페이카 은화를 상인한테 주었는데 말야. 그런데 그것이 가짜 돈이었거든."

목발은 말을 계속하면서 주위를 살펴보았다. 그는 낮은 목소리로 말할 작정이었으나 졸린 듯한 쉰 목소리가 튀어나와 모두 듣게 되었다.

"가짜 돈이었단 말이야. 어디서 받았느냐고 질문을 받았지. 그러자 아니심 치부킨의 결혼식에 갔을 때 아니심이 주었다고 말하더군. 순경이 달려와서 연행되어 갔지. 여보게, 페트로비치, 아무 일도 없으면 좋겠는데 말이야, 어쩌다가 소문에……."

"영감님요!" 하고 그 목소리가 문 밖에서 흉내를 냈다.

"영감님요!"

침묵이 흘렀다.

"아아, 얘들아, 얘들아, 아가……."

목발은 재빨리 중얼거리며 일어섰다. 졸음이 온 것이다.

"여보게 차를 대접해 줘서 고맙네. 그리고 설탕도 말이야. 얘들아, 슬슬 자야겠군. 나도 이제는 몸에 고장이 난 모양이야. 온몸의 대들보가 썩어 버렸단 말일세. 하하하!"

그리고 돌아갈 무렵에 그는 이렇게 덧붙였다.

"아마 죽을 때가 되었나 보지."

이렇게 말하고 그는 한숨을 쉬었다. 치부킨 영감은 차를 마시다 말고 아직도 생각에 잠긴 채 앉아 있었다. 그의 얼굴은 급히 거리 저쪽으로 사라진 목발 발자국 소리에 조용히 귀를 기울이고 있는 듯싶었다.

"아마 대장간 주인 사쉬카가 제멋대로 말했을 거예요."

하고 아크시니야가 영감의 마음을 짐작한 듯 말했다. 영감은 집 안으로 들어가더니 잠시 뒤 꾸러미를 풀었다. 1루블짜리 새 은화가 반짝 빛났다. 그는 그 가운데 한 개를 집어 이빨로 깨물어 보고 쟁반 위에 떨어뜨리기도 했다. 그리고 또 한 개를 집어서 떨어뜨려 보았다.

"이 은화는 가짜야."

하고 그는 아크시니야의 얼굴을 쳐다보면서 믿기 어렵다는 듯이 중얼거렸다.

"이것은……그때 아니심이 가져온 그 선물이다. 아크시니야, 이것을 가져가라."

노인은 속삭이고 그녀의 손에 보따리를 내밀었다.

"가지고 가서 우물 속에 넣어 버려……. 음, 그리고 말이야. 소문이 나지 않도록 주의해야 한다. 어떤 일이 일어날지도 몰라. 사모바르를 치우고 불을 꺼 다오……."

헛간 안에 앉아 있던 리파와 플라스코바는 등불이 하나씩 꺼져 가는 것을 보고 있었다. 다만, 2층에 있는 바르바라의 방만은 파란 빛과 빨간 등불이 켜져 있어, 그곳만은 평안과 만족과 태평이 깃들어 있었다. 플라스코바는 딸이 부잣집으로 시집간 것에 아무래도 익숙해지지 못하여 방문을 해도 겁에 질려 현관에서 움츠린 채 황송한 듯한 미소를 띠고, 거기서 차와 설탕을 대접받았다. 리파 역시 익숙하지 못하여 남편이 읍내로 돌아간 다음부터는 자기 침대에서 자지 않고 부엌이나 헛간에서 자고, 날마다 마루를 닦거나 빨래를 하며 품팔이하러 온 것처럼 생각하고 있었다. 축제에서 돌아온 지금도 어머니와 딸은 부엌에서 여자 요리사와 함께 차를 마시고는 헛간으로 가서 썰매와 벽 사이의 마룻바닥에 드러누웠다. 그곳은 캄캄하고 마구(馬具) 냄새가 났다. 집 주위의 등불이 꺼지자 이어 귀머거리 스체판이 가게문을 닫는 소리와 보리 베는 일꾼들이 안뜰에서 잠잘 채비를 하는 소리가 들려왔다.

플라스코바와 리파는 이윽고 잠 속으로 빠져 들어갔다. 두 사람은 문득 누군가의 발걸음 소리에 잠을 깼다. 그때에는 이미 달이 떠올라 주위가 밝았다. 헛간 입구에 아크시니야가 이부자리를 들고 서 있었다.

"여기가 시원할 것 같군……."

아크시니야는 이렇게 말하고 들어와서 문지방 바로 곁에 드러누웠다. 달빛이 그녀의 온몸을 비추기 시작했다. 그녀는 잠을 이루지 못하고 괴로운 듯이 한숨을 짓더니, 너무 더워서 몸을 뒤척이고는 몸에 두른 것을 거의 모두 팽개쳐 버렸다. 마술과 같은 달빛 속에 비친 그녀는 얼마나 아름답고 얼마나 풍만했던가!

잠시 시간이 흘렀다. 그러자 또다시 발걸음 소리가 나더니 이번에는 흰 잠옷을 입은 노인의 모습이 나타났다.

"아크시니야!" 하고 그가 불렀다.

"너 여기 있느냐!"

"예!" 그녀는 화난 목소리로 대답했다.

"아까 그 돈을 우물 속에 버리도록 일러 두었는데, 틀림없이 버렸느냐?"

"아뇨, 돈을 우물 속에 버리다뇨! 일꾼들한테 주었어요……."

"아아, 그런 짓을 하다니!"

노인은 깜짝 놀라 당황하면서 말했다.

"너는 지독한 여자로구나……. 아아, 어떡하지!"

그는 손을 탁 치고 나갔다. 그는 나가면서도 아직 무엇인가 중얼거리고 있었다. 잠시 후 아크시니야가 몸을 일으켜 분한 듯이 커다란 한숨을 내쉬었다. 그리고 일어나서 침구를 들고 나갔다.

"어머니, 왜 이런 집에 저를 시집보냈어요?"

하고 리파가 말했다.

"여자는 시집을 가야 한단다. 옛날부터 그건 관습으로 되어 있거든."

달랠 수 없는 슬픔이 어머니와 딸에게 덮쳐 왔다. 그러나 그녀들에게는 누군가가 지금 높은 하늘 위에서, 별이 반짝이고 있는 푸른 밤하늘에서 아랫세상을 내려다보고 있어, 우클레예보 마을에서 일어나고 있는 모든 것을 지켜보고 있는 듯이 느껴졌다. 비록 아무리 악이 클지라도 역시 밤은 조용하고 아름다우며, 역시 하느님의 세계에는 조용하고 아름다운 진실이 있는 것이다. 아니, 앞으로도 있을 것이다. 그리고 역시 땅 위의 모든 것은 흡사 달빛이 밤과 하나로 융화되듯이, 그 진실과 융합할 때를 기다리고 있는 것이다.

이윽고 어머니와 딸은 평화로운 기분이 되어 잠이 들었다.

6

아니심이 위조 지폐를 만들어 쓴 혐의로 감옥에 갇혔다는 소식이 들려온 것은 이제 꽤 오래 전의 일이다. 몇 달이 지나고 반 년 이상의 세월이 흘러, 기나긴 겨울이 다가왔다. 그 무렵이 되자 집안에서나 마을에서나 아니심이 감옥에 갇혀 있다는 것에 대해 이제 익숙해져 버렸다. 그리하여 밤이 이슥해져서 누군가가 치부킨네 집과 가게 곁을 지나갈 때 문득 아니심이 투옥되어 있다는 것이 생각나고, 또 한 마을의 묘지에서 종소리가 울릴 때에도 왠지 모르게 그가 감옥에 갇혀 재판을 기다리고 있다는 것이 기억 속에서 떠오르는 것이었다.

그늘이 지붕 위를 덮어 버린 것처럼 보였다. 집은 거무튀튀해지고 지붕은 붉게 녹슬었으며, 녹색으로 칠한 쇠를 댄 무거운 가게의 앞문도 완전히 그을려 있었다. 그을렸다기보다는 오히려 귀머거리 둘째아들이 말한 것처럼 꺼칠꺼칠해져 버린 것이다. 치부킨 영감 자신도 어딘지 모르게 거무튀튀해진 것처럼 보였다.

그의 머리와 수염은 오랫동안 깎지 않아 이제 자랄대로 자라 있었고, 마차를 탈 때에도 이제는 호기롭게 뛰어오르지 않았으며, 또 거지에게 "하느님한테서나 얻어 봐!" 하고 소리지르지도 않았다. 기력이 떨어진 것을 모든 면에서 엿볼 수가 있었다. 지금은 마을 사람들도 그를 그다지 두려워하지 않았으며, 순경은 순경대로 여전히 뇌물을 받으면서도 예사로 가게에 와서 시말서(始末書)를 받아 갔다. 게다가 영감은 술을 밀매한 죄로 재판을 받으러 세 번이나 읍내로 불려갔으나, 증인이 출두하지 않았기 때문에 언제나 사건이 연기되어 완전히 지쳐 버린 처지였다.

영감은 이따금 아들한테 갔으며, 사람을 고용하기도 하고 청원서를 내기도 하고 교회에 기(旗)를 기부하기도 했다. 아니심이 투옥되어 있는 감방의 간수에게는 '영혼은 절도(節度)를 안다'라는 글귀를 에나 멜로 써넣은 쟁반과 기다란 숟가락을 선사했다.

"쫓아다녀 줄 사람이 없으니까요. 쫓아다녀 줄 사람이 말이죠."
하고 바르바라는 곧잘 말했다.

"원 참……. 누군가 나리님들한테 부탁해서 장관님한테 보낼 편지를 써 준다면 좋겠는데……. 차라리 보석(保釋)으로라도 해 주었으면 좋겠어요. 저렇게 되어서야 그 애가 불쌍해서……."

그녀 역시 슬퍼하고는 있었지만, 점점 살이 찌고 피부색이 뽀얘졌으며, 여전히 방 안에 등불을 켜고는 집 안 어디나 깨끗하도록 살펴보러 다니거나 손님에게 잼이며 사과며 과자를 대접하곤 했다. 귀가 먼 스체판과 아크시니야는 가게에서 장사하고 있었다. 새로운 사업 — 부초키노 마을에서의 벽돌 공장 계획이 진행되어 아크시니야는 거의 날마다 마차를 타고 그리로 갔다. 그녀는 스스로 고삐를 잡았는데, 아는 사람을 만나면 여전히 어린 라이보리 밭에서 대가리를 치켜들던 뱀처럼 목을 내밀고 순진하고 수수께끼에 싸인 미소를 지었다.

한편, 리파는 사순절(四旬節) 전에 낳은 자기의 아기와 항상 장난을 치고 있었다. 그 아기는 여위고 빈약하고 작았다. 이런 작은 아기가 울어대거나, 눈을 크게 뜨거나 그리고 여느 사람과 같은 대우를 받아 니키폴르라고 불리는 것이 신기할 정도였다. 리파는 문 쪽으로 가서는 요람 속에서 자고 있는 아기에게 절을 하면서 이렇게 말을 건넨다.

"안녕, 니키폴르 아니시미치!"

그리고 그녀는 아기에게 곧장 달려가서 키스한다. 그리고 또 문 쪽으로 돌아가서 절을 하면서 말하는 것이다.

"안녕, 니키폴르 아니시미치!"

그러면 아기는 빨간 작은 발을 동동거리면서 목수인 엘리자로프처럼 웃음소리와 울음소리가 뒤섞인 소리를 지른다.

드디어 재판 날짜가 결정되었다. 영감은 그 날보다 닷새 전에 읍내로 갔다. 그 뒤 증인으로 호출된 농부들이 마을에서 연행되어 갔다는 소문이 나돌았다. 늙은 고용인도 소환장을 받고 떠났다.

재판날은 목요일이었다. 그런데 다음 일요일이 지나도 영감은 집에 돌아오지 않고 아무 소식이 없었다. 화요일 저녁에 바르바라는 열어젖힌 창문가에 앉아 영감이 돌아오지 않을까 귀를 기울이고 있었다. 옆방에서는 리파가 아기와 장난을 치고 있었다. 그녀는 두 손으로 아기를 어르면서 황홀하게 들여다보며 이렇게 말했다.

"너는 곧 커다랗게 자랄 거야! 농부가 되어서 나와 함께 날품팔이하러 가자꾸나! 날품팔이하러 가자꾸나."

"아니!" 바르바라는 화를 냈다.

"왜 날품팔이를 하러 가. 어리석은 애로군. 우리 손자는 상인이 될게 뻔하지 않아……."

리파는 나직이 노래를 부르기 시작했는데 잠시 후 잊어버리고 또,

"커다랗게 커다랗게 자라서 농부가 되어 나와 함께 날품팔이하러 가자꾸나!" 하고 말했다.

"어머나! 망측해라!"

리파는 니키폴르를 두 팔에 안고 문가에 서서 이렇게 물었다.

"어머니, 왜 애가 이렇게 귀여운지 모르겠어요. 왜 애가 이렇게 불쌍한지 모르겠어요."

하고 그녀는 떨리는 목소리로 말했다. 그러자 그녀의 눈에는 눈물이

괴어 빛나기 시작했다.

"이 아기는 누구일까요? 어떤 사람이 될까요? 새털처럼, 빵가루처럼 가볍지만, 저는 이 아기가 몹시 좋아요. 이 아기는 아직 아무것도 못하고 아무 말도 하지 않지만, 저는 아기가 작은 눈으로 무엇을 원하고 있는지 언제나 다 알 수 있거든요."

갑자기 바르바라는 귀를 기울였다. 저녁 기차가 가까이 오는 소리가 들려왔다. 영감은 아직도 돌아오지 않는 것일까? 그녀는 이제 리파가 어떤 말을 하고 있는지 귀에 들리지 않거니와 머리에 들어오지도 않았다. 시간이 흐르는 것도 잊어버리고 다만 온몸을 와들와들 떨고 있었다. 그것은 공포 때문이 아니라 너무도 강한 호기심 때문이었다. 이윽고 그는 농부들을 가득 태운 짐마차가 덜커덕거리면서 급히 지나가는 것을 보았다. 증인들이 역에서 돌아온 것이다. 그 짐마차가 가게 앞을 지날 때 늙은 고용인이 뛰어내려 안뜰로 들어왔다. 안뜰에서 그와 인사를 나누는 말소리와 그에게 무엇인가 묻는 소리가 들려 왔다.

"권리와 모든 재산을 박탈하고." 하면서 그는 큰 소리로 말했다.

"시베리아에서 6년 징역이라는 거야."

가게 뒷문에서 아크시니야가 달려오는 것이 보였다. 그녀는 석유를 팔고 있었던 모양으로 한 손에는 병을 들고 또 한 손에는 깔때기를, 입에는 은화 몇 개를 물고 있었다.

"아버님은 어디 계시지?"

은화를 문 채 그녀가 물었다.

"역에 계십니다." 하고 고용인이 대답했다.

"좀더 어두워진 뒤에 돌아오겠다고 말씀하셨어요."

아니심이 징역형의 판결을 받았다는 것이 집안에 알려지자 부엌에 있던 여자 요리사가 죽은 사람에게 매달리듯이 갑자기 큰 소리로 울어댔다. 그렇게 하는 것이 예의라고 생각했던 모양이다.

"아니심 그리고리치, 독수리 같은 젊으신 나리님, 왜 당신께서는 우리를 버리셨습니까……."

개들이 놀라 짖기 시작했다. 바르바라는 창가로 달려가서 슬픔으로 몸부림치면서도 목청껏 큰 소리로 여자 요리사를 꾸짖기 시작했다.

"그만해, 스체파니다 그만 하라니까! 제발 괴롭히지 말란 말이야!"

그들은 사모바르를 내놓은 것조차 잊어버리고 있었다. 이제 아무것도 머리에 떠오르지 않는 것이다. 다만 리파만이 무슨 일인지도 모르고 아기에게 정신이 팔려 있었다.

영감이 역에서 돌아왔을 때 그들은 아무것도 묻지 않았다. 그는 인사를 나누고 그 뒤엔 묵묵히 이 방 저 방을 돌아다녔다. 저녁식사도 하지 않았다.

"쫓아다녀 줄 사람이 없었기 때문이죠……."

두 사람만이 남게 되자 바르바라가 입을 열었다.

"나리님들한테 부탁하면 좋겠다고 말씀드렸는데, 그때 안 들어 주셨잖아요……. 차라리 청원서라도……."

"내가 쫓아다녔지!" 하고 영감은 말하고 손을 저었다.

"아니심이 판결을 받고 나서 곧 나는 그 애를 변호해 준 양반한테 달려갔지. '이제는 할 수 없어요. 이미 때가 늦었단 말입니다.' 하고 그 양반이 말하더군. 아니심도 역시 때가 늦었다고 말하고 있었어. 그래도 나는 재판소에서 나오자 곧바로 어떤 변호사한테 모조리 얘기하고 착수금을 주고 왔소……. 일 주일 뒤에 또 다녀와야 해. 만의 하나라도……."

영감은 또다시 이 방 저 방을 걸어다녔다. 그리고 바르바라에게 돌아오자 이렇게 말했다.

"아마 나는 건강이 좋지 않은 모양이야. 아무래도 머릿속이 희미해지는군. 생각이 둔해지니……."

그는 리파에게 들리지 않도록 문을 닫고 나직이 이렇게 말했다.

"그 돈에 대해서 나는 몹시 걱정이 된단 말야. 기억하고 있지. 아니심이 결혼하기 전 포마 주일(부활절 뒤 첫 일요일부터 시작되는 일 주일)에 1루블짜리 새 은화와 5카페이카짜리 은화를 가지고 있었잖소. 그때 나는 보따리 하나는 치웠지만 다른 보따리 하나는 내 돈하고 섞어 버렸단 말이야. 옛날에 드미트리 필라티치 아저씨가 건강하셨을 때 말이지── 고인(故人)에게 평안을 주소서!── 그 아저씨는 장사일로 자주 모스크바와 크리미아로 여행하셨어. 아저씨한테는 아주머니가 계셨는데, 이 아주머니는 아저씨가 장사일로 여행하신 동안에 다른 남자들과 놀아났단 말이야. 아이들이 여섯이나 있었는데, 술을 드시면 아저씨는 웃으시면서 흔히 이런 말씀을 하셨어. '나로서는 어느 아이가 내 아이이고 어느 아이가 남의 아이인지 도무지 알 수가 없단 말야.' 말하자면, 태평한 성격이었던 거야. 그 이야기와 마찬가지로 지금은 나도 모르겠어. 내 돈 중에 어느 것이 진짜이고 어느 것이 가짜인지 말야. 그리고 죄다 가짜가 아닐까 하는 생각도 들어."

"제발 정신차리세요!"

"역에서 차표를 끊고 3루블리를 지불했어. 그리고 나서 그 돈이 가짜가 아닐까 하는 생각이 들더군. 게다가 두렵기도 하고 말이야. 아마 몸이 좋지 않은 모양이야."

"무슨 말씀을 하시는 거예요. 이 세상의 일은 모두 하느님의 뜻이에요……. 원 참……."

바르바라는 이렇게 말하고 고개를 저었다.

"하지만 페트로비치, 이것만은 생각해 두셔야 해요……. 앞으로 어떤 일이 일어나지 않는다고 장담할 수도 없고, 또 당신도 이제 젊다고 할 수는 없으니까요. 만약 어떤 일이 있더라도, 아시겠어요? 당신이 계시지 않기 때문에 저 손자가 괴로운 꼴을 당하지 않도록 해야 돼요. 아아, 걱정이 되는군요. 그들이 우리 손자 니키폴르를 괴롭히면 어떻게 할까. 그렇지 않아요? 아빠는 없지, 엄마는 약간 모자라지……. 그 아기를 위해서 적어도 땅 한 뙈기라도 유언해 두시는 것이 좋겠어요. 이를테면 저 부초키노의 토지라도 말이죠. 페트로비치, 정말이에요. 여보, 생각해 보세요!"

하고 바르바라는 설득을 계속했다.

"착한 아기인데, 불쌍하지 않아요! 내일이라도 읍내에 가셔서 서류를 만들어 주세요. 쇠뿔도 단김에 빼랬지 않아요!"

"참, 손자를 잊고 있었군……." 하고 치부킨이 말했다.

"그럼, 좀 보고 와야지. 아기는 건강하지? 좋아, 좋아. 훌륭히 키워 주어야지, 반드시 말이야!"

영감은 문을 열고 손가락을 까닥여서 리파를 불렀다. 그녀는 아기를 두 손으로 안고 다가왔다.

"리핀카, 필요한 것이 있으면 말해 보아라." 그는 말했다.

"그리고 먹고 싶은 것이 있으면 마음놓고 먹어라. 우리는 물건을 아끼지 않거든. 네가 건강하기만 하면 되는 거야."

노인은 아기를 향해 성호를 그었다.

"그리고 손자를 소중히 지켜다오. 아들은 없지만 손자는 남아 있거든."

눈물이 영감의 볼을 타고 흘러내렸다. 그는 흐느끼며 나갔다. 영감은 일 주일 동안 자지 못했기 때문에 곧 깊이 잠들었다.

7

영감은 잠시 동안 읍내에 다녀왔다. 그러자 어떤 사람이 아크시니야에게, 영감이 유언장을 작성하기 위해 공증인에게 갔다는 것과 아크시니야가 벽돌을 굽고 있는 바로 그 부초키노 마을을 손자인 니키폴르에게 유산으로 줄 것을 유언했다는 것 등을 말했다. 그녀가 그 말을 들은 것은 아침으로, 이때 영감과 바르바라는 떡갈나무 그늘에 앉아 차를 마시고 있었다. 아크시니야는 가게 앞문과 뒷문을 잠그고 그녀가 가지고 있는 모든 열쇠를 모아다가 갑자기 영감의 발 밑에 던져 버렸다.

"저는 아버님을 위해 일하는 것이 싫어졌어요!"
하고 그녀는 큰 소리로 외치더니 별안간 울기 시작했다.

"이건 마치 제가 이 집 며느리가 아니라 일꾼이군요! 온 마을 사람이 '저것 봐. 치부킨 집안에서는 좋은 일꾼을 만났구먼!' 하고 비웃고 있어요. 저는 아버님한테 고용되지는 않았어요! 저는 거지나 떠돌이가 아니란 말예요. 저에게도 아버지와 어머니가 계시단 말입니다."

눈물도 닦지 않고 그녀는 고집세게, 증오로 눈꼬리가 올라가고, 울어서 눈두덩이 부은 눈으로 영감을 쏘아보았다. 목이 터질 듯이 소리쳤기 때문에 그녀의 얼굴과 목은 빨갛게 굳어져 있었다.

"저는 더 이상 일하지 않겠어요!"
하고 그녀는 말을 이었다.

"지쳐 버렸어요! 힘드는 일을 하거나 하루 종일 가게를 지키거나 매일 밤 보드카를 사러 뛰어다니거나 —— 그런 일은 죄다 저한테 시켜 놓고, 토지를 분배하는 데에서는 모조리 징역 간 사람의 여편네하고 애새끼만 위하는군요! 그 여자가 이 집안에서는 마님이고 부인이고, 저는 그 여자의 종이에요! 모조리 그 여자한테, 징역 간 사람의 여편네한테 주란 말예요. 한짐 톡톡히 주란 말예요. 저는 가겠어요! 다른 바보년을 찾아 내세요. 이 개 같은 인간들 같으니라구!"

영감은 여태까지 한 번도 어린애들을 꾸짖거나 벌을 준 적이 없기 때문에, 가족 가운데 누가 자기에게 난폭한 말을 하거나 무례한 태도를 취하는 것은 생각해 본 적도 없었다. 그래서 지금 그는 몹시 놀라서 집 안으로 뛰어들어가 찬장 뒤에 숨었다.

한편, 바르바라도 너무 놀란 나머지 주저앉아 벌이라도 쫓는 것처럼 다만 두 손을 저을 뿐이었다.

"참, 어처구니없군. 정말로."

그녀는 겁에 질려 중얼거렸다.

"왜 이렇게 소리를 지를까? 원 참……. 남이 듣지 않나, 좀 조용히 하란 말이야……. 좀 조용히 하라니까요!"

"부초키노의 토지를 징역 간 사람의 여편네한테 주셨죠?"

하고 아크시니야는 계속 소리질렀다.

"그렇다면 차라리 죄다 줘 버리란 말예요! 나는 아무것도 필요 없어요! 그래요, 꺼져 버린단 말예요. 당신네들은 모두 똑같은 너구리들이에요! 이젠 얼굴을 쳐다보는 것도 싫어졌어요. 이제는 지긋지긋해! 당신네들은 길 가는 사람들로부터 빼앗았단 말야. 강도야. 노인과 어린애에게서 빼앗았단 말야! 허가도 없이 보드카를 판 사람은 누구지? 가짜 돈은? 트렁크에 가득히 가짜 돈을 채워 두었으니까, 이제 내가 필요 없게 된 거야!"

열어젖힌 문 주위로 사람들이 모여들어 집안을 기웃거리고 있었다.

"보고 싶으면 보라지!"

하고 아크시니야가 외쳤다.

"나는 당신네들한테 창피를 주어야겠어. 부끄러워서 얼굴을 못 들게 해 주겠어! 내 발 밑에 엎드리게 해 주겠어! 여보, 스체판!"
하고 그녀는 귀머거리 남편을 불렀다.

"지금 당장 우리 집으로 가요! 우리 아버지와 어머니한테로 가요! 나는 징역 간 사람의 집안 사람하고는 같이 살고 싶지 않아요. 자, 채비를 해요!"

안뜰에 쳐 놓은 줄에 빨래가 널려 있었다. 그녀는 아직 덜 마른 자기의 스커트와 셔츠를 걷어서 귀머거리 남편 곁으로 던졌다. 그리고 그녀는 갑자기 일어서더니 안뜰 가득히 널려 있는 빨래 주위를 달리면서 모조리 걷어 자기 것이 아닌 것은 땅바닥에 던져 짓밟았다.

"아아, 저 아이를 말려 다오!"
하고 바르바라는 신음하듯이 말했다.

"어처구니없군! 부초키노의 토지를 저 아이한테 넘겨 주어요!"

"굉장한 아낙네군!"
하고 문 앞에서 마을 사람들이 말했다.

"무서운 여자야! 굉장히 화가 난 모양이지!"

아크시니야는 부엌으로 달려갔다. 리파가 마침 혼자 빨래를 하고 있었다. 여자 요리사는 빨래를 헹구러 개울로 가고 없었다. 아궁이 옆에 있는 통과 솥에서 김이 오르고 그 김 때문에 부엌 안은 무덥고 흐려져 있었다. 바닥에는 아직 빨지 않은 빨래가 산더미를 이루고, 그 빨래더미 곁에 있는 걸상 위에 니키폴르가 빨갛고 작은 다리를 동동거리며 누워 있었다. 거기라면 만약에 굴러 떨어져도 부상을 입지 않을 것이다. 아크시니야가 들어온 바로 그때, 리파는 빨래더미 속에서 그녀의 내의를 끄집어 내어 통 안에 넣고 뜨거운 물을 퍼부으려고 테이블 위에 놓아 둔 커다란 국자에 손을 뻗는 순간이었다.

"이리 내!"

아크시니야는 증오에 가득 찬 눈으로 쏘아보며 통 속에서 자기 것을 꺼내었다.

"내 내의에 손대지 말란 말이야! 징역 간 사람의 여편네인 주제에 분수를 아는 것이 어때!"

리파는 깜짝 놀라 아크시니야를 쳐다보았다. 무슨 일인지 알 수 없었지만, 문득 상대방의 아기를 쳐다보는 시선을 알아차리자 갑자기 소스라쳐 핏기가 사라졌다.

"내 땅을 빼앗은 벌로 이렇게 해 주마!"

이렇게 말하자, 아크시니야는 뜨거운 물이 들어 있는 국자를 쥐더니 니키폴르에게 확 끼얹었다.

순간 비명이 들렸다. 우클레예보 마을에서는 여태까지 한 번도 들어 본 적이 없는 그런 비명이었다. 리파와 같이 작고 가냘픈 여인이 이런 비명을 지를 수 있으리라고는 믿어지지 않을 정도였다. 갑자기 바깥이 조용해졌다. 아크시니야는 여느 때처럼 순진한 미소를 띠면서 묵묵히 집 안으로 들어갔다. 귀머거리 남편은 여전히 빨래를 두 손에 든 채 안뜰을 왔다갔다하고 있다가, 이윽고 아무 말도 없이 또다시 빨래를 줄에 널기 시작했다. 그리하여 여자 요리사가 개울에서 돌아올 때까지는 아무도 부엌으로 들어가서 어떤 일이 일어났는지 보려는 사람이 없었다.

8

니키폴르는 군립(郡立) 병원으로 옮겨져서, 그날 저녁 그곳에서 죽었다. 리파는 데리러 올 마차가 오는 것을 기다리려고도 하지 않고 죽은 아기를 작은 담요에 싸서 귀로에 올랐다.

창문이 큰, 바로 얼마 전에 세워진 새 병원은 언덕 위에 높이 솟아 있었다. 저물어 가는 빨간 햇빛을 받아 병원 내부가 마치 불타고 있는 것처럼 보였다. 언덕 기슭에는 새 개발지가 있었다. 리파는 언덕을 내려와서 새 개발지 앞에 있는 자그마한 연못가에 앉았다. 어떤 여인이 말에게 풀을 먹이려고 왔으나 말은 먹지 않았다.

"할 수 없군."

여인은 단념하기 어려운 듯이 나직이 말했다.

"어떻게 하라는 거야!"

빨간 셔츠를 입은 사내아이가 물가에 앉아 아버지 것으로 보이는 장화를 씻고 있었다. 그 밖에는 새 개발지나 언덕 위에 사람의 모습이라곤 전혀 보이지 않았다.

"먹고 싶지 않은 모양이에요……."

리파가 말을 쳐다보면서 말했다.

이윽고 그 여인과 장화를 씻던 소년이 가 버리자 근처에는 정말 아무도 없었다. 태양은 잠잘 채비를 하며 빨간 금란(金蘭)의 침구에 싸였고, 빨강과 보랏빛으로 물든 가늘고 긴 구름이 하늘에 떠서 평화로운 그 잠을 지켜보고 있었다. 어딘지도 모르는 아득히 먼 곳에서 이름 모를 새가 헛간에 갇힌 암소처럼 구슬프고 쓸쓸하게 울었다. 이 신비로운 새의 울음소리는 봄철마다 들리지만, 어떤 새이며 어디에 살고 있는지 알려져 있지 않았다. 언덕 위에 있는 병원이나 연못가의 숲이나 새 개발지나 부근의 들에서 밤 꾀꼬리가 줄곧 울고 있었다. 사람의 나이를 센다는 뻐꾸기가 늘 잘못 헤아리고는 또 처음부터 고쳐 세고 있는 모양이다. 연못 속에서는 개구리들이 화난 듯이 소리를 짜내며 울고 있었다. 그 울음소리를 듣고 있노라면 '너도 그렇지! 너도 그렇지!' 하고 중얼거리는 것 같았다. 지독히 요란한 소리다. 흡사 이들 생물들이 소리를 맞추어 울어대어 봄철 초저녁에 아무도 자지 못하게, 그리고 모든 생물로 하여금, 성미 급한 개구리에 이르기까지 순간 순간을 아끼고 즐기기 위해 일부러 노래를 부르고 있는 듯이 여겨졌다. 사실 한 번밖에 없는 생명이 아닌가?

하늘에는 반달이 순금색으로 빛나고 숱한 별들이 반짝이고 있었다. 리파는 시간이 흐르는 것도 잊어버리고 연못가에 앉아 있었다. 그녀가 일어서서 걷기 시작했을 때에는 새 개발지는 모두 잠들어 버리고 한 점의 불빛도 보이지 않았다. 집까지는 아마 십이삼 베르스타는 될 것이다.

그런데 이미 걸을 기력도 없었으며, 어떻게 가면 좋을지조차도 알 수 없었다. 달은 어떤 때에는 오른쪽에서 비치고 있었다. 그리고 아까의 그 뻐꾸기가 '길을 잃지 마!' 하고 비웃는 듯이 지금은 희미한 소리로 여전히 울고 있었다.

리파는 급히 걸어갔다. 머리에 쓰고 있던 스카프는 어느 사이에 떨어뜨리고 말았다. 그녀는 하늘을 우러러보면서 아기의 영혼이 지금 어디에 있을까 생각하고 있었다. 내 뒤를 따라오고 있을까, 아니면 하늘의 별 주위를 날고 있어 이제 엄마를 가마득하게 잊어버린 것일까? 아아, 밤이 이슥한 들 한복판에서 즐겁게 노래할 수도 없을 때, 봄이건 겨울이건, 사람이 살아 있건 죽어 있건, 알면서도 모르는 체하는 달이 역시 홀로 쓸쓸히 밤하늘 저편에서 내려다보고 있을 때, 끊임없는 환희의 외침에 둘러싸여 있는 것은 그 얼마나 쓸쓸할까?…… 마음 속에 슬픔이 있을 때 홀로 있는 것은 괴롭다. 만약 지금 어머니 플라스코바나, 여자 요리사나, 적어도 누군가 농부라도 함께 있어 준다면!

"부우!" 이름 모르는 새가 울었다. "부우!"

그러자 그때 갑자기 사람의 말소리가 들렸다.

"말을 매어라, 바빌라!"

앞 길가에 모닥불 빛이 보였다. 이제 불꽃은 없고 타다 남은 붉은 빛이 반짝이고 있을 뿐이었다. 말이 풀을 뜯는 소리가 들렸다. 이윽고 어둠 속에서 두 대의 짐마차가 떠올랐다. 통을 실은 짐마차와 그보다 약간 낮은 자루를 실은 짐마차였다.

이어 두 사람의 모습이 보였다. 한 사람은 마차에 매기 위해 말을 끌고 다른 사람은 뒷짐을 지고 모닥불 옆에 서 있었다. 그러자 말을 끌던 사람이 걸음을 멈추고 말했다.

"누가 길을 걸어오는 것 같군."

"샬리크, 조용히 해!"

다른 사람이 개를 향해 외쳤다. 그가 노인이라는 것을 목소리로 알 수 있었다. 리파는 걸음을 멈추고 말했다.

"부지런하시군요!"

노인은 그녀에게 다가와서 잠시 사이를 두고 대답했다.

"안녕하시오!"

"할아버지, 댁의 개는 안 물어요?"

"괜찮아요. 지나가시오. 아무렇지도 않을 테니까."

"저는 병원에 있었어요."

잠시 잠자코 있다가 리파가 말했다.

"아기가 죽었어요. 지금 집으로 안고 돌아가는 중이에요."

그 말을 듣고 노인은 당황해하는 것 같았다. 그는 뒤로 물러나면서 급히 이렇게 말했다.

"너무 슬퍼 말아요. 모두가 하느님의 뜻이니까. 이봐, 뭘 우물쭈물하고 있는 거야?"

하고 노인은 동행하던 사람을 뒤돌아보며 말했다.

"빨리 하란 말이야!"

"할아버지의 멍에가 없어요." 젊은이가 말했다.

"보이지 않는데요."

"이 바보 녀석!"

노인은 모닥불의 타다 남은 것을 주워 입으로 불었다. 눈과 코만이 밝게 비쳤다. 그는 멍에를 찾아 내자 불을 치켜들고 리파에게 다가가 그녀의 얼굴을 들여다보았다. 그의 눈은 동정과 다정함을 나타내고 있었다.

"당신이 엄마요?" 그는 말했다.

"엄마란 모두 자기 아기가 몹시 불쌍하게 여겨지는 법이지."

이렇게 말하고 노인은 한숨을 쉬며 고개를 저었다. 바빌라가 불 위에 무언가를 던져 발로 짓밟았다. 그러자 주위가 갑자기 캄캄해졌다. 환영(幻影)이 사라지고 아까처럼 들과 별, 하늘만이 남고 새들이 서로 잠을 방해하면서 지저귀고 있었다. 모닥불이 있던 부근에서 흰눈썹뜸부기인 듯한 새가 울고 있었다. 그러나 잠시 후, 또 짐마차와 노인과 키가 큰 바빌라의 모습이 보였다. 짐마차는 길로 나가면서 덜커덕 소리를 내고 있었다.

"댁들은 교회 신부이신가요?" 리파가 물었다.

"아니, 필로사노브 마을에 사는 사람이오."

"아까 할아버지가 얼굴을 들여다보셨죠? 그렇게 하시니까, 제 마음이 가라앉던데요. 이 젊은 분도 얌전하군요. 그래서 저는 신부님들이 틀림없다고 생각했어요."

"멀리 가오?"

"우클레예보 마을까지 가고."

"그럼, 타요. 쿠지멘키까지 데려다 줄 테니까. 거기서 곧장 가면 되오. 우리는 왼쪽으로 가니까 말이오."

바빌라가 통을 실은 짐마차를 타고 노인과 리파는 또 한 대의 짐마차를 탔다. 느릿한 걸음으로 나아가기 시작했다. 바빌라가 앞섰다.

"이 아기는 하루 종일 괴로워했어요." 리파가 말했다.

"조그만 눈으로 가만히 저를 쳐다보며 말없이 있었어요. 말하고 싶어도 말을 할 수가 없었지요. 아아, 하느님, 성모님, 저는 슬퍼도 줄곧 마루에 쓰러져 있었어요. 서 있으면 이내 침대 곁에 넘어져 버렸죠. 할아버지 가르쳐 주세요. 왜 이런 작은 아기까지도 죽기 전에는 괴로움을 당해야 하는 걸까요? 어른은 남자나 여자나 고통을 받음으로써 죄가 사해지지만, 왜 아기는 죄가 없는데도 괴로워하죠? 왜 그래요?"

"글쎄, 아무도 모르지!" 하고 노인은 대답했다.

두 사람은 한참 동안 말없이 달렸다.

"왜라든가 어찌해서라든가 우리는 알 수 없지."
하고 노인은 말했다.

"새의 날개는 두 개이지 네 개가 아니잖소? 그것은 말이지, 두 개만 있어도 날 수가 있기 때문이오. 그런 식으로, 사람도 모조리 알 수 없게 되어 있는 거요. 절반이나 4분의 1만 알고 있으면 되는 거지. 살아가기 위해 알 필요가 있는 것만 알면 되는 거요."

"할아버지, 저는 걸어가는 게 편할 것 같아요. 가슴이 떨려요."

"괜찮아, 앉아 있어요."

노인은 하품을 하고 입에 성호를 그었다.

"괜찮아……." 하고 그는 되풀이했다.

"댁의 슬픔쯤은 아무것도 아니오. 사람의 일생은 매우 길어요! 아직도 좋은 일이 있고 궂은 일도 남아 있지. 여러 가지가 있어. 어머니인 러시아는 굉장히 크니까 말이오!"

그는 말하고 나서 길 양쪽을 둘러보았다.

"나는 온 러시아를 걸어서 모조리 이 눈으로 보았어. 그러니까 딸은 내 말을 믿는 게 좋을 거요. 앞으로 아직 좋은 일도 있거니와 궂은 일도 있지. 나는 옛날에 터벅터벅 걸어서 시베리아로 갔다오. 아무르에도 갔고 이르타이에도 갔었지. 시베리아에 정착해서 땅을 경작한 적도 있어요. 그리고 어머니인 러시아가 몹시 그리워서 고향으로 돌아왔어. 러시아로 돌아올 때에는 역시 터벅터벅 걸어서 왔지. 잊혀지지도 않지만, 나룻배를 탔을 때의 일이었어. 나는 여위고 누더기를 입고 맨발에다 추위에 떨며 빵 껍데기를 먹고 있었지. 그런데 나룻배에 한 나리가 타고 있었는데——만약 그분이 돌아가셨다면, 부디 그 나리에게 편안함을 주소서—— 그 나리가 불쌍한 듯이 나를 쳐다보고 눈물을 흘리시더군. '아, 당신의 빵도 검지만 당신의 처지도 검은 게로군…….' 이렇게 말씀하셨어. 겨우 마을로 돌아왔을 때에는 그야말로 알몸이었어. 아내는 있었지만 시베리아에 남아 그곳에서 죽었어. 그래서 지금은 가난한 날품팔이 농부 생활을 하고 있다오. 그런데 어떻소? 그래도 역시 궂은 일도 있었던 반면, 좋은 일도 있었단 말이오. 그래서 나는 죽고 싶지 않아요. 아직도 앞으로 20년쯤은 더 살고 싶다고 생각하고 있지. 그 까닭인즉 좋은 일이 많았기 때문이오. 어쨌든, 어머니인 러시아는 굉장히 크니까 말이야!"

노인은 이렇게 말하더니 다시 길 양쪽을 둘러보고는 또 뒤를 돌아보았다.

"할아버지." 하고 리파가 물었다.

"사람이 죽으면 그 뒤 며칠 동안이나 영혼이 땅 위를 걷고 있을까요?"

"그런 걸 누가 안담? 그렇군, 바빌라한테 물어볼까? 저 녀석은 학교에 다녔으니까. 요즘 학교에서는 무엇이든지 가르쳐 준단 말이야. 여봐, 바빌라!"

노인은 외쳤다.

"왜 그러세요?"

"바빌라, 사람이 죽으면 며칠 동안이나 영혼이 땅 위를 걷고 있을까?"

바빌라는 말을 세우고 이렇게 대답했다.

"아흐레 동안이죠. 우리 키릴라 아저씨가 죽었을 때에는 열사흘 동안이나 영혼이 우리 집에 살고 있었어요."

"그것을 어떻게 알지?"

"열사흘 동안이나 난로 속에서 덜컥덜컥 소리가 났으니까요."

"그래? 좋아, 그만 가자!"

노인은 말했다. 노인은 그런 말을 믿지 않는 것이 분명했다.

쿠지멘키 부근에서 짐마차는 큰길로 접어들고, 리파는 그곳에서부터 걸어갔다. 부근은 밝아 있었다. 골짜기를 내려오면서 바라보자 우클레예보 마을의 농가와 교회는 안개 속에 파묻혀 있었다. 추웠다. 리파에게는 아까의 그 뻐꾸기가 아직도 울고 있는 듯이 느껴졌다.

리파가 집에 돌아왔을 때에는 아직 가축을 바깥에 내놓지 않고 있었다. 온 집안이 잠들어 고요했다. 그녀는 계단에 앉아 기다렸다. 이윽고 맨 처음에 노인이 나왔다. 그는 첫눈에 어떤 일이 일어났나를 깨닫고, 오랫동안 한 마디도 말을 꺼낼 수가 없어 입맛만 다시고 있었다.

"아아, 리파." 하고 그는 겨우 말했다.

"너는 아이를 지키지 못했구나……."

바르바라가 불려왔다. 그녀는 큰 소리로 울기 시작하더니 곧 아기의 뒤처리를 시작했다.

"그렇게도 착한 아기였는데……" 하고 그녀는 말했다.

"원 참……. 하나밖에 없는 사내아이였는데 그것을 지키지 못했군, 이 바보……."

그 날 아침과 밤에 추도 미사가 행해졌다. 다음날 장사를 치른 뒤 손님과 신부들은 마치 며칠이나 밥 구경도 못한 사람들처럼 배불리 먹었다. 리파는 식사 시중을 들고 있었다. 그러자 한 신부가 소금에 절인 버섯을 집어들고 그녀에게 이렇게 말했다.

"아기가 죽은 것을 슬퍼하면 안 돼요. 천국은 아기들의 것이니까."

손님들이 돌아가자, 리파는 비로소 니키폴르가 지금 없다는 것과 이제부터는 영영 없다는 것을 깨닫게 되었다. 그것을 깨닫고 슬피 울기 시작했다. 그런데 그녀는 어느 방에 가서 울어야 할지조차도 몰랐다. 아기가 죽은 지금 이 집에서 자기가 있을 장소가 없다는 것을, 자기가 여기서는 이제 소용이 없는 여자라는 것을 절실히 느낀 것이다. 다른 사람들도 그렇게 느끼고 있었다.

"왜 울고 있는 거야?"

갑자기 아크시니야가 문 앞에 나타나서 소리를 질렀다. 장례식이 있었으므로 그녀는 새 옷을 입고 분을 바르고 있었다.

"조용히 하라니까!"

리파는 울음을 그치려고 했으나 참을 수가 없어 더욱 큰 소리로 울기 시작했다.

"내 말이 들리지 않아?"

하고 아크시니야는 고함을 지르고 격한 분노에 사로잡혀 발로 탕 하고 마루를 굴렀다.

"누구한테 말하고 있는 줄 알아! 빨리 나가! 다시는 이 집에 들어오지도 말란 말이야. 징역 간 사람의 여편네인 주제에! 나가란 말야!"

"제발, 제발!······"

하고 노인이 당황하여 사이에 끼어 들었다.

"아크시니야, 진정해다오······. 우는 것도 무리가 아니지 않니······. 아기를 잃었으니까 말이야·····."

"무리가 아니지 않느냐고요······."

하고 아크시니야가 노인의 말을 흉내 내며 말했다.

"오늘 밤만 묵도록 하고 내일부터 얼씬 못하게 해 줘요! 무리가 아니지 않느냐고······."

하고 그녀는 다시 한 번 흉내를 내고 비웃으면서 가게 쪽으로 걸어갔다.

다음날 아침 일찍 리파는 톨르구예보 마을에 있는 어머니 곁으로 돌아갔다.

9

이제 가게의 지붕과 앞문은 다른 색으로 칠해져 새롭게 빛나고, 창가에는 그 전처럼 화려하게 제라늄이 만발해 있었다. 그리고 3년 전 치부킨 집안의 뜰 안에서 일어났던 일은 차츰 잊혀져 가고 있었다.

그 당시와 마찬가지로 집 안의 주인은 그리고리 페트로프 영감으로 되어 있기는 하지만, 실권은 모두 아크시니야의 손에 넘어가 버렸다. 상품을 팔고 사는 것도 그녀이며, 그녀의 승낙 없이는 무엇 하나 할 수도 없었다. 벽돌 공장도 순조로웠다. 마침 철도 공사 때문에 벽돌의 수요가 많았으므로 천 개에 24루블리까지 값이 뛰었다. 농부의 아낙네와 처녀들은 역으로 벽돌을 운반하여 화차에 싣고, 그 품삯으로 하루에 25카페이카를 받고 있었다.

아크시니야는 프뤼민네와 손을 잡았다. 그들의 공장은 지금은 '동생 프뤼민 상회'라고 불리고 있었다. 그들은 또 정거장 부근에 선술집을 차렸다. 그 값비싼 손풍금 소리가 나는 것은 이제 공장이 아니라 바로 선술집이었다. 그리하여 이 선술집에는 역시 무엇인가 거래를 시작한 우체국장이나 역장까지도 빈번히 드나들고 있었다. 프뤼민에게서 금시계를 얻은 귀머거리 스체판은 호주머니에서 줄곧 그 시계를 꺼내어 귀에 대고 있었다.

마을에서는 아크시니야를 굉장한 힘을 가진 여자라고들 말하고 있었다. 사실 아름답고 행복해 보이는 그녀가 앳된 미소를 띠면서 매일 아침 자기 공장으로 마차를 타고 달릴 때나, 공장에서 이것저것 지시하고 있을 때는 그녀에게 굉장한 힘이 있는 것처럼 느껴지기도 했다. 그녀는 집에서나 마을에서나 공장에서나 모든 사람들로부터 두렵게 여겨지고 있었다. 그녀가 우체국에 가면 국장이 벌떡 일어나서 이렇게 말한다.

"어서 이쪽으로 앉아 주십시오. 크세냐 아브라모브나(아크시니야의 정식 이름)!"

상당히 나이가 든 어느 지주(地主)가—— 이 사나이는 굉장한 멋쟁이로 엷은 나사의 소매 없는 외투를 입고 니스를 칠한 목이 긴 장화를 신고 있었다—— 어느 날 그녀에게 말을 팔게 되었는데, 이야기하다 그만 부르는 대로 값을 치르고 말았다.

그는 오랫동안 그녀의 손을 쥔 채 밝은 표정으로 사연이라도 있는 듯이 들여다보며 이렇게 말했다.

"당신과 같은 부인을 위해서라면, 크세냐 아브라모브나, 나는 무엇이든지 하겠습니다. 말씀해 주십시오. 언제 방해받지 않는 곳에서 당신을 뵐 수 있겠는지 말입니다."

"언제든지 좋아요!"

그 뒤 이 나이 지긋한 멋쟁이 사나이는 매일같이 가게로 맥주를 마시러 들렀다. 가게에서 파는 맥주는 쑥처럼 지독히 맛이 썼다. 지주는 고개를 저으면서 그래도 마시고 있었다.

치부킨 영감은 이제 일에 대해서는 간섭하지 않았다. 그는 아무래도 진짜 돈과 가짜 돈을 분간할 수가 없었으므로 돈을 가까이하지는 않았지만, 그러나 입을 다물고 자기가 이처럼 노쇠한 것을 아무에게도 말하지 않았다. 그는 왠지 모르게 잘 잊어버리고 식사가 늦어져도 재촉하지 않았다. 가족들도 그가 없는 가운데 식사를 하는 데 익숙해져 버렸다. 바르바라는 흔히 이렇게 말했다.

"우리 영감님은 엊저녁에도 식사를 하지 않고 주무셨어."

그녀도 이제 익숙해져 버렸기 때문에 태연한 얼굴로 그렇게 말하는 것이었다. 어찌된 일인지 영감은 여름이나 겨울이나 털외투를 입고 어슬렁거리고 다녔다. 몹시 더운날만은 바깥에 나가지 않고 집안에 앉아 있었다. 대개 그는 털외투를 입고 깃을 세워 단단히 감싸고 마을 안이나 역으로 가는 길을 산책하거나, 혹은 교회 문 옆에 있는 벤치에 아침부터 밤까지 앉아 있었다. 가만히 앉아 꼼짝도 하지 않았다. 지나가는 사람이 인사를 해도 여전히 농부가 싫기 때문에 모르는 척하고 있었다. 무엇인가 질문을 받으면 정중하게 대답은 하지만 말수가 적었다.

마을에서는 며느리 아크시니야가 그를 집에서 쫓아내어 식사도 주지 않는다느니, 그가 동냥으로 연명하고 있다느니 하는 소문이 나돌았다. 어떤 사람들은 그것을 고소해하고 또 어떤 사람들은 가엾게 여기고 있었다.

바르바라는 점점 살이 찌고 희멀쓱해졌으며, 여전히 좋은 일을 많이 하고 있었다. 아크시니야도 그녀를 방해하지는 않았다. 잼이 많이 있어 새 딸기를 딸 때까지 먹어 치울 수도 없고 이대로라면 딱딱하게 굳어져 버릴 것이기 때문에 바르바라는 처치가 곤란해 울상이 되어 버렸다.

아니심에 대해서는 모두 잊어버리려 하고 있었다. 그로부터 편지가 한 번 온 적이 있었다. 청원서와 같은 커다란 종이에 바로 그 달필로 적은 시(詩) 형식의 편지였다. 친구인 사모로도프도 그와 함께 징역을 살고 있는 모양이었다. 시 부분의 밑에 읽어내기 힘든 글씨로 단 한 줄 이렇게 씌어 있었다.

'병이 낫지 않아 괴롭습니다. 살려 주십시오.'

어느 날 매우 맑은 가을날 저녁 무렵에 치부킨 영감은 교회 문 옆에 앉아 있었다. 역시 털외투의 깃을 세우고 있었으므로 코와 모자의 챙밖에 보이지 않았다. 기다란 벤치의 또 한끝에는 목수인 엘리자로프와 학교 수위로 일흔 살에 가까운, 이빨이 다 빠진 야코프 노인이 나란히 앉아 있었다. 목발과 수위는 세상 이야기를 하고 있었다.

"자식은 노인을 부양할 의무가 있는 거야……. 너희 부모를 공경하라고 하지 않았는가?"
하고 야코프가 분개하여 말하고 있었다.

"그런데 그 여자는, 그 며느리는 말이야, 시아버지를 자기 집에서 쫓아내 버렸어. 노인은 먹지도 마시지도 못하고, 도대체 어떻게 되는 거지? 벌써 사흘이나 먹지 못했으니 말이야."

"사흘이나?" 목발이 놀라면서 말했다.

"저봐, 저렇게 앉은 채 잠만 자고 있단 말이야. 약해졌어. 이걸 보고 잠자코 있을 수 있겠어? 고소하면 되는데, 설마 재판소에서 그 여자를 칭찬하지는 않겠지?"

"재판소에서 누구를 칭찬-한다고?"

목발이 잘못 알아듣고 둘었다.

"뭘 말이오? 그 며느리는 그래도 일꾼이오. 그 집은 그 여자가 아니면 지탱할 수 없어. 죄를 짓지 않으면, 다시 말해서……."

"자기 집이라면 말이야." 하고 야코프가 분개하여 계속했다.

"자기가 세운 집이라면 그야 쫓아내는 것도 좋아. 체, 무슨 여자가 그래! 망할 것!"

치부킨 영감은 이야기를 듣고 있으면서도 꼼짝하지 않았다.

"내 집도 남의 집도 마찬가지지. 그저 따뜻하고 여편네들이 깽깽거리지만 않으면 되는 거야……."

하고 목발은 말하며 웃어댔다.

"젊었을 때에 나는 나스타샤가 몹시 불쌍했지. 얌전한 여자였어. 곧잘 '집을 사요. 마카르이치! 집을 사요. 마카르이치! 집을 사요. 마카르이치!' 하고 말했어. 그런데 죽을 때엔 이렇게 말하더군. '걷지 않아도 좋도록 경주용 마차를 사요. 마카르이치!' 하고 말이야. 그런데 내가 마누라한테 사 준 것이라곤 당밀 과자뿐이었어."

"그 여자의 남편은 귀머거리인데다 바보지."

하고 야코프는 목발의 이야기를 듣지 않고 계속했다.

"바보 중에서도 바보 천치야. 거위와 마찬가지지. 아무것도 모른다니까. 거위의 대가리를 때려 봐, 멍하니 있을 걸."

목발은 공장으로 돌아가려고 일어섰다. 야코프도 일어섰다. 두 사람은 이야기를 계속하면서 함께 걷기 시작했다. 그들이 오십 보쯤 걸어가자 치부킨 영감도 일어서서 미끄러운 얼음판 위라도 걷는 것처럼 비틀거리는 발걸음으로 그들 뒤에서 터벅터벅 걷기 시작했다.

마을은 이제 저녁 어스름에 싸이고 뱀처럼 꾸불꾸불한 언덕길 위쪽에만 태양이 비치고 있었다. 농가의 아낙네들이 어린아이들을 데리고 버섯이 든 바구니를 들고 숲에서 집으로 이어진 길을 걷고 있었다. 벽돌을 화차에 싣던 농부 아낙네와 처녀들이 떼지어 돌아오고 있었다. 코끝과 눈밑의 두 뺨에는 빨간 벽돌 가루가 묻어 있었다. 그녀들은 노래를 부르고 있었다. 맨 앞에 리파가 서서 저녁 하늘을 우러러보며 가는 목소리로 하루 해가 무사히 끝나고 휴식할 시간이 온 것을 축하하는 듯이 즐겁게 노래부르고 있었다. 그녀들 중에는 그녀의 어머니인 날품팔이 플라스코바도 있었다. 플라스코바는 한 손에 자그마한 보따리를 들고 여전히 숨을 헐떡이고 있었다.

"안녕하세요, 마카르이치." 목발을 알아보고 리파가 말했다.

"안녕하세요, 할아버지."

"여어, 안녕, 리핀카!" 하고 목발은 기쁜 듯이 대답했다.

"여러분, 돈 많은 목수 할아버지를 사랑해 주시오! 하하! 애들아, 귀여운 아가야."

목발은 갑자기 흐느꼈다.

"귀여운 내 꼬마들아."

목발과 야코프는 앞으로 걸어갔다. 그녀들이 말하는 소리가 들렸다. 얼마 안 가서 그녀들은 치부킨 영감을 만났다. 갑자기 모두가 조용해졌다. 리파와 플라스코바는 대여섯 걸음 일행에서 뒤쳐졌다. 그리고 영감 곁을 스쳐지나갈 때, 리파는 공손하게 절을 하고 이렇게 말했다.

"안녕하세요. 그리고리 페트로비치!"

그녀의 어머니도 마찬가지로 절을 했다. 영감은 걸음을 멈추고 잠자코 두 사람의 얼굴을 쳐다보았다. 입술이 떨리고 눈에는 눈물이 가득 괴어 있었다. 어머니가 갖고 있는 자그마한 보따리에서 보릿가루로 만든 피로그(만두)를 한 조각 꺼내어 영감에게 주었다. 영감은 받아들고 먹기 시작했다.

해는 이미 져 있었다. 언덕길 위에 비치던 햇살도 사라지고 없었다. 주위가 어두워지고 쌀쌀해졌다. 리파와 플라스코바는 걸어가면서 오랫동안 성호를 긋고 있었다.

입맞춤

5월 20일 밤 8시, N 예비 포병 여단(豫備砲兵旅團)의 6개 중대가 모두 야영지(野營地)로 가는 도중, 메스체치키라는 부락에서 하룻밤을 묵기 위해 멈추었다. 부지런히 대포를 손보는 장교가 있는가 하면, 말을 달려 교회 울타리 부근에 있는 광장에 집합하여 숙사(宿舍) 담당의 설명을 듣는 장교도 있어 한참 소란을 피우고 있는데, 교회 건물 뒤에는 말을 탄 평복차림의 남자가 모습을 나타냈다. 그가 타고 있는 말 또한 색다른 것이었다. 담황색 털빛의 자그마한 말로 잘생긴 목과 짧은 꼬리를 가졌으며, 그 걸음걸이가 어쩐지 옆걸음이라도 치고 있는 듯 똑바르지 않고, 더구나 네 발로 깡충깡충 잽싸고 빠르게 춤추는 듯한 모습은 마치 다리에 채찍을 맞고 있는 듯했다. 장교들이 모여 있는 곳까지 오자, 말을 탄 사나이는 모자를 약간 들어올리며 이렇게 말했다.

"이 마을의 지주, 육군 중장 폰 라베크 각하께서 장교님들에게 차대접을 해 드리려고 하시니 즉시 저택까지 와 주십사 하는 초청이십니다……."

말은 꾸벅 절을 하더니 또 춤을 추기 시작하여, 장기(長技)인 옆걸음질로 물러갔다. 말을 탄 사자(使者)는 다시 한 번 모자를 약간 들어 올리고는 곧 그 괴상한 말과 함께 교회 뒤로 사라져 갔다.

"체, 별꼴 다 보겠네!"

각자의 숙소로 가면서 원망스러운 듯이 이렇게 중얼거리는 장교도 있었다.

"졸려서 죽겠는데 말이야. 폰 라베크라는 사람이 차를 마시라고 하셨겠다! 그게 어떤 차라는 건 우리는 벌써부터 알고 있지!"

6개 중대의 모든 장교들은 작년에 있었던 일을 선명히 떠올리고 있었다. 그것은 기동 연습 때의 일이었다. 그들은 어느 카자크 연대의 장교와 함께 바로 지금과 같은 방법으로 퇴역 장군이라는 어느 지주 백작으로부터 차 대접을 받기 위해 초청받은 적이 있었다. 손님 접대에 능한 친절한 백작은 정중히 그들을 접대하여 마음껏 먹고 마시게 했을 뿐만 아니라, 마을의 숙사로 돌아가려는 그들을 만류하여 마침내 그의 저택에서 묵게 하는 친절을 베풀었다.

물론 모든 게 기분 좋은 일이었지만, 다만 귀찮기 짝이 없었던 것은 이 퇴역 군인이 청년 장교들을 보자 지나치게 기뻐하고 있었다는 사실이다. 그는 동이 훤히 틀 때까지 장교들에게 즐거웠던 자기의 과거사를 이야기해 주기도 하고, 이 방 저 방을 두루 안내하며 돌아다니기도 하고, 값진 그림과 오래 된 판화(版畵), 진귀한 무기 등을 차례차례 보여 주기도 하며, 고관들의 친필(親筆)로 된 편지를 읽어 주기도 하였다. 그러나 피곤에 지칠대로 지친 장교들은 공손히 듣고 보고 하면서도 잠자리가 그리워서 소매 끝으로 슬쩍 하품을 감추기도 할 정도였다. 겨우 그들을 놓아 주었을 때는 꽤나 늦은 시간이었다.

이번 폰 라베크도 그런 인물이 아닐까? 아니, 그런 인물이건 아니건, 일이 이쯤 되니 어떻게 할 도리가 없었다. 장교들은 정성들여 손질해서 복장을 단정히 하고, 왁자지껄 떼를 지어 지주 저택을 찾아 나섰다. 교회 부근의 광장에서 길을 물으니, 지주 댁으로 가려면 아랫길로도 갈 수 있다는 것이다── 그것은 교회 뒤쪽에서 개천으로 내려가 개천가의 가로수 길을 따라가면 문제 없이 목표한 장소에 이른다. 또 하나의 윗길인데── 이것은 교회에서 곧장 부락을 벗어나 4, 5마장쯤 되는 곳에 가면 지주의 곡식 창고에 닿는다. 이런 식으로 알려주었다. 장교들은 윗길을 택하기로 하였다.

"폰 라베크라는 사람은 도대체 어떤 인물일까?"
하고 그들은 가는 도중 서로 의견을 나누었다.

"플레브나의 싸움에서 N 기병 사단을 지휘한 바로 그 사람이 아닐까?"

"아니, 그 사람은 폰 라베크가 아니야, 그냥 라베였어. 그리고 폰도 붙지 않았지."

"어쨌든 참 좋은 날씨로군!"

지주의 곡식 창고 중 맨 앞에 있는 곳간에서 길이 두 갈래로 갈라져 있었다. 한쪽은 곧장 뻗어 저녁 어둠 속으로 사라지고, 또 한쪽은 오른쪽으로 꺾여 지주 저택으로 통하고 있었는데 장교들은 오른쪽으로 돌아 지주 저택으로 향하고 있었다. 장교들은 오른쪽으로 돈 후 소리를 낮추어 이야기하기 시작했다. 길 양쪽에는 돌로 만든 빨간 지붕의 곳간이 즐비하게 늘어서 있었는데, 그 육중하고 위엄 있는 느낌은 시골 거리에 있는 병영, 바로 그대로였다. 길 앞쪽에는 지주 저택의 창문이 밝게 빛나고 있었다.

"자, 여러분들! 냄새가 좋은가?"
하고 장교 중 누군가가 말하였다.

"우리의 세터가 선진(先陣)을 차지하고 있지 않소? 그놈은 틀림없이 먹이 냄새를 맡은 모양이야!"

맨 앞에 서 있던 사람은 로비트코 중위로, 키가 훤칠하고 튼튼한 체격인 데도 콧수염이 하나도 없었다(그는 벌써 스물다섯 살이 넘었는데, 그의 건강한 얼굴에는 웬일인지 아직도 수염이 싹틀 기색이 없었다). 그러나 그는 여자에 관한 한 뛰어난 직감력을 가지고 있었다. 이런 면으로는 여단 내에서 이름을 떨치고 있는 사람이었다. 그는 홱 뒤를 돌아보더니 이렇게 말했다.

"그렇지. 그곳에는 반드시 몇 사람의 여성이 있어. 나는 본능적으로 그것을 알 수 있단 말이야."

저택의 현관 앞까지 나와 장교를 맞이한 사람은 다름 아닌 폰 라베크였는데, 풍채가 당당하고 예순 살쯤 되어 보이는 평복차림의 노인이었다. 장교들과 차례로 악수를 나누면서 그는,

"매우 기쁩니다. 더할 나위 없는 행복입니다."

하고 환영의 뜻을 나타냈으나, 덧붙여서 지금 장교 여러분들에게 간절히 관용을 바라고 싶은 것은, 모처럼 초청하였으나 편히 하룻밤을 묵어 주십사는 부탁을 할 수가 없게 되었다는 말이었다. 실은 누이동생들이 저마다 아이들을 데리고 놀려온데다, 동생들과 이웃 지주들까지 머물고 있어 집 안에 빈 낭이 하나도 없다는 것이었다.

장군은 일일이 그들의 손을 쥐면서 또다시 사과의 말을 하며 웃어 보이기는 했지만, 그의 얼굴빛으로 미루어 그가 손님을 반가워하는 정도는 작년의 백작에 비하여 아무것도 아니고, 이렇게 장교들을 초대한 것도 다만 예의상 할 수 없다는 집안 사람들의 견해를 좇았을 뿐이라는 걸 뚜렷이 나타냈다. 장교들도 푹신한 양탄자 계단을 올라가며, 주인의 인사말을 들으면서 자기들이 이 저택으로 초대받은 것 역시 입장이 난처할 뿐이라고 생각했다. 더구나 하인들이 허둥지둥

뛰어다니며 아래층 입구와 이층 객실 등에 불을 켜고 있는 것을 보았을 때, 자기들은 이 저택에 뜻하지 않은 폐를 끼쳤다는 생각이 들기까지 했다. 아마 집안끼리의 축하 행사라도 있어서 어린아이들을 데리고 온 두 누이동생과 남동생, 그리고 이웃 지주들까지 모인 것 같았는데, 보지도 알지도 못하는 장교들이 열 아홉 명이나 들이닥친 것을 보고는 빈말로도 기뻐해 줄 리가 없었다.

2층으로 올라가자 입구에서 손님을 맞아 준 사람은 키가 크고 날씬한 노부인이었다. 눈썹이 짙고 얼굴은 갸름하여 외제니 황후(나폴레옹 3세의 황후, 1826~1920)를 연상케 했다. 상냥하고 위엄 있는 미소를 띠면서, 손님들을 우리 집으로 맞아들여 참으로 기쁘기 이를 데 없다는 인사말을 한 후, 다만 끝내 사과드려야 할 것을 공교롭게도 나도 주인도 장교 여러분들에게 편히 하룻밤을 묵게 해 드릴 형편이 못 되는 것이라고 덧붙여 말하였다. 그녀의 아름답고 위엄 있는 미소는 그녀가 무슨 일로 옆을 볼 때마다 갑자기 얼굴에서 사라지곤 했다. 어쨌든 그녀의 미소로 판단하건대 그녀는 그 생애에 진저리가 날 정도로 숱한 장교 제군들을 보아 와 지금은 장교 따위는 전혀 안중에 없고, 비록 이처럼 그들을 자기 저택에 초대하여 사과의 말을 하고 있지만, 그것은 그녀가 받은 교육이나 사교계에서의 지위가 그렇게 만든 것에 지나지 않는다는 것을 언뜻 보아도 분명히 알 수 있었다.

장교들은 커다란 식당으로 안내를 받았는데, 긴 식탁 한쪽 끝에 열 사람 가량의 신사 숙녀가 차를 마시고 있었다. 의자 뒤에는 희미한 여송연 연기에 싸인 남자들만이 어렴풋이 보였다. 그들 중의 누구인지는 모르지만, 아맛빛의 구레나룻을 기른 여윈 청년 한 사람이 서 있었는데, 이상하게 목 안에서 굴러나오는 발음의 영어로 큰 소리로 떠들고 있었다. 그들의 뒤쪽 문 너머로는 환한 방이 보였고, 그곳의 가구는 모두 푸른 빛이었다.

"여러분, 사람 수가 많아 도저히 일일이 소개해 드릴 수는 없겠군요!"

하고 장군은 큰 소리로 명랑하게 보이려고 애쓰면서 말했다.

"자, 여러분. 각자가 허심탄회하게 가까이 지내 주십시오!"

매우 진지한 표정을 넘어서 위엄마저 있는 표정을 짓는 장교가 있는가 하면 어색한 웃음을 또 짓는 장교도 있어, 한결같이 몹시 겸연쩍어하며 겨우 인사말만으로 끝내그 차 마시는 자리에 앉았다.

그 중 가장 겸연쩍어한 사람은 랴보비치라는 이등(二等) 대위였다. 이 사람은 안경을 끼고 살쾡이 같은 구레나룻을 뾰족하게 기른 몸이 작고 등이 굽은 장교였다. 방금 동료들이 제각기 한창 진지하기 짝이 없는 얼굴을 하거나 부자연스러운 웃음을 띠고 있는 동안, 그의 얼굴은 살쾡이 같은 구레나룻과 안경과 함께 '나는 여단 중 가장 마음이 약하고 가장 소극적이며 가장 눈에 띄지 않는 장교입니다!'라고 말하기라도 하는 듯하였다. 처음 식당에 들어가 차를 마시는 자리에 앉는 동안 아무리 애를 써도 그는 자기의 주의력을 무엇인가 일정한 얼굴이나 물건에 집중시킬 수가 없었다. 많은 얼굴, 갖가지 의상, 커트글라스로 된 코냑 병, 컵에서 올라가는 김, 석회로 만든 천장의 차양, 이런 것들이 하나로 녹아들어 전체가 한덩어리의 방대한 인상을 만들어 내고, 그것이 랴보비치로 하여금 안절부절 못하게 불안한 마음과, 구멍이 있다면 머리를 감추고 싶은 생각을 일으키게 하였다. 처음 대중 앞에 나선 연설자처럼 그에겐 눈앞에 있는 것이 모두 보이면서도 그것들을 확실히 파악할 수 없었다(생리학자들은 이처럼 대상이 보이면서도 이해하지 못하는 상태를 '심맹(心盲)'이라고 부른다).

그러나 잠시 후엔 주위에 익숙해져, 랴보비치는 마음의 안정을 되찾고 차차 주위를 관찰하기 시작했다. 마음이 약하고 사교에 익숙하지 못한 사람이 언제나 그렇듯이, 그의 눈에 맨 먼저 비친 것은 자기가 태어난 이후 한 번도 가져본 적이 없는 것, 다시 말해서 생전 처음으로 알게 된 사람들의 뛰어난 용감성이었다.

폰 라베크, 그의 아내, 상당히 나이 들어 보이는 두 여인, 연보랏빛 옷을 입은 아가씨, 바로 그 아맛빛의 구레나룻을 한 젊은이—— 이 사람은 라베크의 막내아들로 밝혀졌다—— 그러한 사람들은 매우 솜씨 좋게, 마치 미리 연습이라도 해 둔 것처럼 멋있게 장교들 사이에 끼어 자리에 앉자마자 순식간에 맹렬한 논쟁을 시작하였으므로, 손님들은 자기도 모르게 그 논쟁 속에 말려들고 말았다. 연한 보랏빛 옷을 입은 아가씨가 입에서 침을 튀길 듯한 기세로 포병 생활이 기병이나 보병보다 훨씬 편하다고 논하기 시작하자, 라베크와 나이 든 여인 둘이 그에 대하여 반대론을 폈다. 그것이 계기가 되어 이야기가 자유롭게 시작되었다. 랴보비치는 이 연보랏빛 옷을 입은 아가씨가 그녀와는 인연이 없을 뿐 아니라 전혀 흥미도 없을 문제에 대해 열심히 논쟁하는 모습을 가만히 바라보며, 그녀의 얼굴에 성의 없는 미소가 나타났다가 사라지는 모습을 지켜보고 있었다.

폰 라베크와 그의 가족은 장교들을 교묘하게 논쟁의 소용돌이 안으로 끌어들였으며, 그들은 그러는 동안에도 방심하지 않고 손님들의 잔에 주의를 기울여 음료수가 골고루 돌아갔나, 단 것이 부족한 손님은 없나, 왜 저분은 비스킷을 먹지 않을까, 그리고 왜 이분은 코냑을 마시지 않을까 살피고 있었다. 랴보비치는 관찰하면 할수록 점점 더 성의가 없어 보였지만 멋있고 세련된 가족들에게 호감을 갖게 되었다.

차를 마신 뒤 장교들은 커다란 홀로 안내되었다. 과연 로비트코 중위의 육감은 빗나가지 않았다. 홀에는 아가씨와 젊은 부인들이 많이 있었던 것이다. 로비트코 중위는 재빨리 검은 옷을 입은 아직 어린 한 금발 아가씨의 의자 곁으로 다가가서 보이지 않는 사벨에 기대듯 상반신을 대담하게 굽히고, 싱글싱글 웃기도 하고 넌지시 어깨를 흔들어 보이기도 하였다. 상대의 금발 아가씨가 예의상 듣고 있어요 하는 표정으로 그의 건강한 얼굴을 뜯어보면서 냉담한 말투로 이따금 "정말이에요?" 하고 되묻는 것으로 미루어 보아, 아마도 그는 무엇인가 퍽 재미있는 우스갯소리라도 하고 있는 듯했다. 전혀 열의 없는 이 "정말이에요?"라는 말투로 미루어, 만일 영리한 세터였다면 이래선 도저히 불가능하다고 판단하고 당장 단념했을 것이다.

피아노가 요란하게 울리기 시작했다. 슬픈 왈츠의 멜로디는 홀의 활짝 열어젖힌 창문으로 흘러나갔고, 동시에 모든 사람들은 왠지 새삼스레 이제 창가엔 봄이구나, 5월의 초저녁이구나 하는 것을 깨닫고 있었다. 문득 모두들 공기 속에 포플러의 새 잎과 장미와 보랏빛 정향꽃이 향기를 풍기고 있는 것을 느꼈다. 랴보비치는 음악 덕분으로 쭉 들이킨 코냑의 취기가 한꺼번에 올라와 힐끔 옆눈으로 창가를 바라보기도 하고 싱긋이 혼자 미소를 짓기도 하고 여인들의 동작을 눈으로 쫓기도 했다. 그러자 어느새 마음이 몽롱해져서 이 장미와 포플러와 정향꽃 향기는 정원에서 풍기는 것이 아니라, 다름아닌 저 여인들의 얼굴과 옷에서 풍겨 오는 것이라는 느낌이 들었다.

라베크의 아들은 어떤 바짝 마른 아가씨를 상대로 두어 번 춤을 추었다. 로비트코는 모자이크 바닥 위를 미끄러지듯이 연보랏빛 옷을 입은 처녀에게로 급히 달려가, 그녀와 짝지어 넓은 방이 좁을 지경으로 춤을 추기 시작했다. 무도회는 그렇게 시작되었던 것이다…… 랴보비치는 문 옆에 있는 춤추지 않는 사람들 틈에 섞여 이 광경을 지켜보고 있었다. 세상에 태어나 아직 한 번도 춤을 춘 적이 없고, 따라서 아직 한 번도 양가 여성의 부드러운 허리를 껴안을 기회를 갖지 못했다. 남자가 여러 사람 앞에서 낯선 소녀의 허리를 껴안거나 상대방의 한 손을 쉬게 하려고 자기의 어깨를 내미는 광경을 볼 때면 그도 그것이 좋아 보이기는 했으나, 그런 남자의 위치에 자기를 놓고 비교할 수는 도저히 없었다. 한때는 그도 동료의 용기와 재빠른 동작을 부럽게 생각하며 몰래 가슴을 태운 적도 있었다. 자기는 마음이 약하고 등이 굽고 눈에 띄지 않는 사람이며, 더구나 다리가 짧은데다 살쾡이 같은 구레나룻까지 있어—— 이러한 생각이 그를 심각한 비관 속으로 몰아넣었다. 그러나 해가 바뀜에 따라 이러한 생각에도 익숙해져, 지금은 춤추거나 높은 소리로 담소하고 있는 사람들을 보아도 이미 부럽다고는 생각되지 않았고 다만 어쩐지 구슬픈 느낌이 드는 것이었다.

이윽고 카드리유(4명 한 쌍이 되는 사교춤의 일종)가 시작되자 폰 라베크의 아들은 춤을 추지 않는 두 장교에게로 와서 당구를 치자고 권하였다. 두 사람은 찬성하여 그와 함께 홀 밖으로 나갔다. 랴보비치는 심심한 나머지 흉내만이라도 내어 그들과 어울리고 싶다는 생각에서 그들 뒤를 슬슬 따라갔다. 홀에서 나온 그들은 객실을 지나고, 유리문이 달린 긴 복도를 지나서 어느 방으로 들어갔다. 그들이 들어가자 세 하인이 자다 깬 모습으로 긴 의자에서 벌떡 일어났다. 이윽고 방을 몇 개 더 지나가, 라베크의 아들과 장교들은 아담한 방으로 들어갔다. 거기엔 당구대가 놓여 있었다. 곧 게임이 시작되었다.

놀이라고는 트럼프밖에 해 본 일이 없는 랴보비치는 당구대 옆에 서서 당구를 치고 있는 사람들의 얼굴을 흥미없는 듯이 쳐다보고 있었다. 그들은 각기 웃옷 단추를 풀고 두 손으로 큐를 잡고는 멋대로 걸어다니며 농담을 하고, 무엇인지 그로서는 알 수 없는 말을 지껄이곤 했다. 게임을 하고 있는 그들은 랴보비치를 거들떠보지도 않았다. 가끔씩 그들 중 누군가의 팔꿈치가 그에게 닿거나 잘못하여 큐가 그의 옷에 걸릴 때에야 비로소 얼굴을 돌리고 '실례!'라고 말할 뿐이었다. 첫 게임은 아직도 끝나지 않았으나 벌써 그는 지루해져서 자기는 소용없는 사람이고 방해가 될 뿐이라는 생각을 하기 시작하였다……. 문득 다시 홀로 돌아가 보고 싶은 생각이 들었으므로 그는 그곳에서 나왔다.

그런데 돌아가는 도중 그는 사소한 사건에 부딪치게 되었다. 한참 오다가 보니 방향이 다른 것 같았다. 도중에 세 하인의 선잠을 깬 모습을 만났던 것을 뚜렷이 기억하고 있었는데, 다섯 개인가 여섯 개의 방을 지나가도 그들의 모습은 그림자도 없이 묘연하였다. 잘못 왔음을 깨달은 그는 조금 되돌아와서 다시 오른쪽으로 돌아가 보았으나 이번에는 어둠침침한 서재 비슷한 방으로 걸음을 내디디고 말았다. 아까 당구실로 갈 때에는 보지 못했던 방이었다. 이곳에서 약 30초쯤 서 있다가 그는 될 대로 되라는 식으로 눈에 띄는 문을 과감하게 열고, 이번에는 완전히 캄캄한 방으로 들어가고 말았다. 마주친 곳에 문틈이 보이고, 그곳에서 밝은 빛이 새어나오고 있었다. 그 문 저쪽에서는 슬픈 마주르카의 멜로디가 어렴풋이 들려오고 있었다. 이 방도 저 홀과 같이 창문이란 창문은 모두 활짝 열려 포플러와 정향꽃과 장미꽃 냄새가 향기롭게 풍기고 있었다.

랴보비치는 어쩔 줄 몰라 걸음을 멈추고 서 있었다……. 그러자 뜻밖에도 그때 바쁜 듯한 발걸음 소리와 사각사각 비단 옷자락 스치는 소리가 나더니, 숨가쁜 여인의 목소리가 속삭이듯 '이제야 오셨군요!' 하고 말하자마자 두 개의 부드럽고 향기로운, 틀림없는 여성의 팔이 그의 목을 얼싸안으며, 그의 볼에 따스한 볼이 와 닿는 순간 키스하는 소리가 들려 왔다. 그러나 별안간 키스한 여인은 나지막한 소리를 지르며, 랴보비치가 느낀대로 표현하자면 매우 더럽다는 듯이 그에게서 물러섰다. 그도 하마터면 소리를 지를 뻔하다가 바로 그 밝은 문틈을 향해 그대로 돌진하였다.

그가 조금 전의 그 홀로 돌아왔을 때 그의 가슴은 두근거리고 있었고, 손은 손대로 남의 눈에 띌 만큼 몹시 떨리고 있었으므로 그는 재빨리 두 손을 등뒤로 감추었다. 처음에 그는 자기가 이제 막 여인에게 안겨 키스를 받았다는 사실을 모든 사람들이 잘 알고 있는 듯한 느낌이 들어 수치심과 공포심으로 괴로움을 받으며 몸을 움츠리고 겁에 질려 주위를 두리번거렸다. 그러나 이윽고 홀에 있는 사람들이 여전히 아주 태평스럽게 춤을 추거나 지껄이고 있는 모습을 확인하자 그는 겨우 안심이 되어 오늘 밤 처음으로 맛본 기분, 태어나서 지금까지 한 번도 경험한 적이 없는 기분에 몸도 마음도 완전히 사로잡히고 말았다.

그에게는 무엇인가 이상한 일이 일어나고 있었다. ……바로 조금 전에 좋은 냄새가 풍기는 토실토실하고 부드러운 두 팔에 껴안겼던 그의 목덜미는 향유라도 바른 듯한 기분이었으며, 또한 알지 못하는 여인에게서 키스받은 왼쪽 콧수염 부근이 마치 박하수라도 떨어뜨린 것처럼 기분 좋게 시원하고, 그 자리를 문지르면 문지를수록 시원한 느낌이 점점 강렬해져 가는 상태여서, 그는 온몸이 머리끝에서 발끝까지 아직도 맛본 적이 없는 야릇한 느낌으로 가득 차 버렸을 뿐 아니라, 그 느낌은 끊임없이 더 진해져 갔다……. 그는 춤을 추고 싶었다. 지껄이고도 싶었다. 정원으로 뛰어가고도 싶었고, 큰 소리로 웃어 보고도 싶었다……. 그는 자기의 등이 구부정하고 남의 눈에 잘 띄지 않는 사람이라는 것도, 자기의 구레나룻이 살쾡이와 비슷하고, 더구나 '좋지 못한 풍채(어느 때 여인들의 이야기 중에서 자기의 풍채가 그렇게 평가되는 것을 그는 언뜻 엿들은 적이 있었다.)'의 소유자라는 것도 깨끗이 잊어버렸다. 그곳을 지나가는 라베크의 아내를 향하여 그는 빙긋 웃었는데 그것은 참으르 활달하고 애교 섞인 웃음이었으므로, 상대방은 자기도 모르게 걸음을 멈추고 이상하다는 듯 그의 얼굴을 똑바로 쳐다보았다.

"정말 이 댁이 무척 마음에 들었습니다……."

그는 안경을 바로잡으며 이렇게 말했다.

장군 부인은 생긋 웃으며, 이 저택은 아직도 그녀의 친정아버지의 소유물로 되어 있다고 말한 다음 화제를 바꾸어, 당신 부모님은 아직도 살아 계신가요? 군대에는 오래 근무했나요? 왜 그렇게 말랐지요? 하고 물었다. 자기 질문에 대한 대답이 대체로 끝나자 그녀는 그대로 저쪽으로 가 버렸으나, 그로서는 부인과 대화를 나눈 뒤로부터는 한층 더 상냥하고 명랑해지기 시작하여, '오늘 밤의 나는 얼마나 훌륭한 사람들에게 둘러싸여 있는가'라고 생각하고 있었다.

저녁 식탁에 앉은 랴보비치는 권하는 요리를 모조리 기계적으로 먹어치우고, 음료도 꿀꺽꿀꺽 마시면서 남의 이야기 따위엔 전혀 귀를 기울이지 않고, 바로 조금 전에 있었던 사건을 어떻게든 자기에게 이해되도록 설명을 붙이려고 열중하였다. 사실 그 사건은 신비롭고 로맨틱한 성질을 띠고는 있었으나, 그렇다고 해석을 붙이는 것이 별로 어려운 일은 아니었다. 생각해 보면, 어느 곳의 아가씨나 부인이 그 캄캄한 방에서 어떤 사람과 밀회의 약속을 하고, 오랫동안 기다린 끝에 신경이 날카로워져서 정신없이 랴보비치를 당사자인 상대방으로 여긴 것이 틀림없었다. 더구나 랴보비치는 그 캄캄한 방을 지나가는 도중에 걱정이 되어 걸음을 멈추었던, 다시 말해서 자기도 역시 무엇인가를 기다리는 사람과 같은 모습을 하고 있었으므로 이 상상은 점점 더 들어맞는다……. 하는 식으로 랴보비치는 바로 그 키스를 스스로 자신에게 설명했다.

'그런데 도대체 누구일까, 그 여인은?'

그는 모여 있는 여인들의 얼굴을 힐끔힐끔 쳐다보며 생각했다.

'어쨌든 젊은 여인임에 틀림없을 거야. 늙은이는 밀회를 하지 않을 테니까. 더구나 그 여인이 확실히 교양을 갖춘 부인이라는 것은 그녀의 비단 옷자락 스치는 소리로도, 그 냄새로도, 그 목소리로도 알 수 있단 말이야…….'

그는 이 연보랏빛 옷을 입은 아가씨를 문득 쳐다보았는데, 이 아가씨가 그만 꼭 마음에 들고 말았다. 그녀는 아름다운 어깨와 팔을 갖고 있었으며, 게다가 재기(才氣)가 넘쳐 흐르는 표정과 뭐라고 표현할 수 없는 목소리를 지니고 있다. 랴보비치는 이 아가씨를 쳐다보고 있는 동안, 다른 사람이 아닌 바로 이 아가씨가 아까 스쳐 지나갔던 낯모르는 여인이라면 참으로 좋겠다고 생각했다……. 그러나 바로 그때, 그녀가 무엇인가 애교 있는 웃음을 웃기 시작하여 쭉 곧은 기다란 콧마루에 주름살을 모은 순간, 그에게는 그녀의 코의 모양이 참으로 시대에 뒤떨어진 것처럼 느껴졌다. 그래서 그는 눈길을 돌려, 검은 옷을 입은 금발 아가씨를 쳐다보기 시작했다. 이 아가씨는 아까 그 아가씨에 비해서 나이도 젊고 태도도 분명하며 눈매도 순진하고 귀밑머리를 약간 늘어뜨리고 있는 모습이 퍽 귀여웠으며, 더구나 몹시 아름다운 입매로 유리잔의 포도주를 맛보고 있었다. 랴보비치는 이번에는 이 아가씨가 그 여인이었으면 참 좋겠다고 생각했다. 그러나 그는 곧 그녀의 얼굴이 납작하다는 것을 깨닫고, 그녀 옆에 있는 여인에게로 눈길을 옮겼다.

'이 수수께끼는 꽤 힘드는군.'

하고 그는 제멋대로 공상하는 것이었다.

'저 연보랏빛 옷의 아가씨로부터 어깨와 팔만을 얻고, 금발 아가씨의 귀밑머리를 붙이고, 눈은 로비트코 왼쪽에 앉아 있는 아가씨의 것을 빌고, 그렇게 하면……'

마음 속으로 이런 결합을 만들어 보니까 자기에게 키스한 아가씨의 모습, 그가 바라는 모습이 뚜렷이 만들어지기는 했으나, 막상 쭉 훑어 보니 그 자리에서는 도무지 찾아 낼 수가 없었다.

저녁식사가 끝나자, 배가 부른데다 기분 좋게 술이 취한 손님들은 작별인사와 감사의 말을 하기 시작했다. 주인 부부는 또다시 모두에게 머물고 가지 못하게 된 것을 사과했다.

"참으로 기쁜 일입니다. 여러분!"

하고 장군은 자꾸 애교를 부리고 있었는데, 이번에는 본심에서였다 (아마 그것은 손님을 맞이한 때보다도 배웅할 때가 훨씬 더 진심어리고 친절한 태도가 된다는 인간 통유성(通有性)에 기인되는 모양이다).

"참으로 기쁜 일입니다! 돌아가실 때에도 꼭 들러 주십시오! 서먹서먹한 태도는 버리시고 말이오! 아니, 어디로 가시려는 건가요? 윗길로 가시려구요? 그건 안 되지. 정원으로 빠져나가시오. 아랫길로 말입니다 —— 그렇게 가시는 게 가까우니까요."

장교들은 정원으로 나왔다. 아주 밝은 빛과 소음에 싸여 있던 뒤였으므로 그들에게는 그 정원이 한층 더 어둡고 조용한 것같이 느껴졌다. 출입문까지 모두들 묵묵히 걸음을 옮겼다. 모두들 거나하게 취해서 마음이 들떠 만족스러운 기분이었으나, 어둠과 고요함 덕분으로 그 잠깐 사이에 약간 명상에 끌려갔던 것이다. 아마 그들 한 사람 한

사람의 머릿속에는 랴보비치와 마찬가지로 하나의 생각이 떠올랐음에
틀림없었다 —— 과연 자기에게도 언젠가는 저 라베크처럼 커다란 저
택과 가족과 정원을 가질 때가 올 것인가. 그리고 비록 본심에서는 아
닐지라도 사람들을 후하게 대접하고, 배부르게 먹이거나, 취하도록 마
시게 하거나, 만족시킬 수 있는 신분이 될 수 있을까 —— 하고.

출입문을 나서자 그들은 동시에 왁자지껄 떠들기 시작하여, 이유도
동기도 없이 큰 소리로 웃어댔다. 잠시 후 그들은 오솔길로 접어들어
비탈진 개천 쪽으로 내려가, 거기서부터는 물가를 따라서 물가와 숲
과 물에 씻겨 움푹 패인 장소와 물 위에 가지를 드리우고 있는 버드
나무들을 누비며 구불구불 달려가고 있었다. 기슭 오솔길은 겨우 보
였으나 저편 기슭은 완전히 어둠 속에 가라앉아 있었다. 어두운 물 위
여기저기에 비친 별빛이 깜박깜박 떨기도 하고 부서져 흩어지기도 하
였으므로, 그것으로 겨우 강물의 흐름이 빠르다는 것을 짐작할 수 있
었다. 사방은 고요하였다. 저쪽 기슭에선 도요새가 구슬픈 소리를 내
고, 이쪽 기슭의 어느 숲 속에서는 장교들이나 물에 전혀 상관하지 않
고 꾀꼬리가 목청껏 노래부르기 시작했다. 장교들은 숲 근처에서 잠
시 걸음을 멈추고 나무를 흔들어 보았으나 꾀꼬리는 아랑곳하지 않고
노래를 불렀다.

"그놈 참 대단하군!"
하고 감탄하는 소리가 한참 동안 들렸다.

"우리가 바로 곁에서 서 있는데도 무사 태평이야! 참 뻔뻔스러운
놈인걸!"

오솔길은 곧 오르막이 되어 교회 울타리가 있는 곳에서 큰길과 합
쳐져 있었다. 그리하여 장교들은 오르막길을 올라가느라 힘이 들었으
므로 잠시 앉아서 담배를 피웠다. 그때 저쪽 물가에 빨간 한 점의 불

꽃이 희미하게 보였으므로 그들은 심심한 나머지 오랫동안, 저것은 모닥불일까, 창문의 불빛일까, 그렇지 않으면 다른 불빛일까 하고 얘기를 나눴다. 랴보비치도 역시 불빛을 바라보고 있었는데, 그에게는 그 불빛이 흡사 아까의 그 키스 사건을 알고 있는 듯한 표정을 지으며, 그에게 자꾸 미소를 보내고 눈짓하는 것같이 느껴졌다.

숙사에 이르자 랴보비치는 재빨리 옷을 벗고 드러누웠다. 그와 같은 농가에서 묵기로 되어 있었던 동료로는 로비트코와 또 한 사람, 메르즐랴코프라는 중위였다. 그는 조용하고 말수가 적은 호남으로, 그의 동료들 가운데서 교양 있는 사관으로 통하고 있었고, 적어도 책을 펼 수 있는 곳이라면 어디든 늘 몸에 지니고 다니는 「유럽 통보(通報)」 —— 당시의 자유주의적인 잡지 —— 를 펴서 읽었다. 로비트코는 옷을 벗고도 어쩐지 불만스러운 얼굴로 방안 이구석에서 저구석으로 오랫동안 왔다갔다하다가, 이윽고 병사를 불러 맥주를 사오도록 밖으로 내보냈다. 메르즐랴코프는 드러눕자 베갯머리에 촛불을 세워 놓고 열심히 「유럽 통보」를 읽기 시작하였다.

'도대체 누구일까, 그 여인은?'
하고 랴보비치는 그을린 천장을 쳐다보며 생각하고 있었다.

그의 목덜미는 아직도 향유라도 바른 듯이 느껴졌고, 입가는 흡사 박하수라도 떨어뜨린 양 싸아했다. 그의 상상 속에는 연보랏빛 옷을 입은 아가씨의 어깨와 팔이, 검은 옷을 입은 금발 아가씨의 귀밑머리며 순진한 눈매가, 그런가 하면 누군가의 허리와 옷, 또 브로치가 어른거리며 떠올랐다가는 사라지곤 하였다. 그는 그러한 환상 속에서 주의력을 집중시켜 보려고 애썼지만 상대방 쪽은 전혀 상관하지 않고 뛰어다니기도 하고 산산조각으로 부서져 버리기도 하며 나타났다가 사라지곤 했다. 이윽고, 누구라도 눈을 감으면 보이는 저 넓고 넓은 검은 배경 위에서 금방 말한 환상이 완전히 사라지자, 이번에는 바쁜 발걸음 소리와 비단 옷자락 스치는 소리와 키스 소리가 들려 와서는 —— 이렇다 할 이유도 없는 기쁨이 그를 사로잡고 말았다……. 그 기쁨에 몸을 맡기며, 그는 병사가 돌아와서 맥주는 없습니다 하고 보고하는 소리를 꿈결에 듣고 있었다. 로비트코는 굉장히 화를 내고, 또다시 큼직한 걸음으로 걷기 시작하였다.

"여보게, 이 자식은 바보가 아닐까?"

하고 그는 랴보비치 앞에서 걸음을 멈추기도 하고 메르즐랴코프 앞에서 걸음을 멈추기도 하면서 말하였다.

"맥주 한 병을 못 찾아내다니, 막대기인지 얼간이인지 알 수가 없지 않은가? 안 그래? 정말이지, 이 자식은 건방진 놈이야."

"당연하죠. 이런 곳에 맥주가 있을 리 있나요?"

하고 메르즐랴코프가 말했으나, 눈은 역시 「유럽 통보」에서 떼려고도 하지 않았다.

"그래? 자네는 그렇게 생각하나?"

하고 로비트코는 물었다.

"참, 한심하군. 나라면 비록 달세계에 내동댕이쳐지는 한이 있더라도 당장에 맥주나 여자나 찾아내고 말겠어. 그렇군, 지금부터 달려가 찾아내겠어……. 만약 찾아내지 못하면, 나를 비열한 놈이라고 마음대로 욕하란 말이야!"

그는 꾸물거리며 오랫동안 옷을 입고 커다란 장화를 겨우 신은 뒤, 묵묵히 궐련 한 대를 피우고 나더니 밖으로 나갔다.

"라베크, 그라베크, 로아베크인가?"

그는 현관에서 걸음을 멈추면서 중얼거리기 시작했다.

"혼자 가는 건 멋쩍군. 제기랄, 랴보비치, 자네 한 번 프롬나즈(프롬

나드——산책——를 잘못 안 것)를 시도해 보지 않으려나? 어때?"

그는 대답이 없었으므로 되돌아와서 옷을 벗고 잠자리에 누웠다. 메르즐랴코프는 한숨을 쉬더니 「유럽 통보」를 곁에 놓고 촛불을 불어서 껐다.

"흠, 그래?……"

하고 로비트코는 어둠 속에서 궐련을 피우며 중얼거렸다.

랴보비치는 머리에서부터 모포를 푹 뒤집어쓰고 몸을 새우처럼 구부리고는, 상상 속에서 바로 그 어른거리는 환상을 주워 모아 하나의 완전한 모습으로 완성시키려고 하였다. 그러나 도무지 되지 않았다. 그는 곧 잠들어 버렸으나 그가 마지막으로 생각한 것은 누군가가 자기를 애무하여 기쁘게 해 주었다는 것, 시시하기는 하나 자기 생애에 무엇인가 특별하고도 아주 감미롭고 기쁜 사건이 있었다는 것이었다. 이 생각은 꿈속에서도 그를 떠나지 않았다.

그가 잠에서 깨어났을 때는 목덜미에 향유를 바른 듯한 기분이나 입가에 박하수를 떨어뜨린 것처럼 싸아한 느낌은 이제 사라졌다. 그렇지만 뻐근할 만큼의 기쁨은 밤 동안 변함없이 가슴 속에서 밀려왔다가 밀려가곤 했다. 그는 기쁨으로 황홀해지면서 솟아오르는 아침 햇살을 받아 금빛으로 빛나고 있는 창문을 쳐다보기도 하고 거리에서 들려 오는 사람과 수레의 움직임 소리에 귀를 기울이기도 했다. 바로 창문 밑에서 말 소리가 커다랗게 들렸다. 방금 여단을 따라온 랴보비치 중대의 중대장 레베체키가 여느 때와 같이 큰 소리로 부하인 상사를 향해 떠들어대고 있었다.

"아직도 무슨 일이 있나?" 중대장이 고함을 질렀다.

"어제 말의 편자를 바꾸어 낄 때 말입니다, 중대장님. 작은 비둘기 호(號)의 말굽에 상처를 냈습니다. 군의보(軍醫補)님이 초산을 넣은 찰흙을 발라 주었습니다. 지금 대열 밖으로 끌어 내어 몰고 가고 있습니다. 그리고 또 중대장님, 어제 철공병(鐵工兵) 아르추미예프가 술에 만취되었으므로, 중위님이 그를 예비 포차(砲車)의 앞수레에 태우도록 명령하셨습니다."

상사의 보고는 아직도 계속되어, 칼포프가 나팔의 새 끝과 천막의 말뚝을 잃어버렸다느니, 장교들이 어젯밤 폰라베크 장군의 저택으로 초청받아 갔었다느니 하고 보고하였다. 이 대화가 한창 벌어지고 있을 무렵에 창문 안으로 붉은 수염의 레베체키가 쑥 나타났다. 그는 근시의 눈을 약간 가늘게 하여 장교들의 졸린 듯한 얼굴을 쳐다보며 수고들 한다고 인사를 했다.

"모두 이상 없겠지?"
하고 그는 물었다.

"포차를 끄는 안장 단 말잔등 껍질이 벗겨졌습니다."
하고 로비트코가 하품을 하면서 대답했다.

"목끈이 새 것이라서."
중대장은 한숨을 쉬고, 잠깐 생각한 뒤 큰 소리로 말했다.

"나는 또 지금부터 알렉산드라 에브그라포브나 댁에 들러서 갈 작정이야. 문안을 드리러 가야 하니까 말이야. 그럼, 다녀오겠네. 저녁 때까진 제군들을 따라가지."

15분 후에 여단은 행군을 시작했다. 도중에 그 지주의 곳간 곁을 지나가게 되었을 때, 랴보비치는 오른쪽에 있는 저택을 바라보았다. 창문에는 전부 덧문이 내려져 있었다. 저택 사람들은 아직도 모두 자고 있는 것이 틀림없었다. 어젯밤에 랴보비치에게 키스한 여인도 자고 있을 것이다. 그는 문득 그녀가 잠자고 있는 모습을 마음 속으로 그려 보고 싶었다. 활짝 열어젖힌 침실의 창문, 그 창문을 들여다보고 있는 짙푸른 나뭇가지, 아침의 맑은 공기, 포플러와 보랏빛 정향꽃과 장미꽃 향기, 침대가 하나, 의자가 하나, 거기에 살짝 걸려 있는 어젯밤 옷자락 스치는 소리를 낸 그 비단옷, 자그마한 슬리퍼, 테이블 위의 자그마한 회중 시계——이러한 것들은 모두 뚜렷이 손에 잡힐 듯 마음 속으로 그릴 수 있었으나 눈이나 코, 귀여운 꿈결의 미소와 같은, 다시 말해서 중요한 특징에 이르자, 마치 수은이 손가락 사이로 흐르듯 그의 상상에서 미끄러져 떨어지고 마는 것이었다.

사, 오 마장쯤 갔을 때에 그가 뒤돌아보니, 노란 교회와 그 저택과 개천과 정원이 담뿍 햇빛을 받고 있었다. 시내는 눈부신 녹색의 양쪽 기슭에 의해 채색되어 물 위에 연한 남색 하늘을 비치면서 군데군데 햇빛을 은색으로 반사하여 퍽 아름다웠다. 랴보비치는 이별의 뜻으로 메스체치키 부락을 한 번 흘끗 쳐다보았는데, 그러자마자 무척 낯익고 친한 사람과 헤어지기라도 하는 것처럼 몹시 괴로운 마음이 되었다.

눈길을 돌려 앞의 풍경을 바라보니 그것은 모두 옛날부터 낯익은, 전혀 재미없는 광경뿐이었다. 오른쪽을 보아도 왼쪽을 보아도 아직 키가 낮은 호밀밭과 메밀밭뿐이었고, 흰 부리의 까마귀가 푸드덕푸드덕 날고 있을 뿐이었다. 앞쪽으로 보이는 것은 먼지와 뒷머리의 행렬이고, 뒤를 돌아보아도 역시 먼지와 사람의 얼굴뿐이었다. 맨 앞에는 칼을 손에 든 네 병사가 발을 맞추어 갔었다——이것이 전위(前衛)이다. 그 뒤에는 군악대(軍樂隊)의 일단이 이어지고, 군악대 뒤에는 말을 탄 나팔대가 행진하였다. 전위와 군악대는 장례(葬禮) 행렬에서 횃불을 든 사람들이 흔히 하는 것처럼 규칙적인 거리를 까마득히 잊어버리고 멋대로 앞으로 나가 버린다.

랴보비치는 제5중대의 제1포차를 따르고 있었다. 그에게는 앞으로 행진해 가는 4개 중대가 모두 보였다. 군인이 아닌 사람들에게는 행진 중의 여단이 보여 주고 있는 이런 답답하고 기다란 행렬은 거의 이해하기 어려우리만큼 성가시고 혼잡한 소동으로 보이는 것이 보통이다. 무슨 까닭으로 한 대의 대포 주위에 이토록 많은 사람들이 붙어 있는지, 어찌하여 이렇게도 많은 말이 각각 괴상한 마구(馬具)로 가로세로 얽어매어져 대포 한 대를 영차영차 하며 끌어, 마치 그 대포가 실지로 그만큼 무겁고 겁나는 물건인 것처럼 소란을 피우고 있는지 그 이유를 알 수 없었다.

그러나 랴보비치는 전부를 샅샅이 알고 있었으므로 그것이 매우 시시하였다. 어찌하여 각 중대의 선두에 사관과 말머리를 나란히 하여 건강한 포병 하사관 한 명이 말을 행진시키고 있는지, 왜 이 하사관이 '앞달리기'로 불리고 있는지를 이미 오래 전부터 잘 알고 있었다. 이 하사관의 바로 뒤에는 1번 승마병, 그리고 중간에는 끄는 승마병의 모습이 보였다. 랴보비치는 그들이 타고 있는 왼쪽 말을 멍에곁말이라고 부르고, 오른쪽 말이 부마(副馬)라고 불리는 것도 잘 알고 있으나—— 이것 역시 매우 우스꽝스러웠다. 그런 승마병의 뒤에는 두 마리의 뒷말이 이어진다. 그 한 마리에는 어제의 먼지를 그대로 등에 둘러쓴 병사가 타고, 어울리지 않는, 몹시 우스꽝스러운 나무로 된 정강이 받이를 오른쪽 다리에 붙이고 있었다. 랴보비치는 이 정강이 받이의 역할을 알고 있으므로 그는 아무렇지도 않게 생각했다.

말을 탄 병사들……적어도 그 곳에 있는 사람들은 모두 기계적으로 가죽 채찍을 치켜들기도 하고, 가끔씩 큰소리를 치기도 하였다. 바로 그 대포 자체부터가 보기 싫은 꼴이었다. 대포 앞 수레에는 귀리 자루가 쌓여 있고, 그 위에는 방수천으로 된 덮개가 씌워져 있었으며 포신(砲身)에 또한 주전자니 병사들의 배낭이니 조그만 자루 등이 걸려 있어, 그 모습은 어찌된 영문인지 마치 사람과 말에 둘려 싸여 버린 자그마한 동물 같은 꼴이었다. 대포 양쪽에서 이리저리 두 팔을 흔들며 여섯 명의 포수가 성큼성큼 걷고 있었다. 그 대포 뒤에는 또다시 다른 선두 말과 승마병과 뒷말의 행렬이 시작되고, 그 뒤에 또 다른, 첫 번째 것에 못지않게 보기 싫기도 하지만 빈약하기도 한 대포가 끌려갔다. 이 제2의 대포 뒤어 제3, 제4의 대포가 잇따르고 네 번째의 대포 주변에 장교와 그 밖의 사람들이 행진해 갔다.

여단에는 중대가 모두 여섯 개 있었고, 중대마다 대포 4문(門)이 있었다. 이래서 이 행렬은 무려 사오 마장 길이에 이르고 있었다. 맨 끝에 따라오는 것은 치중차(輜重車)였고, 그 옆에는 매우 근심스럽다는 듯 뾰족하고 긴 귀가 붙은 거리로 수그리고 걷고 있는 한 마리의 무척 귀여운 얼굴을 가진 동물이 있었다—— 이것은 마갈이라는 당나귀로, 어느 중대장이 터키에서 데리고 온 것이었다.

랴보비치는 무관심하게 앞뒤를 두리번거리며 앞사람의 뒤통수와 뒷사람의 얼굴을 바라보고 있었다. 여느 때 같으면 졸고 있을 터이지만, 지금은 예의 새롭고 즐거운 생각에 잠겨 있었다. 처음에 여단이 갓 행진을 시작했을 무렵, 그는 억지로 자기의 마음을 설복시켜 그 키스 사건은 재미있긴해도 아주 사소하고 야릇한 우연의 사건일 따름이며, 사실은 하찮은 일이다. 그것을 진지하게 생각한다는 것은 어리석은 일이라고 생각하려 했다. 그러나 곧 그는 그런 생각을 깨끗이 던지고 공상에 몸을 맡겼다…… 자기가 라베크 댁의 객실에서 저 연보랏빛의 아가씨와 검은 옷을 입은 금발 아가씨를 조금씩 섞어 놓은 듯한 소녀와 나란히 앉아 있는 장면을 상상으로 떠올려 보기도 하고, 그런가 하면 눈을 감고 자기가 그 아가씨와는 다른, 형체가 불투명한, 전혀 알지 못하는 소녀와 함께 있는 장면을 눈앞에 그려 보며 마음 속으로 함께 말을 나누기도 하고, 애무하기도 하고, 상대방의 어깨에 기대기도 하고, 혹은 전쟁과 이별과 그 후의 재회를 그려 보기도 하고, 아내와 단둘이 저녁식사를 하는 장면이나 아이들을 상상해 보기도 했다.

"브레이크를 걸어라!" 하는 구령이 언덕을 내릴 때마다 울렸다.

그도 역시 "브레이크를 걸어라!" 하고 외쳤으나, 그때마다 이 외침이 자기의 공상을 깨뜨리지나 않을까 겁냈다.

어느 지주의 영지(領地)를 지나가게 되었을 때, 랴보비치는 집 주위에 있는 나무 사이로 정원을 들여다보았다. 그의 눈에 비친 것은 길고 곧게 뻗은 가로수 길이었는데, 거기에 노란 모래가 뿌려져 있었고 흰 자작나무가 양쪽에 심어져 있었다. ……공상에 빠진 사람에게 나타나는 강렬한 집념으로 그는 여인의 작은 발이 그 금빛 모래를 밟고 가는 장면을 머릿속에 떠올려 보았다. 그러자 전혀 뜻밖에도 그의 상상 속에 자기에게 키스한 바로 그 여인의 모습, 어제 저녁식사 자리에서 그가 겨우 마음속에 떠올렸던 이 여인의 모습이 뚜렷이 그려졌다. 그녀의 모습은 그의 머릿속에 정착하여, 두 번 다시 그를 떠나지 않았다.

정오가 되자, 뒤쪽 치중 부대 부근에서 이렇게 외치는 소리가 들렸다.

"발 맞춰 가! 좌로 봐! 장교는 경례!"(이 구령의 앞 두 마디는 병사에 대한 것이고 마지막 한 마디는 장교에 대한 것이다.)

두 마리의 흰 말이 끄는 반포장마차를 타고 여단장이 지나가고 있었다. 그는 제2중대 부근에서 마차를 세우고 무어라 큰 소리를 내기 시작했는데, 무슨 말을 하는지 들리지 않았다. 그를 향해 몇 명의 장교가 말과 달렸다. 그 가운데는 랴보비치도 끼어 있었다.

"그래, 어떤가? 응?"

하고 장군은 물으면서 붉은 눈을 껌벅거렸다.

"환자가 있나?"

대답을 듣자 몸이 작고 바싹 마른 장군은 입을 우물우물하며 무엇인가 생각하더니, 이윽고 한 장교에게 이렇게 말하였다.

"자네 대(隊)의 제3포차의 뒷말에 타고 있는 병사는 각반을 풀어서, 하필이면 앞수레에 걸어 놓고 있더란 말이야. 괘씸해. 그놈을 처벌하도록."

그리고 눈을 치뜨며 랴보비치의 얼굴을 쳐다보더니 말했다.

"그리고 자네 말의 길마끈은 어쩐지 너무 긴 것 같군."

두세 마디 주의를 주더니, 장군은 로비트코의 얼굴을 힐끗 쳐다보고 싱긋 웃었다.

"로비트코 중위, 자네는 돋시 침울한 얼굴을 하고 있군."

하고 그는 말했다.

"로푸호바 부인이 그리운가? 어때? 이봐, 자네, 이 사람은 로푸호바가 그리워서 못 견디겠다는군!"

로푸호바라는 여자는 몹시 뚱뚱하고 아주 키가 큰 부인으로 벌써 오래 전에 마흔 고개를 넘고 있었다. 장군은 몸집이 큰 여인을 보면 나이야 어찌되었건 입맛을 다시는 버릇이 있었으므로, 부하 장교들에게도 같은 취미가 있는 것처럼 억측하고 있었다. 장교들은 공손히 싱긋 웃었다. 여단장은 어쨌든 아주 익살맞은 독설을 한 방 먹였으므로 기분이 좋아져서 껄껄 웃어대며, 마부의 등허리를 쿡 찌르고는 거수 경례를 하였다. 마차는 앞으로 행진해 나갔다.

'생각해 보건대, 내가 지금 공상하고 있는 건 지금의 나에게는 있을 수 없는 일이고, 도무지 이 세상 일이 아닌 것으로 생각되는 모든 것도 실은 매우 평범한 일에 지나지 않는 것이다.' 하고 랴보비치는 장군의 마차 뒤를 따라가는 자욱한 먼지를 바라보며 생각하였다.

'모든 것은 평범하며, 사람 누구에게나 있을 수 있는 일이다…….' 이를테면 저 장군도 젊은 시절에는 사랑을 했고, 현재는 아내도 있고 아이도 있다. 바프체르 대위도 마찬가지다. 저런 보기 싫은 새빨간 목덜미를 하고 있고, 몸은 마치 네 말들이 술통처럼 뚱뚱한데도 어엿이 아내가 있으며 게다가 사랑을 받고 있다. 살리마노프도 저렇게 거칠며 게다가 타타르 인처럼 융통성이라곤 없지만, 그 사나이도 로맨스의 한 장면이 있었고 쉽게 아내를 얻을 수 있었다. ……나도 그들과 같은 인간이다. 언젠가는 모든 사람과 같은 경험을 하게 될 것임에 틀림없다…….'

그렇게 자기도 보통 사람과 같은 사람이며, 생활도 보통 사람과 같은 생활을 한다는 생각이 들어 기뻤고 용기도 솟아났다. 그는 몹시도 대담하게 그 여인의 모습이며 마침내 오고야 말 자기의 행복을 마음속에 그려 보고는, 아무 거리낌 없이 상상의 날개를 펴갔다.

이윽고 저녁이 되자 여단은 목적지에 도착하였다. 장교들이 각자의 천막 속에 들어가 휴식을 취하고 있을 때, 랴보비치와 메르즐랴코프, 그리고 로비트코 세 사람은 커다란 트렁크 주위에 자리잡고 앉아 저녁식사를 하고 있었다. 메르즐랴코프는 침착하게 음식물을 입 속에 넣고는 천천히 씹으면서, 무릎 위에 펴놓은 「유럽 통보」를 읽고 있었다. 로비트코는 쉴 새 없이 줄곧 지껄이면서 자꾸 컵에 맥주를 따르고 있었고, 랴보비치는 온종일 공상한 탓으로 머리가 멍청해졌으므로 잠자코 맥주를 마시고 있었다.

맥주를 석 잔째 비우자 그는 거나하여 맥이 풀려 버리고, 동시에 자기가 맛본 새로운 기분을 동료들에게 들려 주고 싶어서 견딜 수가 없었다.

"라베크 댁에서 말이야, 이상한 사건에 부딪쳤었어……"
하고 그는 자기 목소리에 냉정하고 아이러니컬한 말투를 내려고 애쓰면서 입을 열었다.

"사실은 내가 당구실로 갔을 때 말이야, 그때……"

그는 자세히 그 키스 사건을 말하였다. 그런데 1분이 될까말까 해서 말이 끊기고 말았다. 1분 동안에 그는 말을 다해 버린 셈인데, 이야기가 겨우 그 정도의 시간밖에 걸리지 않았다는 것이 자기 자신으로서도 뜻밖이었다. 이 키스 사건은 밤이 샐 때까지도 충분히 계속할 수 있는 것처럼 느껴졌기 때문이었다. 로비트코는 이야기를 지어내는 대가이며, 따라서 누구의 이야기도 믿지 않는 사람이므로 그 이야기를 다 듣자 의심스러운 듯 그의 얼굴을 쳐다보고 싱긋 웃었다. 메르즐랴코프는 눈썹을 꿈틀거리더니 여전히 「유럽 통보」에서 눈을 떼지 않은 채 조용히 말했다.

"참 이상한 얘기로군!……말소리도 내지 않고 느닷없이 목에 달라붙다니……. 틀림없이 그건 어떤 정신병자야."

"음, 틀림없이 정신병자이지……"
하고 랴보비치가 동의했다.

"그러고보니 그것과 똑같은 사건이 언젠가 나한테도 있었어……"
하고 로비트코는 눈을 휘둥그레 떠보이면서 말했다.

"작년에 고브노에 갔을 때 기차 안에서의 일이었는데 말이야……. 차표는 2등으로 샀지……. 객차는 대만원이어서 잠자는 건 생각조차 못할 지경이었어. 그래서 차장에게 50카페이카를 집어 주었지……. 그러자 그 작자는 내 짐을 들고 특별실로 안내해 주더군……. 그래서 드러누워 모포를 온몸에 뒤집어썼지……. 어두웠어. 알겠나? 그런데 갑자기 인기척이 나고 누군가가 내 어깨를 만지더니, 얼굴에 따스한 입김이 닿는 것이었어. 그래서 내가 이런 식으로 한쪽 손을 움직여 보니 누군가의 팔꿈치가 닿지 않겠나?……. 깜짝 놀라 눈을 떠 보았지. 그러자 웬 여자가 있더란 말이야! 검고 둥근 눈, 빨간 입술은 마치 싱싱한 연어와도 같았고, 코에서는 정열을 숨쉬고, 가슴은 어떠냐 하면—— 완충기(緩衝器)가 통통한 게 두 개."

"잠깐 기다리게."

하고 메르즐랴코프는 조용히 가로막고,

"가슴은 그래도 알 수 있지만 말이야. 자네한테 어떻게 입술까지 보였나? 실지로 어두웠다고 하면 말이야."

로비트코는 어떻게든 얼버무리려고 메르즐랴코프의 둔한 감각을 비웃기 시작했다. 그런 일이 랴보비치에게는 기분좋지 않았다. 그래서 커다란 트렁크 곁을 떠나 드러눕자, 이제 두 번 다시 고백 따위는 하지 않겠다고 마음 속으로 다짐했다.

야영 생활이 시작되었다. 조금도 변함없는 나날이 흘러갔다. 그러나 그런 속에서의 랴보비치의 감정과, 생각과, 또 그의 거동은 틀림없이 사랑을 하고 있는 사나이의 그것이었다. 이를테면, 매일 아침 병사가 세숫물 준비를 해 주면 그는 차가운 물을 머리에 뒤집어쓰면서, 그때마다 언제나 생각하는 것은 자기의 생활에도 이처럼 달콤하고 따뜻한 것이 생겼구나 하는 것이었다.

밤이 되어 동료들이 연애와 여자 이야기를 꺼내면 그는 슬며시 귀를 기울이면서 가까이 바싹 다가갔는데, 그의 얼굴에는 자기들이 참가한 전투 이야기에 귀를 기울이고 있는 병사의 얼굴에는 흔히 볼 수 없는 그런 표정이 떠오르고 있었다. 그리고 어떤 날 밤에는 한 잔 들이킨 장교들이 바로 그 사냥개와도 같은 로비트코를 앞장세우고 이른바 '부락'으로 돈 후안적인 습격을 시도한 적이 있는데, 랴보비치는 그 습격에 참가하긴 했지만 그럴 때마다 마음이 내키지 않고 참으로 미안한 듯 마음 속으로 그녀에게 용서를 빌었다. ……심심하여 견딜 수가 없을 때, 또 잠 못 이루는 밤에, 어린 시절과 아버지와 어머니를 비롯하여 자기와 친밀하고 가까운 것들을 그리워하고 싶은 심정이 들 때면, 그는 반드시 저 메스체치키 부락과 그 색다른 망아지와 폰 라베크와 외제니 황후와 꼭 닮은 그의 아내와 저 캄캄한 방과 밝은 문틈 같은 것들을 회상하는 것이었다.

8월 31일, 그는 야영에서 돌아가게 되었다. 이번에는 여단 전체와 함께 가는 것이 아니라 2개 중대만 가는 것이었다. 도중에 그는 줄곧 공상이나 흥분을 하며 마치 고향으로 돌아가는 사람 같았다. 그는 꼭 한 번만 더 그 색다른 말과 교회와, 그 성의 없는 라베크 일가와 캄캄한 방이 보고 싶어서 견딜 수가 없었다. '마음 속의 소리'는 사랑하는 사람들을 종종 속이는데, 바로 그것이 그에게는 어째서인지 반드시 그 여인을 만날 수 있으리라고 속삭이는 것이었다. ……그러자 앞날에 대한 걱정이 그를 괴롭혔다── 어떻게 그 여인을 만나게 될까? 그 여인과 어떤 이야기를 하면 좋을까? 그 여인은 키스쯤은 깨끗이 잊어버리고 있는 게 아닐까? '만약 형편이 좋지 못해서' 하고 그는 생각하는 것이었다. '그 여인을 만나지 못하더라도, 그 캄캄한 방을 걸어다니며 회상에 잠기기만 해도 나는 충분히 즐거울 텐데……'

저녁이 가까워지자, 지평선상으로 본 기억이 나는 바로 그 교회와 흰 곳간이 눈에 띄었다. 랴보비치의 가슴은 몹시도 두근거리기 시작했다. 그는 말머리를 나란히 하여 행진하는 장교가 자꾸 자기에게 말을 건네 오는 것을 아예 들으려고도 하지 않고, 아무 잡념과 생각 없이 탐내듯 눈을 크게 뜨고, 멀리 저편에서 빛나고 있는 시냇물과 저택의 지붕과, 비둘기 집과, 때마침 그 창공으로 기울어지는 석양빛을 받으며 원을 긋고 날고 있는 비둘기 떼 등을 바라보고 있었다.

교회 부근으로 말을 타고 가는 동안에도, 마침내 숙사 담당의 설명을 듣고 있는 동안에도, 그는 울타리 뒤에서 바로 그 말 탄 사나이가 갑자기 나타나 장교들에게 함께 차를 마시도록 초대하기를 이제나저제나 기다리고 있었지만 숙사 담당의 보고가 끝나고 장교들이 바쁜 걸음으로, 또는 어슬렁거리며 마을로 들어갈 무렵이 되어도 말탄 심부름꾼은 도무지 모습을 나타내지 않았다.

'이제 곧 라베크는 우리가 도착한 것을 농부로부터 듣고 마중하는 사람을 보낼 것이다' —— 랴보비치는 그렇게 생각하면서 농부의 집으로 들어갔지만, 그러나 왜 함께 묵는 동료가 촛불을 켜는지, 또 왜 병사들이 허둥지둥 사모바르 준비를 하는지 도무지 이해할 수가 없었다.

기분을 풀 길 없는 불안한 생각이 그를 사로잡았다. 그는 드러누웠으나 이윽고 다시 일어나서는 말 탄 심부름꾼이 오지나 않을까 하고 창문을 내다보았다. 그러나 말 탄 심부름꾼의 모습은 보이지 않았다. 그는 다시 또 드러누웠으나 반시간 후에 또 일어나 불안한 마음으로 안절부절 못하며 거리로 나가서는 그대로 교회 쪽으로 걸어갔다. 울타리 부근에 있는 광장은 캄캄하여 사람이라고는 아무도 없었다. 다만, 어느 대(隊)의 병사 세 명이 어깨를 나란히 하고 바로 언덕의 내리막길 입구에 가만히 서 있었다. 랴보비치의 모습을 보자 그들은 몹시 당황하여 경례하였다. 그는 그들에게 거수 경례로 답하고, 와 본 기억이 있는 오솔길을 따라 내려갔다.

저편 물가의 하늘은 보랏빛을 띤 황금색으로 물들어 있었다. 달이 나온 것이다. 어느 농부의 아내 둘이 커다란 소리로 이야기를 하면서 채소밭의 양배추 잎을 뜯고 있었다. 그 채소밭 너머에는 농가가 두세 채 검은 그림자를 던지고 있었다. 한편 이쪽 물가는 버드나무……. 다만 다른 것이라면 바로 그 용감한 꾀꼬리 소리가 들리지 않고, 게다가 포플러의 어린 풀향기가 나지 않는 것이었다.

뜰까지 오자, 랴보비치는 출입문 너머로 안쪽을 넘겨다 보았다. 뜰은 캄캄하고 고요했다. 보이는 것은 다만 가까이 있는 몇 그루의 희끄무레한 자작나무 밑동과 가로수길의 한쪽 끝뿐이고, 나머지는 모두가 시꺼먼 한 덩어리로 용해되어 있었다. 랴보비치는 줄곧 귀를 기울이면서 눈을 크게 뜨고 있었으나, 15분쯤이나 서 있었던 보람도 없이 소리 하나, 불빛 하나 보지 못하였으므로 다시 힘없이 되돌아섰다.

그는 냇가로 다가갔다. 그의 눈에는 희미하게 뿌옇게, 장군 저택의 수영장과 작은 다리의 난간에 걸어 놓은 시트가 떠올랐다. 그는 작은 다리에 올라가 그곳에서 잠시 걸음을 멈추었는데, 그동안 하릴없이 시트 한 장을 가만히 만져 보았다. 시트는 꺼칠하고 싸늘하였다. 그는 물을 내려다보았다. 물살이 빠른 냇물은 수영장의 말뚝에 부딪치며 들릴까말까 할 정도의 소리를 내고 있었다. 밝은 달이 왼쪽 강기슭 가까이에 그림자를 던지고 있었다. 그 달 그림자 위로 잔물결이 일었는데, 그 잔물결은 달 그림자를 늘어뜨렸다 산산조각으로 부수었다 하면서 싣고 가려는 것 같았다.

'참 어리석군! 참 어리석어!'

랴보비치는 흘러가는 물을 바라보며 이렇게 생각했다.

'모든 게 참 어리석기 짝이 없어!'

이미 아무것도 기다리는 것이라곤 없는 지금에 와서 보니 희망도, 환멸도 모두 한낮의 햇빛을 받아 그의 앞에 드러나 있었다. 그에게는 이미 장군 저택의 심부름꾼을 기다리다 허탕친 것도, 자기를 어느 사람으로 잘못 알고 무심히 키스한 그 여인을 이제 두 번 다시 만날 기회가 없으리라는 것은 도무지 이상하게 생각되지 않았다. 뿐만 아니라, 만일 그 여인을 만날 수 있었다면 그것은 더욱 이상한 일이리라.

물은 어디로인지, 무엇 때문인지도 모르게 자꾸 흐르고 있었다. 그것은 옛날의 5월에도 마찬가지로 흘렀다. 그 물은 5월에 시내에서 큰 강으로 흘러들어가고, 큰 강에서는 바다로 흘러들어간다. 그리고 이윽고 증발하여 비로 모습을 바꾸어, 어쩌면 바로 그 물이 지금 또 랴보비치의 눈앞에 흐르고 있을지도 모른다. ……왜 그럴까? 무엇 때문일까?

그러자 이 세계 전체, 인생의 모든 것이 랴보비치에게는 알 수 없는 장난처럼 생각되었다. ……그래서 수면에서 눈을 들어 하늘을 바라보니, 그는 또다시 운명이 저 낯모르는 여인의 모습을 빌어 뜻하지 않게 자기 몸을 애무해 준 것이 회상되고, 바로 그 여름날의 공상과 환영이 떠올라, 자신이 생각해 봐도 정말 자기의 생활이 몹시 지루하고 비참하여 신통치 않은 것으로 여겨졌다.

한참 뒤 그가 숙사로 되어 있는 농가로 돌아오니 동료들은 한 사람도 빠짐없이 외출하고 아무도 없었다. 병사의 보고를 들으니, 모두 다 폰 트리아프킨 장군의 저택으로 갔다는 것이었다. 이번에는 이 사람이 말을 탄 심부름꾼을 마중하러 보냈던 것이다! ……그 순간, 랴보비치의 가슴에 갑자기 기쁨이 타올랐으나, 그는 곧 그것을 억누르고 잠자리에 들어가서 자신의 운명에 대한 반발로, 마치 운명이 자기를 애석하게 여기도록 하려는 것처럼 일부러 장군댁에 가지 않았다.

약혼녀

1

이미 밤 10시경이어서 보름달이 정원 위에서 빛나고 있었다. 슈민 댁에서는 평소에 마르파 미하일로브나 할머니의 요청으로 행해지는 밤 기도식이 방금 끝난 다음이었다. 나자에게는──그녀도 잠시 숨을 돌리려고 정원으로 빠져 나왔으나──넓은 방에서 가벼운 밤참 식탁이 마련되는 모습이며 할머니가 화려한 비단옷을 입고 분주하게 서두르는 모습이 뚜렷이 보였다. 본당 신부인 안드레이 신부는 나자의 어머니 니나 이바노브나를 상대로 무엇인가 이야기를 하고 있었다. 창문 밖의 등불 밑에서 보는 어머니는 왠지 무척 젊어 보였다. 그녀 곁에는 안드레이 안드레이치가 서서 열심히 그녀의 말을 듣고 있었다.

정원은 고요하고 싸늘하며, 검고 호젓한 그림자가 땅 위에 서 있었다.

먼 저쪽 동네 부근 어딘가에서 개구리 우는 소리가 들려 왔다. 5월이, 사랑스런 5월이 느껴졌다. 자기도 모르게 숨이 깊어지고 이 정원 앞이 아닌 어딘가 먼 밤하늘 아래 숲 위에서, 동네에서 멀리 떨어진 들판이나 숲속에서 바로 이 순간, 가벼운 죄에 더럽혀진 사람에게는 알 수 없는 신비롭고 아름다우며, 풍요하고 맑은 봄의 생활이 갑자기 펼쳐진 것이 아닌가 하는 생각이 들었다. 그리고 왠지 울고 싶은 기분이 들었다.

나자는 벌써 스물세 살이었다. 열여섯 살 때부터 그녀는 결혼을 꿈꾸었는데 이제서야 창문 너머에 서 있는 저 젊은이 안드레이 안드레이치와 약혼하게 되었다. 나자는 그를 좋아했다.

결혼식 날짜도 이미 7월 7일로 결정되었다. 그런데 왠지 그녀는 마음이 내키지 않았고, 밤에 잠도 잘 오지 않았으며, 명랑하던 모습도 사라져 버렸다. 부엌이 있는 지하실에서는 사람들이 분주히 왔다갔다 하는 발걸음 소리와 도마 소리, 문이 여닫히는 소리가 열어 젖힌 창문을 통해 들려 오고, 칠면조 굽는 냄새와 식초에 담근 버찌 냄새가 풍기고 있었다. 그녀는 왠지 이러한 일이 한평생, 언제 끝날지도 모르는 채 이대로 계속되어 가는 것은 아닌가 하는 생각이 들었다.

이때 사람 그림자가 집 안에서 나와 현관 층계 위에 멈췄다. 그 사람은 열흘 전 모스크바에서 온 손님인 알렉산드르 치모페이치, 간단히 부르기로는 사샤(알렉산드르의 애칭)였다. 옛날, 할머니의 먼 친척이 되는 몰락한 귀족의 미망인인 마리아 페트로브나라는, 몸이 자그마하고 병들어 해쓱하게 여윈 여인이 머문 적이 있었는데, 사샤는 그 미망인의 아들이었다.

왜 그런지 모든 사람들은 사샤를 훌륭한 예술가라고 평하여, 그의 어머니가 죽었을 때 할머니는 고인의 넋을 달래는 마음에서 그를 모스크바의 코미사로프 학교에 넣어 주었다.

2년 뒤, 그는 미술 학교로 옮겨 그곳을 15년 가까이 다니다가 겨우 건축과를 졸업은 했으나 건축에는 도무지 마음이 없어 모스크바의 어느 석판(石版) 인쇄소에 근무하고 있었다. 거의 매년 여름철마다 그는 몹시 병을 앓아 할머니에게로 왔다. 휴양하여 기운을 다시 찾기 위해서였다.

그는 지금 단추를 채운 프록코트와 닳아서 자락이 해진 낡은 무명 바지를 입고 있었다. 셔츠도 몹시 구겨져 있었으며, 대체로 어딘지 모르게 생기없는 모습을 하고 있었다. 무척 말라 눈만이 커다랗고, 마르고 긴 손가락에 수염이 더부룩하고, 피부색이 검었으나 그래도 상당한 미남이었다. 슈민 댁 사람들과 그는 육친처럼 친근해서 이곳에 오면 마치 제 집처럼 마음이 편했다. 그리고 그가 이곳에서 거처하는 방은 오래 전부터 '사샤의 방'이라고 불리고 있었다.

층계 위에 서 있다가 그는 문득 나자를 보고는 다가왔다.

"여긴 참 좋군요."

하고 그는 말했다.

"그야 좋은 곳이죠. 가을까지 계시면 좋겠군요."

"네, 아마 그렇게 될 것 같습니다. 팔 월 한 달은 폐를 끼치게 되겠어요."

그는 스스럼없이 나란히 앉았다.

"저는 방금 여기 앉아 어머니를 바라보고 있었어요."

하고 나자가 말했다.

"여기서 보니까 저렇게 젊게 보이는군요! 그야 어머니에게도 결점은 있지만……"

그녀는 잠시 조용히 있다가 말했다.

"하지만, 역시 독특한 분이어요."

"그래요. 참 좋은 분입니다."

하고 사샤도 맞장구를 쳤다.

"당신 어머님은, 물론 제 나름대로의 생각입니다만, 무척 친절하고 정답습니다. 다만, 어떻게 말하면 좋을까? 오늘 아침 일찍 나는 부엌으로 갔어요. 그랬더니 그곳에 하녀 넷이 모두 마룻바닥에서 자고 있더군요. 침대도 없이 이불 대신 누더기를 뒤집어쓰고 있었어요. 게다가 고약한 냄새와 빈대, 바퀴벌레……20년 전과 똑같이 조금도 변함이 없더군요. 그야 할머니는 할 수 없죠. 할머니는 그런 분이니까요. 그렇지만 나쟈의 어머님은 프랑스 말을 할 수 있고 아마추어 연극에도 한몫 낄 정도니 아실 만도 할 텐데요."

사샤는 말을 할 때면 길고 바싹 마른 손가락 두 개를 듣는 사람 앞에 내미는 버릇이 있었다.

"난 습관이 안 된 탓인지 여기서는 보는 것 듣는 것이 왠지 이상한 느낌이 들어요."

하고 그는 말을 이었다.

"정말 누구 하나 일을 하는 사람이 없어요. 어머님은 왕비 전하처럼 온종일 꼼짝 않고 지내시고 할머님 역시 아무 일도 안 하시거든요. 당신도 마찬가지고, 신랑 안드레이 안드레이치 군도 까딱도 하지 않구요."

나쟈는 같은 말을 작년에도 들었고, 아마 재작년에도 들은 것 같은 기분이 들어 사샤는 이제 그런 말밖에 할 수 없는 사람으로 여겨졌다. 이전에는 그것이 익살스럽게 여겨졌으나 지금은 왠지 화가 치밀었다.

"언제나 같은 말만 하시니 이젠 듣기 싫어졌어요."

그녀는 이렇게 말하고 일어섰다.

"왜 좀더 새로운 얘기를 못하시는지 모르겠어요."

그는 자기도 모르게 웃으며 똑같이 일어나 그대로 두 사람은 집 쪽으로 걸음을 옮기기 시작했다. 키가 크고 아름다우며, 날씬한 나쟈는 그에 비해 터질 듯이 건강하고 눈부시게 보였다. 그녀 자신도 그렇게 느끼고 있어 왠지 그가 불쌍해져서 거북한 마음이 들었다.

"게다가 사샤 씨는 쓸데없는 말만 하시는군요."
라고 그녀는 말했다.

"방금도 안드레이에 관한 말씀을 하셨지만 사샤 씨는 그분을 잘 모르실 텐데요."

"안드레이라……. 당신의 안드레이 같은 건 아무래도 좋아요! 나는 다만 당신의 청춘이 가엾을 뿐입니다."

혼자 들어가 보니 모두가 저녁 식탁에 앉아 있었다. 눈썹이 짙고, 콧수염을 가진 뚱뚱하고 얼굴이 못생긴 할머니—— 라기보다는 이 집에서 부르는 호칭으로 말한다면 조모님—— 가 커다란 소리로 이야기하고 있었는데, 그녀의 소리나 말하는 투를 듣기만 해도 그녀가 이 집의 주인이라는 것을 알 수 있었다. 그녀는 시장 안에 잇닿아 있는 점포를 몇 개나 갖고 있으며, 그밖에도 둥근 기둥이며 정원이 있는 고풍 저택을 한 채 갖고 있었다. 그래도 아침마다 하느님에게 파산(破産)하지 않게 지켜 달라고 기도를 올리면서 눈물을 줄줄 흘렸다. 그녀의 며느리이며 나쟈의 어머니인 니나 이바노브나는 꼭 끼는 옷을 입고 금발머리에 코안경을 끼고 여러 손가락에 다이아몬드를 번쩍이고 있었다.

한편, 이가 빠지고 여윈 노인인 안드레이 신부는 언제나 금방이라도 아주 익살맞은 이야기를 꺼낼 듯한 표정을 짓고 있었다. 끝으로 그의 아들이며, 나쟈의 약혼자인 안드레이 안드레이치는 좋은 체격에 고수머리의 잘생긴 청년으로 배우나 화가처럼 보였다. 이 세 사람은 최면술에 관한 이야기를 하고 있었다.

"넌 일 주일 동안만 내 곁에 있으면 완전히 낫게 될 거다."

하고 할머니는 사샤에게 말했다.

"그저 많이 먹어야 돼. 에이그, 얼굴이 그게 뭐냐?"

그녀는 말하며 한숨을 쉬었다.

"이만저만 보기 흉해야 말이지, 난봉꾼 자식보다도 더 하잖아."

"아버지가 남겨 준 재산을 탕진한 후."

하고, 안드레이 신부는 웃으며 천천히 말을 시작하였다.

"저주받은 나는 어리석은 가축과 함께 풀을 뜯고 살았도다……."

"저는 아버지가 몹시 좋아요."

안드레이 안드레이치는 이렇게 말하며 아버지의 어깨에 손을 얹었다.

"훌륭한 노인이죠. 마음씨 착한 할아버지구요."

모두가 잠시 동안 말이 없었다. 그러자 느닷없이 사샤가 웃어대며 냅킨을 입에 갖다댔다.

"그렇다며 부인은 최면술을 믿고 계시는군요?"

안드레이 신부가 니나 이바노브나에게 물었다.

"물론 믿고 있다고는 확실히 말할 수 없지만……."

니나 이바노브나는 진지하게, 오히려 준엄할 정도의 표정을 지으면서 대답하였다.

"그렇지만 자연계엔 신비롭고 불가사의한 일이 많이 있다는 걸 인정하지 않을 수 없어요."

"전적으로 동감입니다만, 한 마디 덧붙여야겠는데요. 신앙이 우리를 위해 그 신비의 영역을 크게 좁혀 주고 있다는 걸 말입니다."

기름기 많은 커다란 칠면조 요리가 나왔다. 안드레이 신부와 니나 이바노브나는 아직도 이야기를 계속하고 있었다. 니나 이바노브나의 손가락에는 다이아몬드가 반짝이고 있었다. 이윽고 눈물방울이 그녀의 눈에 맺혀 빛나기 시작했다. 그녀는 흥분해 있었던 것이다.

"신부님과 논쟁할 용기는 없습니다만."

하고 그녀는 말했다.

"인생에는 해결할 수 없는 매우 많은 수수께끼가 있다는 걸 인정하셔야 할 거예요."

"결코 그런 일은 없습니다."

저녁식사를 마친 뒤 안드레이 안드레이치가 바이올린을 켜자 니나 이바노브나가 피아노 반주를 하였다. 그는 10년 전에 문과 대학을 나왔으나 직장 근무도 하지 않고 이렇다 할 직업도 없이 그저 가끔 자선 음악회에 나가는 것이 고작이었다. 거리에서는 예술가로 불리고 있었다.

안드레이 안드레이치가 바이올린을 켜는 동안 모두들 잠자코 듣고 있었다. 테이블 위에는 사모바르가 조용히 끓고 있었으며 다만 사샤 한 사람만이 차를 마시고 있었다. 이윽고 시계가 자정(子正)을 쳤을 때 갑자기 바이올린 줄이 뚝 끊어졌다. 모두들 와아 하고 웃으며 웅성웅성거리며 작별 인사를 하기 시작하였다.

약혼자를 배웅한 후 나자는 자기와 어머니의 거실로 되어 있는 2층으로 올라갔다(아래층은 할머니가 사용하고 있었다). 아래층 홀에서는 등불을 끄기 시작했으나 사샤는 아직도 앉아서 차를 마시고 있었다. 그는 언제나 모스크바식으로 오랜 시간에 걸쳐 한꺼번에 일곱 잔씩이나 차를 마셨다. 나자가 옷을 벗고 침대에 누운 뒤에도 한참 동안 아래층에서는 하녀가 설거지하는 소리와 할머니의 잔소리가 들렸다. 드디어 집안이 조용해졌다. 그후로는 단지 이따금 아래층의 자기 방에서 사샤가 나직이 기침하는 소리가 들릴 뿐이었다.

2

나자가 문득 잠을 깬 것은 아마 새벽 2시쯤이나 되어서였을까? 주
위가 밝아오기 시작하고 있었다. 어디에선가 멀리 야경꾼의 딱다기
소리가 들렸다. 잠도 오지 않는데 누워 있다는 게 몹시 불안하여 오히
려 기분이 나빴다. 나자는 지금까지 5월 밤에는 언제나 그렇게 해 온
것처럼 침대 위에 앉아 생각에 잠기기 시작하였다. 지난 밤과 같이 단
조롭고 불필요한 생각이 또다시 끈덕지게 머리에 떠올랐다. 안드레이
안드레이치가 자기를 사랑해 마침내 구혼하였을 때의 모습이며, 그것
을 승낙한 뒤 차차 사람 좋고 총명한 이 젊은이의 좋은 점을 알기 시
작했던 것을 상기하였다. 그러나 결혼식까지 앞으로 한 달 가량 남아
있는 지금 그녀는 왠지 정체를 알 수 없는 괴로움이 자기를 기다리고
있는 듯한 공포와 불안을 느끼기 시작하였다.

"따악, 따악……."

느릿느릿한 딱다기 소리가 들렸다.

"따악, 따악……."

낡고 커다란 창문을 통해 정원이 보이고 저쪽에 꽃이 만발한 라일
락 덤불이 졸린 듯 추위에 시든 모습을 보이고 있었다. 희고 짙은 안
개가 살짝 다가와 그 숲을 뒤덮으려 하고 있었다. 먼 숲속에서는 까마
귀가 잠이 덜 깬 듯한 소리로 울고 있었다.

"아아, 왜 이렇게 마음이 울적할까?"

혹시 결혼하기 전에는 어떤 처녀도 이같은 느낌을 경험하는 것일
까? 그러나 누가 알 것인가? 혹시 사샤의 영향일까? 그러나 사샤는
벌써 몇 년간이나 판에 박은 것 같은 말만 되풀이하여, 그것을 듣고

있노라면 그가 순진하고 긔짜 같은 사람으로만 보이지 않는가? 그렇다고는 하더라도 어찌하여 사샤가 머리에서 떠나지 않을 것일까?

야경꾼의 딱다기 소리는 이미 들리지 않았다. 창문 아래와 정원에서는 새들이 지저귀기 시작하고, 안개는 정원에서 걷히어 주위가 온통 미소하는 것처럼 봄빛을 띠기 시작하였다.

이윽고 정원 전체가 따스한 태양의 애무(愛撫)를 받아 소생하고 보석과 같은 밤이슬 방울이 나뭇잎 위로 빛나기 시작했다. 낡고 거칠대로 거친 정원이 오늘 아침만은 싱싱하고 아름답게 보였다.

벌써 할머니는 일어나 계셨다. 귀에 거슬리는 나지막한 소리로 사샤는 기침을 시작하였다. 밑에서는 사모바르를 꺼내는 소리며 의자 움직이는 소리가 들렸다.

시계 바늘이 천천히 움직여 갔다. 나자는 벌써 전에 일어나 아까부터 정원을 산책하고 있었으나 여전히 아침은 길기만 했다.

니나 이바노브나가 탄산수가 든 컵을 손에 들고, 울어서 눈이 부은 채 정원으로 나왔다. 그녀는 강신술(降神術) 같은 종류의 요법(療法)에 열중하여 많은 책을 읽고 마음에 떠오른 의혹에 대해 이야기하기를 좋아했다. 그러한 것은 모두 나자에게는 깊은 신비적인 의미를 지니고 있는 것 같았다. 나자는 어머니에게 키스하고 나서 나란히 걷기 시작하였다.

"어머니, 왜 우셨어요?"
하고 그녀는 물었다.

"지난 밤, 잠들기 전에 소설을 읽었는데, 할아버지와 그 딸에 대한 얘기였어. 할아버지는 어떤 관청에 근무하고 있었는데 그곳 장관이 그의 딸을 사랑하는 거야. 다 읽진 못했지만 나도 모르게 눈물이 나올 만한 대목이 있었어."

니나 이바노브나는 그렇게 말하며 컵에 든 탄산수를 한 모금 마셨다.

"오늘 아침에 그걸 생각하니 또 눈물이 나오는구나."

"요새 저는 몹시 우울해요."

잠시 동안 잠자코 있다가 나자가 말했다.

"왜 매일 밤 잠이 오지 않는지 모르겠어요."

"글쎄, 왜 그럴까? 난 밤에 잠이 안 오면 이렇게 눈을 감고, 안나 카레니나의 걷는 모습이며 얘기하는 모습을 생각하거나 무슨 역사상의 사건을, 이를테면 아주 옛날 얘기 따위를 마음 속에 그려보곤 한단다……."

나자는 어머니가 자기 마음을 이해해 주지 않는다고, 아니, 이해할 수도 없다는 것을 느꼈다. 이런 느낌은 난생 처음이었다. 그녀는 어쩐지 두려운 마음이 들어 달아나고 싶었다. 나자는 급히 자기 방으로 돌아갔다.

오후 두 시에 모두 점심 식탁에 앉았다. 마침 수요일이어서 육식을 금하는 날이었으므로 할머니에게는 고기가 들어가지 않은 야채 수프와 황어(黃魚)가 들어 있는 보리죽이 나왔다.

할머니를 놀려 주려고 사샤는 자기 몫의 고기가 든 수프와 안 든 수프, 양쪽에 손을 댔다. 식사 도중 줄곧 그는 농담을 했다. 그의 농담은 언제나 교훈적인 함축성을 지닌 과장된 것이었으나, 농담을 하기 전에 미리 그 기다랗고 마른, 죽은 사람과도 같은 손가락을 치켜들어 보일 때는 전혀 우스꽝스럽지 않았다. 그리고 문득 그의 병이 매우 심하여 그다지 오래 못 살 것이란 생각이 들어서 듣는 사람은 눈물이 나올만큼 그가 불쌍해지는 것이었다.

식사를 마치자 할머니는 휴식을 취하려고 거실로 들어갔다. 니나 이바노브나는 잠시 피아노를 치다가 역시 자리를 떴다.

"아아, 귀여운 나자."

사샤는 여느 때와 같이 식사 후의 대화를 시작하였다.

"내 말을 들어 준다면 좋을 텐데! 들어 준다면 참 좋겠어!"

나자는 고풍스런 팔걸이의자에 앉아 눈을 감았다. 사샤는 방안을 이구석 저구석 걸어다녔다.

"차라리 공부를 하러 간다면 좋을 텐데!"

하고 그는 말하였다.

"교양있고 깨끗한 사람들만이 바람직한 거요. 그런 사람들이만이 필요하다오. 그런 사람들이 늘면 늘수록 이 지상에 하느님 왕국이 찾아오는 것이 그만큼 빨라지거든요. 그렇게 되면 이 거리의 모습도 점점 새로워져서 모든 것이 뒤집혀지고 마치 마술에 걸린 것처럼 모든 게 변해 버리죠. 그때야말로 여기에 당당하고 거대한 집들이 즐비하게 서고 훌륭한 정원이며, 이 세상 것이라곤 여겨지지 않는 분수(噴水)가 생기고 훌륭한 사람들이 살게 되지요……. 그러나 중요한 것은 그게 아니에요. 중요한 건 지금 우리가 말하는 뜻에서의 군중, 즉 이 현재의 악이 그때는 사라져 버린다는 것입니다. 왜냐하면 그때야말로 한 사람 한 사람의 인간이 신앙을 가지고 무엇 때문에 자기가 살고 있는가를 알고 누구 한 사람 대중에게 의지하려고 생각지 않기 때문이죠. 귀여운 나자, 떠나시오! 당신이 이 괴어 있는 회색의 더러운 생활에 몹시 싫증이 난 것을 모든 사람에게 보여 주십시오. 적어도 나자 자신에게라도 보여 주세요."

"안 돼요, 사샤. 전 곧 결혼을 해야 돼요."

"또 그런 말을 하시는군! 그런 일이 누구한테 필요하다는 겁니까?"

"귀여운 나자, 나자는 생각해 볼 필요가 있어요. 이해할 필요가 있어요. 나자는 그 게으른 생활이 얼마나 더러운가, 얼마나 부도덕한가를 말입니다."

사샤는 말을 이었다.

"아시겠어요? 이를테면, 당신이나 당신의 어머님이나 할머님이 무엇 하나 안 하신다면, 그것은 즉 그분들 대신에 어떤 다른 사람의 생활을 좀먹는 셈이 되는 거지요. 그것이 도대체 깨끗한 일일까요? 더러운 짓이 아니고 무엇이겠어요?"

'네, 바로 그래요.'

나자는 그렇게 말하고 싶었다. 잘 알고 있다고 말하고 싶었다. 그러나 눈물이 글썽이고 갑자기 입이 떨어지지 않았다. 그녀는 몸을 움츠리고 자기 방으로 돌아갔다.

해질 무렵, 안드레이 안드레이치가 여느 때처럼 오랫동안 바이올린을 켰다. 원래 그는 말재주가 없었다. 아마 바이올린을 좋아한 것도 연주하는 동안에는 잠자코 있을 수 있기 때문인지도 몰랐다.

10시가 넘어 작별 인사를 하자, 이미 외투를 입은 그는 나자를 껴안고 그녀의 얼굴과 어깨, 그리고 손에 정열적으로 키스하기 시작했다.

"내 소중하고 귀여운 나자, 아름다운 나자!······"

하고 그는 중얼거렸다.

"아아, 난 너무도 행복해! 기뻐 미칠 것 같애!"

그러자 나자는 그런 말을 훨씬 전에, 아득한 옛날에 들은 적이 있는 듯한, 아니면 무엇인가에서, 즉 표지가 떨어져 나가고 낡아서 오래 전에 내버린 소설 속에서 읽은 적이 있었던 것처럼 생각되었다.

홀에서 사샤는 테이블의 한쪽 모퉁이에 앉아 예의 그 긴 다섯 손가락으로 접시를 받치고 차를 마시고 있었다. 할머니는 트럼프 점을 치고 니나 이바노브나는 책을 읽고 있었다. 등불의 불꽃이 이따금 지익 하면서 소리를 냈다. 모든 것이 고요 속에 파묻혀 충만되어 있는 듯 여겨졌다. 나자는 '안녕히 즈무세요'라고 말하고 2층의 자기 방으로 올라가 눕자마자 곧 잠이 들었다. 그러나 어젯밤과 마찬가지로 주위 가 희미하게 밝아올 무렵이 되자 벌써 잠이 깨었다. 자고 싶지도 않았 고 마음이 안정되지도 않아서 괴로웠다. 그녀는 고쳐 앉아 무릎 위에 머리를 얹고 약혼자며 결혼식에 대해 생각하기 시작하였다. 별 이유 없이 그녀는 어머니가 세상을 떠난 남편을 사랑하지 않았으며, 지금 은 재산이라곤 하나도 없는 채 시어머니를 의지하여 살고 있는 것을 상기했다. 그리고 나자는 어째서 자기가 지금껏 어머니에게 어떤 특 별한 색다른 데가 있다고 생각했으며, 어째서 흔히 있는 평범하고 불 행한 여성이라는 걸 깨닫지 못하였는지 생각하면 할수록 이상하게 느 껴졌다.

사샤도 아래층에서 잠을 이루지 못하는지 기침 소리가 들려 왔다. 저 사람은 세상 물정을 모르는 색다른 사람이라고 나자는 생각하였 다. 저 훌륭한 정원이나 이 세상의 것이라고는 여겨지지 않는 분수 등 저 사람의 공상엔 뭔가 허두 맹랑한 점이 있다고 느껴졌다. 그러나 왠 지 그의 순진한 점과 그런 허무 맹랑한 공상에도 굉장히 멋진 데가 있어, 문득 공부하러 가볼까 하고 생각하거나 하면, 다만 그렇게 생각 한 것만으로도 상쾌한 기분이 들어 뛰어오를 듯한 기쁨이 가슴 가득 히 스며들었다.

"그렇지만 생각 않는 게 좋아, 생각하지 않는 게 좋아."
하고 그녀는 중얼거렸다.

"이런 걸 생각해선 안 돼"

"딱, 딱……."

어딘가 멀리서 야경꾼이 딱다기를 치고 있었다.

"딱, 딱……딱……."

3

6월 중순이 되자, 사샤는 갑자기 울적해져서 모스크바로 돌아가겠
다고 말했다.

"난 도무지 이 거리에서는 살 수가 없군요."

그는 어두운 얼굴을 하며 말하였다.

"수도(水道)가 없는데다 하수도도 없어요. 위험해서 식사도 할 수
없다니까요. 부엌이란 곳은 쓰레기통 같으니 말예요……."

"잠시 동안 기다려 봐, 이 난봉꾼 도련님아!"

할머니는 왠지 속삭이듯 그렇게 말했다.

"7일이 결혼식이니까!"

"싫어요."

"팔 월 한 달은 있고 싶다고 하지 않았어?"

"지금은 더 있고 싶지 않아요. 전 일하지 않으면 안 됩니다!"

그해 여름은 습기가 많았고 추웠다. 나무들은 언제나 젖어 있고 정
원 전체가 쌀쌀하고 어쩐지 슬픈 빛이어서 진심으로 일하고 싶은 생
각이 들었다. 2층도 아래층도 방이란 방엔 모두 보통 땐 듣지 못하던
여인들 소리가 나고 할머니 방에서도 계속 재봉틀 소리가 났다. 혼인
준비에 바빴던 것이다. 나자의 혼수에는 털외투만도 여섯 벌이나 되
었는데, 할머니의 말에 의하면 가장 싼 것이라도 3백 루블리나 한다
는 것이었다. 이렇게 떠들썩한 분위기가 사샤를 초조하게 했다. 그는
자기 방에 틀어박혀 화만 냈으나 마침내 모두에게 설복당하여 출발을

연기하며 7월 초순까지는 떠나지 않겠다고 약속하였다.

시간은 빠른 속도로 지나갔다. 페테로의 날(러시아 력으로 6월 2일) 오후, 안드레이 안드레이치는 나자와 함께 모스크바를 향해 떠났다. 신혼 부부를 위해 빌려 놓은, 벌써 준비가 다 되어 있는 새 집을 다시 한 번 둘러보기 위해서였다. 2층집이었는데 우선 2층만이 정리가 되어 있었다. 넓은 방에는 나뭇조각으로 모자이크한 장식 비슷하게 색칠한 마루가 번쩍번쩍 빛나고 그곳에 비엔나 풍의 의자라든가 피아노, 바이올린의 악보대가 나란히 놓여 있었다. 페인트 냄새가 코를 찔렀다. 벽에는 금색 액자 속에 넣은 큼직한 유화(油畫)가 걸려 있었다. 벌거벗은 여인과 그 옆에 손잡이가 부러진 보라색 꽃병을 배치한 유화였다.

"훌륭한 그림이군."

안드레이 안드레이치는 그렇게 말하고 감동한 듯 한숨을 쉬었다.

"시시마체프스키의 작돝이에요."

넓은 방 안쪽은 객실이었는데 그곳에는 둥근 테이블과 밝은 하늘색 천을 입힌 소파와 팔걸이의자가 있었다. 소파 위에 벽에는 모자를 쓰고 훈장을 단 안드레이 신부의 커다란 사진이 걸려 있었다. 다음에 두 사람은 찬장이 놓인 식당에 들어가 보고 다음에는 침실에 들어가 보았다. 침실은 희미한 등불 속에 침대 두 개가 가지런히 놓여 있었다. 장식할 때, 언제 어떤 경우에도 이곳만은 기분좋게 하려고 배려한 흔적이 역력히 보였다. 안드레이 안드레이치는 나자를 방마다 안내하면서 그동안 줄곧 그녀의 허리에 팔을 돌리고 있었다. 그녀는 자기가 의지할 곳 없는 죄많은 여인처럼 느껴져서 이러한 방이며 팔걸이의자가 미워지고 발가벗은 여인의 그림에 토할 것 같은 기분을 느끼고 있었다. 이제 그녀는 안드레이 안드레이치에 대한 사랑이 식어 버린 것을 뼈저리게 느꼈다. 아니, 어쩌면 처음부터 사랑하고 있지 않았는지도 몰랐다. 그러나 어떻게 누구에게 그것을 말해야 좋을지, 그리고 또 무엇 때문에 그것을 말해야 하는지를 그녀는 매일매일 밤낮을 가리지 않고 생각하고 괴로워했으나 아무래도 할 수 없었다.

그는 그녀의 허리를 감싼 채 행복한 얼굴을 빛내면서 자기의 새 집을 돌아보고 있었다. 그런데도 그녀는 모든 것이 진부(陳腐)하고 견딜 수 없을만큼 어리석게 느껴져 허리를 안고 있는 그의 팔까지도 쇠로 된 것처럼 딱딱하고 싸늘하게 느껴졌다. 그러면서 아아, 달아나고 싶어, 커다란 소리로 울고 싶어, 차라리 창문에서 몸을 던져 버리고 싶다고 순간마다 생각하고 있었다. 안드레이 안드레이치는 그녀를 욕실로 안내하여 벽에 장치해 둔 수도 꼭지에 손을 대었다. 그러자 갑자기 물이 쏟아져 나왔다.

"어때요?"

그는 그렇게 말하고 커다란 소리로 웃어댔다.

"지붕 밑에다 3백 갤런의 물이 드는 탱크를 만들게 했죠. 이렇게 해 두면 언제든지 물이 나오니까요."

정원을 한 바퀴 돌고 나서 두 사람은 거리로 나와 마차를 탔다. 모래 먼지가 검은 구름처럼 흩날리고 금방이라도 비가 올 듯한 날씨였다.

"춥지 않아요?"

안드레이 안드레이치가 먼지 때문에 눈을 가늘게 뜨면서 물었다.

나자는 잠자코 있었다.

"어제 사샤가 나를 아무 일도 하지 않는다고 비난한 것을 기억하고 계시죠?"

잠시 잠자코 있다가 그가 말하였다.

"정말 그 사람의 말이 맞아요! 정말 옳은 말입니다! 나는 아무 일도 하지 않고 아무 일도 못하는 사람이죠. 내가 아끼는 나자, 왜 그럴까요? 나는 왜? 언젠가는 휘장 달린 모자를 쓰고 근무하러 나가야 한다는 생각만 해도 이렇게 싫증이 나는지 모르겠어요. 왜 나는 변호사나 라틴 어 선생이나 관리를 보면 그렇게도 화가 치밀어오르는 것일까요? 아아, 어머니인 러시아여! 그대는 아직 그다지도 쓸모없는 많은 게으름뱅이를 짊어지고 있는 것인가! 괴로움에 시달리는 러시아여, 그대는 얼마나 많은 나 같은 인간을 짊어지고 있는가?"

그리고 그는 자기가 아무 일도 하지 않는 것을 정당화하여 그것이 시대의 표지(標識)라고 말하는 것이었다.

"결혼하면." 하고 그는 말을 이었다.

"함께 시골로 가서 그곳에서 일합시다! 과수원이 있고 시내가 흐르는 자그마한 땅을 사서 일을 하면서 인생을 관조합시다…… 아아, 그렇게 된다면 얼마나 멋질까요?"

그는 모자를 벗었다. 바람에 날려 머리가 헝클어졌다. 나자는 그의 말을 들으면서,

'아아, 빨리 돌아가고 싶어! 돌아가고 싶어!'

하고 생각하고 있었다. 바로 집 가까이 왔을 때 마차가 안드레이 신부를 앞질렀다.

"저기 보세요, 아버지가 걸어오시는군요!"

안드레이 안드레이치는 기뻐하면서 모자를 흔들었다.

"나는 아버지를 참 좋아합니다."

그는 마부에게 돈을 주면서 말하였다.

"멋진 분이죠. 마음씨 좋은 분입니다."

나자는 초조해하면서 집으로 돌아갔다. 기분이 좋지 않은 채 그녀

는 오늘밤도 손님 상대를 하거나 미소를 띠거나 바이올린 소리를 든
거나 모든 쓸데없는 이야기에 귀를 기울이거나 결혼식 이야기를 하지
않으면 안 된다고 생각했다. 거드름을 피우며 화려한 비단옷을 입은
할머니가 언제나 손님 앞에서 보이는 거만한 표정을 짓고 사모바르
옆에 자리잡고 있었다.

안드레이 신부가 여느 때와 마찬가지로 독특한 미소를 띠면서 들어
섰다.

"변함없이 건강하신 모습을 뵈오니 기쁘고 행복스럽습니다."

그는 할머니에게 이렇게 말했는데 그것이 농담인지 진지한 인사말
인지는 쉽게 알 수 없었다.

4

바람이 창문이며 지붕을 때리고 있었다. 휘익 바람 부는 소리가 들
리고 난로 속에서는 집의 정령(精靈)이 가련한 소리로 우울한 노래를
부르고 있었다. 자정이 넘었다. 식구들은 모두 잠자리에 들었으나 누
구 한 사람 잠을 이루지 못하였다.

나자는 아래층에서 늘 바이올린을 켜는 듯한 소리가 들리는 것 같
아서 견딜 수 없었다. 갑자기 덜컹 하는 요란한 소리가 났다. 덧문이
바람에 날렸음에 틀림없었다. 1분쯤 지나 잠옷 차림의 니나 이바노브
나가 초를 들고 들어왔다.

"저 소리는 무엇일까, 나자!"

하고 그녀는 물었다.

이런 폭풍의 밤에 보니 머리를 땋아 늘이고 미소를 띤 어머니는 여
느 때보다 더 늙고 초라하게 보였으며, 등까지도 작아진 느낌이 들었

다. 나자는 바로 얼마 전까지만 해도 자기가 어머니를 훌륭한 여성으로 알고 어머니가 하는 말을 자랑스럽게 듣던 일이 생각났다. 이제는 그 말들을 도저히 생각해 낼 수가 없었다. 머리에 떠오르는 것은 모두 모호하고 쓸데없는 것들뿐이었다.

난로 속에서도 여러 종류의 나지막한 소리가 '아아아, 하느님!' 하고 합창을 하고 있는 것 같았다. 나자는 침대 위에 고쳐앉으며 갑자기 머리칼을 힘껏 움켜쥐고 소리를 내어 울기 시작하였다.

"어머니, 어머니."

하고 그녀는 말하였다.

"제가 지금 어떤 기분으로 있는지 알아 주시면 좋겠어요! 제발 부탁이에요. 저를 보내 주세요! 부탁이에요!"

"어디로 말이냐?"

니나 이바노브나는 이상하다는 듯이 반문하고 나서 침대 끝에 앉았다.

"어디로 가겠다는 거냐?"

나자는 오랫동안 울어서 한 마디도 꺼낼 수가 없었다.

"저를 여기에서 떠나게 해 주세요!"

하고 그녀는 말하였다.

"결혼식은 올리지 않겠어요! 올리지 않아도 좋아요! 저는 그 사람을 사랑하고 있지 않아요……. 그 사람 얘길 하는 것도 싫어요."

"안 된다. 나자, 그럼 안 돼!"

니나 이바노브나는 얼굴빛이 변하며 당황해서 말했다.

"진정해라, 너는 기분이 좋지 않은 거야. 그렇지만 곧 좋아지겠지. 흔히 있는 일이니까. 아마 안드레이치하고 다투기라도 한 모양이구나. 하지만 좋아하는 사람끼리는 다투는 것도 즐거움이라지 않느냐."

"이제 그만두세요. 혼자 있게 해 주세요. 저리 가세요!"

이렇게 말하고는 엉엉 울기 시작하였다.

"그렇군."

잠시 잠자코 있다가 니나 이바노브나가 말했다.

"얼마 전까지만 해도 너는 철없는 아이였는데 벌써 약혼을 하게 됐구나. 자연은 잠시도 쉬지 않고 신진대사를 되풀이하고 있어. 너도 알지 못하는 사이 어머니가 되고 할머니가 되고, 또 나같이 고집센 딸을 갖게 되는 거야."

"어머니, 어머니는 현명하지만 불행하세요."

하고 나자는 말하였다.

"어머닌 정말 불행하세요. 그런데 왜 그런 평범한 말씀을 하시는 거죠? 네? 왜 그러세요?"

니나 이바노브나는 무슨 말을 하고 싶은 듯 우물거렸으나 한 마디도 말을 못하였다. 그녀는 심하게 흐느껴 울더니 자기 방으로 돌아갔다. 또다시 난로 속에서 여러 가지 낮은 소리가 나기 시작하고 갑자기 주위에 무서운 느낌이 감돌았다. 나자는 침대에서 뛰어내려와 재빨리 어머니 방으로 달려갔다. 니나 이바노브나는 울어서 눈이 부은 채 하늘색 모포를 휘감고 침대에 누워 책을 두 손으로 들고 있었다.

"어머니, 들어 주세요!"

하고 나자가 말하였다.

"부탁이에요. 생각해 주세요. 그리고 알아 주세요. 우리 생활이 얼마나 쓸모없고 부끄러운가를요. 전 눈이 뜨였어요. 지금은 벌써 모든 것을 꿰뚫어보고 있어요. 어머니, 저 안드레이 안드레이치는 도대체 어떤 사람일까요? 그 사람은 조금도 영리한 사람이 아니에요. 어머니! 아시겠어요. 어머니, 그 사람은 바보예요!"

니나 이바노브나는 벌떡 일어나 고쳐 앉았다.

"너와 네 할머니는 날 괴롭히기만 하는구나!"

그녀는 심하게 흐느끼면서 말했다.

"나 역시 살고 싶단다. 살고 싶단 말이야!"

그녀는 이렇게 되풀이하며 두 번이나 주먹으로 가슴을 두드렸다.

"내게도 자유를 주려므나! 난 아직도 젊어. 살고 싶단다. 그런데도 너희들은 날 할머니로 만들어 버렸어……."

그녀는 흐느껴 울기 시작하더니 그대로 눕자마자 몸을 웅크리고 담요를 뒤집어썼다. 그러니까- 아주 작고 가련하고 어리석은 여인으로 보였다. 나자는 자기 방으로 돌아가 옷을 바꿔 입고 창가에 앉아 날이 새는 것을 기다렸다. 그녀는 밤새도록 그렇게 앉은 채 생각에 잠겨 있었다. 창문 밖에서 누군가가 줄곧 덧문을 두드리기도 하고 휘파람을 부는 듯한 기분이 들었다.

아침이 되자 할머니는 간밤의 바람으로 정원의 사과가 모두 떨어지고 오래 된 자두나무 한 그루가 쓰러졌다고 불평하고 있었다. 등불이라도 켜야 할 정도로 어두침침하게 흐린 쓸쓸한 아침이었다. 모두들 춥다고 투덜대고 있었다. 빗방울이 창문을 때리고 있었다. 나자는 차를 마시고 나서 사샤의 방으로 가 아무 말도 하지 않고 방구석에 놓여 있는 팔걸이의자 옆에 쭈그려 앉더니 두 손으로 얼굴을 감쌌다.

"왜 그러십니까?"

하고 사샤가 물었다.

"이제는 다 틀렸어요……."

그녀는 절망적인 표정으로 말하였다.

"어떻게 지금까지 여기에서 생활할 수 있었는지 저는 모르겠어요. 모르겠다니까요! 저는 안드레이를 경멸하고 있어요. 나 자신을 경멸

하고 있어요. 그리고 이 게으르고 무의미한 생활 전부를 경멸해
요……."

"그래요?"

무슨 말인지 아직도 잘 이해가 안 되는지 사샤가 말하였다.

"그런 건 아무것도 아닙니다……. 그러면 어떻습니까?"

"이곳 생활에 이제는 싫증이 났어요."

나자가 말을 이었다.

"이제는 하루도 견딜 수가 없어요. 저는 내일 여기서 떠나겠어요.
제발 부탁이에요. 저를 함께 데리고 가 주세요!"

사샤는 그순간 소스라치게 놀라서 그녀의 얼굴을 쳐다보았다. 그리
고 겨우 이해가 되자 어린아이처럼 기뻐하였다. 그는 기쁜 나머지 춤
을 추듯 두 손을 휘두르며 슬리퍼를 탁탁 치기 시작하였다.

"멋지군!"

그는 두 손을 비비면서 말하였다.

"아아, 얼마나 멋진 일인가?"

그동안 나자는 홀린 듯 커다랗고 매혹적인 눈을 깜박이지도 않고
그를 바라보면서 그는 곧 어떤 뜻있고 예측할 수 없을만큼 중요한 말
을 하려는 게 아닐까 하고 기다리고 있었다. 그리고 그가 아직 아무
말도 하지 않는 동안, 눈앞에 지금까지 알지 못했던 무언가 새롭고 넓
은 세계가 펼쳐지는 듯한 느낌이 들어 기대에 가슴이 부풀어 어떤 일
이라도, 죽음을 무릅쓸 각오로 그를 바라보았다.

"나는 내일 떠납니다."

잠시 생각한 뒤 그가 말했다.

"나자는 역까지 나를 배웅해 주십시오. 나자의 짐은 내 트렁크 속
에 넣어 두겠습니다. 세 번째 벨 소리가 나면 기차를 타 주십시오.

……그대로 우리는 떠나는 것입니다. 모스크바까지 함께 가고 그 뒤로는 나자 혼자서 페테르부르크까지 가시면 됩니다. 패스포트는 갖고 계시겠죠?"

"갖고 있어요."

"맹세코 말씀드립니다만, 당신이 불평하거나 후회하게 되는 일은 절대로 없을 겁니다."

사샤는 열을 올리며 말하였다.

"그곳에 가거든 열심히 공부를 해서 운명을 하늘에 맡겨야 합니다. 생활의 방향만 바꾸면 당신은 모든 것이 변할 거예요. 제일 중요한 것은 생활의 방향을 바꾸는 일이고 나머지는 그리 대단한 게 못 됩니다. 그럼 정말 내일 떠나시는 거죠?"

"그럼요! 반드시 떠나겠어요."

나자는 몹시 흥분한데다 지금까지 한 번도 겪지 못했을만큼 마음이 무거워, 이러다간 출발할 그때까지 걱정하며 괴로워하지 않으면 안 될 것이라고 생각하였다.

그러나 2층 자기 방으로 들어와 침대에 눕자 울어서 눈가가 부어 있었지만 얼굴에 미소를 띤 채 곧 잠들어, 저녁 때까지 곤히 잤다.

5

역마차를 부르러 보냈다. 벌써 모자를 쓰고 외투를 입은 나자는 다시 한 번 어머니의 얼굴을 쳐다보고 자기가 애용했던 물건들을 보려고 2층으로 올라갔다. 그녀는 자기 방으로 들어가 아직까지 따스한 침대 곁에 잠시 서 있다가 살그머니 어머니 방으로 들어갔다. 니나 이바노브나는 잠들어 있고 방안은 조용했다. 나자는 어머니에게 키스하

고 머리칼을 고쳐 주며 2분쯤 그곳에 서 있었다. 그리고 천천히 아래
층으로 내려왔다.

바깥은 몹시 비가 쏟아졌다. 현관 앞 주차장 옆에 비에 흠뻑 젖은
역마차가 기다리고 있었다.

"그 사람과 함께 탈 건 없잖니, 나자."

하녀가 트렁크를 싣기 시작했을 때 할머니가 말하였다.

"이런 날씨에 배웅하러 가다니! 집에 있으면 좋을 텐데. 이것 봐,
비가 이렇게 쏟아지는데!"

나자는 무슨 말을 하려 했으나 할 수가 없었다. 이윽고 사샤가 그
녀를 부축하여 태우고 담요로 두 발을 감쌌다. 그리고 자기도 나란히
탔다.

"편히 잘 가거라!"

현관 층계 위에서 할머니가 외쳤다.

"사샤, 모스크바에 가면 편지를 띄워야 해!"

"알겠습니다. 그럼 안녕히 계세요. 할머님!"

"마리아의 보호가 있으시길!"

"이거 굉장한 날씨로군!" 하고 사샤가 말했다.

그때 나자는 비로소 울기 시작하였다. 자기가 떠난다는 것이 처음
으로 뼈저리게 느껴졌다. 할머니에게 작별 인사를 했을 때나 아까 어
머니의 잠든 얼굴을 바라보았을 때는 아직도 믿어지지 않았다. 잘 있
거라, 마을이여! 그러자 갑자기 안드레이며, 그의 아버지며, 새 집과
발가벗은 여인과, 꽃병의 그림 등 모든 것들이 생각났다. 그리고 그러
한 모든 것이 이제는 이미 그녀를 겁나게도 괴롭게도 하지 않고 어리
석고 사소한 일로 여겨지며 자꾸 뒤로 멀어져갔다.

드디어 두 사람을 태운 기차가 움직이기 시작했을 때, 그렇게도 크

고 심각했던 과거 전체가 자그마한 덩어리로 시들어져 버리고 그대신 지금까지 거의 알지 못했던 거대하고도 넓디넓은 미래가 펼쳐져 왔다. 비는 쉴새없이 차창을 두드리고 있었다. 눈에 띄는 한 끝없는 녹색의 들판이 계속되는 전기줄에 앉아 있는 새가 재빨리 지나가 버렸다. 갑자기 그녀는 기쁨으로 숨이 멎을 것 같았다. 이제야 자유를 찾아 공부하러 가는 것이라고 생각되었다. 이것은 옛날 '카자크의 나라로 간다'는 말과 마찬가지가 아닌가! 빙그레 웃으면서 사샤가 말했다.

"아무것도 아냐!"

6

가을이 지나고 이윽고 겨울도 지나가 버렸다. 나자는 쓸쓸함을 견딜 수가 없어 매일매일 어머니와 할머니를 생각하고 사샤를 생각하며 지냈다. 집에선 다정한 편지들이 왔다. 이제 모든 것을 깨끗이 용서하고 잊어버린 것 같았다. 5월에 시험을 치르자 그녀는 힘차고 상쾌하게 귀성(歸省)길에 올라 도중에 사샤를 만나려고 모스크바에서 기차를 내렸다. 사샤는 작년 여름과 변함없는 모습으로 있었다. 여전히 수염이 더부룩하고 머리를 기르고, 여전히 같은 프록코트에 무명 바지를 입었으며, 변함없이 크고 아름다운 눈매를 하고 있었다. 그러나 그 모습에는 마르고 피로한 흔적이 역력히 보였다. 늙고 여위었으며, 자주 기침을 하고 있었다. 왠지 나자에게는 사샤가 늙어 보이고 시골티가 났다.

"여어, 나자 아냐!"

그는 그렇게 말하며 반갑게 웃었다.

"그리운 나자, 귀여운 아가씨!"

두 사람은 담배 연기가 자욱하고 잉크와 물감 냄새가 강하게 코를 찌르는 인쇄소에 잠시 앉아 있었다. 그런 뒤 사샤의 방으로 갔는데 그곳에도 담배 연기가 가득 차 있었다. 침을 뱉은 흔적도 있었다. 테이블 위에는 싸늘해진 사모바르 옆에 이빠진 접시가 검은 종이에 덮여 있었고, 그 테이블 위에도 파리가 지저분하게 죽어 있었다. 그런 모든 상태로 미루어 사샤는 생활이 정돈돼 있지 못하고 기거하는 곳을 꾸밀 생각도 없이 닥치는 대로 살아가는 것을 알 수 있었다. 만일, 누구라도 그를 상대로 그 자신의 행복이나, 그 자신의 생활이나, 그 자신의 사랑에 대해 말한다면 그는 이상하다는 표정으로 웃음을 터뜨렸을 것이다.

"모든 것이 잘 되었군요."
하고 나쟈는 급히 말하였다.

"어머니가 가을에 페테르부르크로 만나러 와 주셨어요. 할머니는 이젠 화를 내고 계시진 않지만 자주 제 방에 가셔서 벽에 성호를 그으신다고 어머니가 말씀하시더군요."

사샤는 밝은 표정을 하고 있었으나 가끔 기침을 하고 쉰 목소리로 말하였다. 나쟈는 그의 얼굴을 들여다보고 있었으나 그의 병이 정말 심한 것인지 아니면 다만 그렇게 보이는 것뿐인지 확실하게 알 수 없었다.

"사샤." 하고 그녀는 말하였다.

"당신은 몸이 편치 않은 거죠?"

"아니, 별것 아냐. 병은 병이지만 대단치는 않아."

"아아, 사샤."

나쟈는 가슴이 두근거렸다.

"왜 치료를 하지 않으세요? 왜 자기 몸을 소중히 다루지 않으세요?

내 귀중한 사샤."

하고 그녀는 말하였다. 그러자 눈물이 한꺼번에 쏟아져 왠지 그녀의 상상 속에 안드레이 안드레이치나 나체의 여인과 꽃병의 그림이나, 이제는 이미 소녀 시절처럼 먼 옛날 이야기로 여겨지는 자기의 모든 과거가 뚜렷이 되살아났다. 그녀가 울기 시작한 것은 이미 사샤가 지난해처럼 새롭고, 지적이고 호감이 가는 사람으로 생각되지 않았기 때문이다.

"소중한 사샤, 사샤의 그런 파리한 얼굴과 여윈 몸을 고칠 수 있다면 난 어떤 일이라도 하겠어요. 사샤에게는 커다란 은혜를 입고 있으니까요! 사샤가 얼마나 많은 일을 나한테 해 주셨는지 사샤 자신도 모르고 계세요. 나의 훌륭한 사샤! 정말 사샤는 이제 내가 가장 가까울 뿐더러 가장 육친 같은 사람이에요."

두 사람은 잠시 앉아서 이야기를 나누었다. 페테르부르크에서 겨울 한철을 지낸 나자에게는 사샤에게서도, 그의 말에서도, 미소에서도, 그의 모습 전체에서도 무엇인가 낡고 시대에 뒤떨어지고, 이미 목숨이 끊어져 마치 무덤 속에 파묻힌 듯한 그런 분위기가 감돌고 있는 것을 느꼈다.

"나는 내일 볼가로 가요."

사샤가 말했다.

"그리고 크므이스(말젖) 요법을 시도해 보겠어요. 크므이스를 마시려고 생각합니다. 친구 부부와 함께 가는데 그의 부인은 정말 훌륭한 분이죠. 나는 자꾸 그녀에게 공부하러 떠나라고 권하고 있어요. 그 부인의 생활 방향을 바꾸게 해 주기 위해서죠."

한동안 이야기를 나눈 뒤 두 사람은 역으로 나갔다. 사샤는 차와 사과를 대접해 주었다. 기차가 움직이기 시작하자 그는 웃으며 손수건을 흔들었다. 그의 걸음걸이로 보아 그는 병이 몹시 심해 앞으로 오래 살지 못하리라는 것을 알 수 있었다.

나자는 낮에 고향에 도착하였다. 역에서 집으로 마차를 타고 달리는 동안 그녀는 도로 폭은 아주 넓으나 집들이 너무 작고 낮다고 느꼈다. 길가는 사람이 없었고, 다만 베이지 색 외투를 입은 독일인 조율사(調律師)만을 만났을 뿐이었다. 집들이 모두 먼지를 쓴 것 같았다. 이젠 몹시 늙었으나 전과 다름없이 뚱뚱하고 못생긴 할머니는 두 팔로 나자를 얼싸안더니 그녀의 어깨에 얼굴을 묻고 눈물을 흘리며 한동안 떨어질 줄 몰랐다. 니나 이바노브나도 눈에 띄게 늙어 얼굴빛이 안됐고 어딘지 몸 전체가 시든 것 같았으나, 변함없이 단정한 옷을 입었고 손가락에는 다이아몬드가 빛나고 있었다.

그러고는 모두들 앉아 말없이 울었다. 할머니도 어머니도 과거는 영원히 상실되어 이제는 되찾을 수 없다는 것을 느끼고 있는 것 같아 보였다. 이제는 사교계의 지위도, 이전의 명성도, 손님을 초대할 자격도 없었다. 흔히 있는 일이지만 마음 편히 태평스레 지내고 있는 가정에 어느 날 밤 갑자기 경찰이 들어와 가택 수색을 하여 남편의 공금 횡령과 돈을 위조한 사실이 밝혀지는 바람에 이제까지의 태평스런 생활과 영원히 작별하는 그런 경우와 흡사했다.

나자는 2층에 올라가 옛날의 자기 침대며 예전과 다름없는, 희고 깨끗한 커튼을 보았다. 창문에서는 옛날 그대로 햇볕을 가득 받은, 시원스럽고 재잘대는 정원이 보였다. 그녀는 자기 책상에 손을 대어 보기도 하고, 앉기도 하고, 생각에 잠기기도 하였다. 맛좋은 식사도 했다. 맛있고 진한 크림이 든 차도 마셨다. 그러나 이제는 뭔가가 빠져 있어 집안이 허전하게 느껴지고 천장이 낮아진 것 같은 생각이 들었다. 날이 저물자 나자는 침대 속으로 들어가 담요를 뒤집어썼으나 왠지 따스하고 푹신한 침대에서 자는 것이 우스워졌다.

니나 이바노브나가 잠시 방으로 들어와 죄지은 사람이 하듯 조심스럽게 주위를 살피며 앉았다.

"그래 어떠냐, 나자?"

잠시 말없이 있다가 그녀가 물었다.

"너, 만족하니? 정말 만족하니?"

"만족해요, 어머니."

니나 이바노브나는 일어서서 나자와 같이 창문을 향해 성호를 그었다.

"나는 이처럼 믿음이 독실해졌단다."

하고 그녀는 말하였다.

"요즘엔 말이야……철학을 공부하고 언제나 그 생각만 하고 있어……. 덕분에 지금은 많은 일이 손에 잡은 듯이 뚜렷이 보이게 되었단다. 인생 전체가 프리즘을 통하는 것처럼 흘러간다고 생각하는 것, 그것이 무엇보다 중요한 거야."

"어머니, 할머니의 건강은 어떠세요?"

"별로, 아무렇지도 않으신 것 같아. 네가 사샤와 함께 떠난 뒤 네게서 전보가 왔을 때 할머닌 그걸 읽으시다 기절해서 꼬박 사흘 동안 누워 계셨단다. 그 뒤론 줄곧 기도를 하시기도 하고 우시기도 했지만, 지금은 아무렇지도 않으셔."

그녀는 일어서서 방안을 걸어다녔다.

"딱, 딱……." 하고 야경꾼이 딱다기를 쳤다.

"딱 딱, 딱 딱."

"인생 전체가 프리즘을 통하는 것처럼 흘러간다는 것, 그 생각이 무엇보다도 중요한 거란다."

하고 그녀는 말하였다.

"바꾸어 말하면 의식 속에서, 인생을 일곱 가지 원색(原色)처럼 제일 간단한 요소로 분해해서 그 하나 하나의 요소를 따로따로 연구해야 하는 거야."

니나 이바노브나가 그후 무엇을 말했는지 언제 방에서 나갔는지도 모르게 나자는 곧 잠들어 버렸다.

5월이 지나고 6월이 다가왔다. 나자는 벌써 집안일에 익숙해졌다. 할머니는 사모바르를 만지면서 바쁘게 일하다가 가끔씩 휴 하고 한숨을 내쉬었다. 니나 이바노브나는 밤마다 자기의 철학 이야기를 했다. 그녀는 여전히 집안에서는 객식구처럼 20카페이카 은화 하나라도 꼭 할머니에게 받으러 가야만 했다. 집안에는 파리가 많이 있었고 방 천장은 더욱 낮아진 것처럼 느껴졌다. 할머니와 니나 이바노브나는 안드레이 신부나 안드레이 안드레이치를 만나는 것이 두려워 거리에도 나가지 않았다. 나자는 정원이나 거리를 걸으면서 늘어선 집과 회색의 담을 바라보곤 했다.

그녀에게는 이 거리의 모든 것이 이미 오래 전에 낡아서 시대에 뒤떨어지고, 이제는 모든 것이 오로지 종말이나 또는 젊고 신선한 것의 시작을 기다리고 있는 듯 느껴졌다. 아아, 조금이라도 빨리 그 새롭고 밝은 생활이 와 주었으면, 그렇게 되면 자기의 운명을 똑바로 대담하게 쳐다보고 자기가 올바르다는 자각을 가지며 명랑하고 자유스런 사람이 될 수 있으련만, 그러나 생활은 언제나 반드시 온다! 하녀 넷이 겨우 방 하나에, 불결한 지하실에 살도록밖에 되어 있지 않은 할머니의 저택 같은 것은 흔적도 없이 사라져 버릴 때가 반드시 오고야 말 것이다. 그런 집이 있었던 것조차 잊혀져서 누구 한 사람 기억하지 않게 될 때가 반드시 올 것이다. 그러나 지금의 나자에게 기분 전환이 되는 것은 이웃집의 개구쟁이들뿐이었다. 그녀가 정원을 산책하고 있으면 그들은 담을 두드리고 낄낄 웃어대며 그녀를 놀렸다.

"약혼녀! 약혼녀!"

사라토프의 사샤로부터 편지가 왔다. 여느 때처럼 시원스럽게 춤추는 듯한 필적으로, 볼가 여행은 대성공이었으나 사라토프에서 병이 들어 말도 못하고 벌써 두 주일이나 병원에 누워 있다고 씌어져 있었다. 그녀는 이것이 무엇을 뜻하는지를 깨달았다. 어떤 신념과도 같은 예감이 그녀를 사로잡았다. 그러나 그녀는 이러한 예감과 사샤에 대한 생각이 전처럼 자기 마음을 뒤흔들지 않는 것이 불만이었다. 이제야말로 그녀는 진정으로 살고 싶었다. 페테르부르크에 가고 싶었다. 사샤와의 교제는 지금 단지 그리운 것일 뿐인, 아득한 과거의 일같이 생각되었다.

그 하룻밤을 그녀는 뜬눈으로 새우고 아침이 되자 창가에 귀를 기울였다. 그러자 아래층에서 사람 소리가 나기 시작하고 할머니가 목메인 목소리로 무엇인가를 다급하게 묻고 있는 소리가 들렸다. 그리고 누군가가 울기 시작하였다. 나자가 아래층으로 내려가 보니 할머니는 모퉁이에 서서 기도를 드리고 있었다. 그녀의 얼굴은 눈물로 젖어 있었다. 테이블 위에 한 통의 전보가 놓여 있었다. 할머니의 울음소리를 들으며 나자는 오랫동안 방안을 서성댔다. 그리고 전보를 읽어봤다. 어제 아침, 사라토프에서 알렉산드르 치모페이치, 즉 사샤가 결핵으로 죽었다는 소식이었다.

할머니와 니나 이바노브나는 추도식을 부탁하기 위해 성당으로 갔다. 한편, 나자는 오랫동안 방안을 왔다갔다하며 생각에 잠겨 있었다. 그녀는 사샤가 바란 대로 자기 생활의 방향이 바뀌어진 것을 뚜렷이 알고 있었다. 그리고 이제야말로 자기가 여기서 외톨박이의 불필요한 남이 되고 또 자기에게도 이곳의 모든 것이 필요 없게 되었다는 것, 모든 과거가 불에 활활 타버린 것처럼 자기에게서 사라져 그 재까지도 바람을 타고 흩어져 버렸음을 뼈저리게 느꼈다. 그녀는 사샤의 방에 들어가 그곳에 섰다.

'잘 가세요. 그리운 사샤!'

그녀는 마음 속으로 그렇게 뇌었다. 그러자 눈앞에 새롭고 넓고 끝없는 생활이 떠올라 아직도 희미하고 비밀에 가득찬 생활이 그녀를 매혹하며 손짓하였다.

그녀는 자기 방으로 올라가 짐을 꾸렸다. 그리고 다음날 아침, 가족들에게 작별 인사를 하고 싱싱하고 밝은 마음으로 마을을 떠났다. 다시는 돌아오지 않겠다고 생각하면서.

다락방이 있는 집

어느 화가의 이야기

1

육칠 년 전, 현(縣)의 어느 군(郡)에 있는 베르클로프라는 지주네 집에 세들어 살던 무렵의 이야기이다. 이 지주는 젊은 사람이었다. 그는 일찍 일어나는 습관이 있었으며, 언제나 외투를 입고 다녔다. 그는 매일 밤 맥주를 마시고는, 자기는 어느 누구에게도 공감(共感)을 주지 못한다고 나에게 곧잘 투덜거리곤 했었다. 그는 정원에 있는 별채에 살고 있었고, 나는 둥근 기둥이 몇 개 서 있는 오래 된 본채의 넓은 홀에 살고 있었다. 이 홀에는 내가 침실로 사용하고 있는 폭넓은 소파와 트럼프 짝을 늘어놓는 테이블 외에는 이곳에서 케케묵은 아모스형(型)의 난로 안에서 언제나 무엇인가 신음하는 듯한 소리가 나고 있었다. 폭풍우라도 칠 때면 집 전체가 떨고 산산조각으로 부서질 듯이 느껴졌다. 특히, 한밤중에 커다란 열 개의 창문이 갑자기 번갯불에 일제히 비쳐질 때에는 소름이 끼치기도 했다.

무위도식(無爲徒食)하고 있었던 나는 그야말로 아무 일도 하지 않는 나날을 보내고 있었다. 꼬박 몇 시간 동안 방안의 창문에서 하늘과

새와 가로수길을 바라보고 있거나 우체부가 배달해 주는 것들을 닥치는 대로 읽거나, 잠을 자거나 하는 생활이 고작이었다. 이따금 집을 나와 저녁 늦게까지 부근을 산책할 때도 있었다.

어느 날, 집으로 돌아오는 길에 나는 낯선 어느 사람의 저택으로 무심히 잘못 들어갔다. 해는 이미 기울어질 때였으므로 꽃이 핀 호밀 위에 황혼의 햇살이 길게 비치고 있었다. 좁아서 답답할만큼 두 줄로 빽빽이 심어진 몹시 키가 큰 늙은 전나무가 빈틈없는 두 개의 벽처럼 줄지어서 어둡고 아름다운 가로수길을 이루고 있었다. 나는 사뿐히 울타리를 넘어 땅 위에 사오 센티나 쌓여 있는 바늘 같은 전나무 잎 때문에 미끄러지면서 그 가로수길을 걸어갔다. 어둡고 고요하고 높다란 나무 끝 여기저기에 선명한 황금색 빛이 떨며 거미줄에 무지개처럼 번득이고 있을 뿐이었다. 숨막힐 듯 침엽수 향기가 자욱했다. 이윽고 나는 보리수의 기다란 가로수길을 접어들었다. 이곳도 황폐해져 있었다. 작년에 떨어져 쌓인 낙엽이 발밑에서 희미하게 바스락거리고, 황혼의 어두운 그림자가 나무 사이로 감돌고 있었다. 오른쪽에 있는 해묵은 과수원에서 꾀꼬리가 마음내키지 않는 가냘픈 소리로 울고 있었다. 이것도 아마 늙은 새인 모양이다. 그러나 마침 보리수의 가로수길도 끝났다.

테라스와 다락방이 있는 하얀 집 옆을 지나가자 문득 짙은 버드나무의 숲 따위가 있는 연못으로, 건너편 못가에는 마을과 가늘고 높다란 종루(鍾樓)가 보이며, 지붕 위의 십자가가 석양을 받아 불타는 듯이 빛나고 있었다. 어린 시절에 언젠가 이것과 꼭 같은 경치를 본 적이 있는 듯한, 무엇인가 매우 낯익고 그리운 것의 매혹이 잠시 내 마음에 밀어닥쳤다. 정원에서 들판으로 나가는 곳에 흰 석조문(石造門)이 있었다. 사자상(獅子像)으로 장식한 오래 되고 튼튼한 그 문간에 두 처녀가 서 있었다.

　조금 나이가 들어 보이는 처녀는 날씬하고 창백한 얼굴의 미인으로 밤색 머리카락이 탐스럽게 물결치고 있었다. 그녀는 자존심이 강해 보이는 자그마한 입과 빈틈없는 표정을 가지고 있었다. 그녀는 나에게 관심을 나타내지도 않았다. 또 다른 처녀는 아직도 순진하고 귀여울 정도로 앳되며, 열여덟을 넘지 않은 것 같았다. 역시 날씬하고 창백하여 눈과 입이 크고 내가 곁을 지나치자 놀란 듯이 나를 쳐다보고 영어로 무엇인지 말하고는 부끄러워하는 태도를 보였다. 이 사랑스러운 두 얼굴은 나에게는 오래 전부터 낯익은 것처럼 느껴졌다. 나는 마치 멋진 꿈이라도 꾼 것 같은 기분을 안고 집으로 돌아왔다.

　그 뒤, 얼마 지나지 않은 어느 날 정오쯤에 나와 베르클로프는 집 부근을 산책하고 있었다. 그때 한 대의 마차가 풀숲을 가볍게 헤치면서 정원으로 들어왔다. 거기에는 전날에 봤던 한 처녀가 타고 있었다. 그녀는 나이가 들어 보이던 여자였다.

　화재 이재민들을 위한 기부금을 모으러 온 것이었다. 그녀는 우리 쪽에 시선을 주지 않은 채 샤노바 마을에서 얼마나 많은 집들이 불타고 얼마나 많은 남녀와 어린이들이 한곳에 있는지, 그리고 자기가 현재 위원의 말석을 차지하고 있는 이재민 구제 위원회는 우선 어떤 조치를 취할 생각을 하고 있는가 등에 대해 자세하게, 그리고 아주 진지하게 말했다. 우리의 서명을 받고 나서 그녀는 기부자 명부를 챙기자 곧 작별 인사를 했다.

　"우리를 완전히 잊어버리셨군요. 표트르 페트로비치."

　악수를 받으면서 그녀는 베르클로프에게 말했다.

　"꼭 와 주세요. 무슈 N(그녀는 내 이름을 알고 있었다)도 이분의 재능을 존경하고 있는 사람이 어떤 생활을 하고 있는지 엿보고 싶으시다면 꼭 들러 주세요. 엄마도 저도 환영하겠어요."

나는 인사를 했다.

그녀가 돌아가자 표트로 페트로비치는 이야기를 시작했다. 그의 말에 의하면 그녀는 좋은 가정의 처녀이며 이름은 리자 볼차니노바이며 어머니와 여동생과 그녀, 세 식구가 살고 있고, 영지는 연못 건너편에 있는 마을 이름과 같은 셀코프카라고 불리고 있다고 했다. 그녀의 아버지는 이전에 모스크바에서 중요한 지위를 누리고 있었으며 사망할 당시에는 삼등관(三等官)이었다. 상당한 재산이 있음에도 불구하고, 볼차니노바 집안 사람들은 여름이나 겨울이나 시골에 틀어박힌 채 조용하게 살았으며, 리자는 셀코프카 마을의 군립(郡立) 국민학교의 여교사로서 20루블리의 월급을 받고 있었다. 그녀는 그 돈만으로 생활을 하고 있는 것을 자랑으로 여기고 있었다.

"재미있는 가정이죠."

베르클로프가 말했다.

"언제 한번 가 보십시다. 당신이 가시면 아주 기뻐할 거요."

어느 축제일에 점심을 마친 뒤 우리는 볼차니노바 집안을 상기하고 셀코프카로 떠났다.

어머니와 두 처녀들은 집에 있었다. 어머니 예카체리나 바블로브나는 옛날에는 꽤 미인이었을 것 같았으나, 지금은 나이에 어울리지 않게 꽤 뚱뚱하고 천식 환자이고 마음이 텅 빈 서글픈 모습을 하고 있었다. 그녀는 자꾸만 그림 이야기를 하여 나를 접대하려고 애썼다. 가까운 장래에 내가 셀코프카를 방문할지도 모른다는 딸의 말을 듣고 언젠가 모스크바의 전람회에서 본 내 풍경화 두세 점을 급히 생각해 내고 뒤늦게 그 그림 속에서 무엇을 표현하고 싶어했는가 하고 묻기도 했다.

리자(이 집에서 부르는 이름으로는 리다)는 나보다도 오히려 베르클로프하고만 이야기하고 있었다. 미소도 보이지 않는 진지한 얼굴로 그녀는 왜 군회(郡會)에서 일하려고 하지 않는가, 왜 지금까지 한 번도 군회에 나오지 않았는가 하고 묻고 있었다.

"좋지 않아요, 표트르 페트로비치."

그녀는 비난하는 듯이 말했다.

"정말 나쁜 분이군요. 부끄럽지 않으세요?"

"그래요. 리다 말대로예요."

어머니가 맞장구를 쳤다.

"안 좋아요."

"우리 군은 말이죠. 발라긴이라는 사람의 손아귀에 완전히 들어가 있어요."

리다는 나를 되돌아보면서 말을 이었다.

"어쨌든 그 사람은 참사회 의장이고 군의 요직은 모조리 조카나 사위한테 나누어 주고 제멋대로 하고 있죠. 싸우지 않으면 안 돼요. 젊은이들이 자기들 스스로 강력한 당을 만들어야 하는데, 이곳 젊은이들이 자기들 스스로 강력한 당을 만들어야 하는데, 이곳 젊은이들은 모두 저 모양들이에요. 부끄럽지 않으세요? 표트르 페트로비치."

동생 제냐는 군회(郡會)에 관한 이야기를 나누고 있는 동안 잠자코 있었다. 그녀는 진지한 이야기에는 끼어들지 않았으며 집안에서도 아직 어른 대접을 받지 못하고 있는 듯 소녀처럼 미슈스라고 불리고 있었다. 그녀가 어릴 때, 여자 가정교사를 미스(여성)라고 불렀기 때문이었다. 그녀는 언제나 흥미있는 듯이 쳐다보았고 내가 앨범을 들여다보자,

"이분은 아저씨 —— 이분은 말이죠. 이름을 지어 준 분이에요."

하고 일일이 설명을 하며 사진을 손가락으로 짚어 주었다. 그럴 때마다 어린아이처럼 어깨를 부딪쳐 오고 아직도 완전히 성숙하지 않은 얄팍한 가슴과 가느다란 어깨와 늘어뜨린 머리와 벨트로 꼭 졸라매고 있는 여윈 몸 등이 가까이 눈에 띄는 것이었다.

우리는 크리켓과 론 테니스를 친 다음 정원을 산책하고 차를 마시고 그 뒤 오랜 시간에 걸쳐 저녁식사를 하였다.

둥근 기둥이 많은 썰렁하고 넓기만 한 홀에서 살던 뒤였으므로 복제(複製)의 유화(油畵) 따위도 벽에 걸려 있지 않고 하인에게까지 공손한 말을 하는 상쾌하고 아담한 이 집에 있는 것이 어쩐지 포근한 기분이었다. 리다와 미슈스가 있는 덕분에 보는 것, 듣는 것이 모두 젊고 깨끗하게 여겨지고, 모든 것이 고상하고 숨결이 있는 듯이 느껴졌다.

저녁식사 자리에서 리다는 또 베르클로프를 상대로 군회와 발라긴과 학교 도서관 등에 관한 이야기를 시작했다. 그녀는 신념을 가진 진지하고 발랄한 처녀로, 아마 학교에서 이야기하는 것이 익숙해진 모양으로 큰 소리로 계속 지껄여댔는데 들어 보면 재미도 있었다.

그녀와 반대로, 우리의 표트르 페트로비치는 어떤 이야기라도 논쟁하지 않으면 직성이 풀리지 않는 학생 시절의 버릇을 아직도 간직하고 있었으며, 이야기도 기다랗고 지루하고 패기가 없으며, 머리가 좋은 진보적인 사람으로 여겨지기를 원하는 속셈이 뚜렷이 엿보였다.   .

그는 약간 야단스럽게 제스처를 쓰고 말하다가 그만 소맷자락으로 소스병을 쳐서 테이블보 위에 커다란 얼룩이 생겼으나 나 이외엔 아무도 언짢게 생각지 않았다.

집으로 돌아갈 무렵엔 어둡고 고요했다.

"예의가 바르다는 것은 테이블보 위에 소스를 흘리지 않는 것이 아니라 만약에 어떤 사람이 소스를 흘렸더라도 개의치 않는다는 점에 있다는 거랍니다."

베르클로프는 이렇게 말하더니 탄식했다.

"그럼요. 참으로 교양이 깊은 훌륭한 가정이죠! 나는 그런 멋진 사람들로부터 처져 버렸어요. 뒤떨어지고 말았어요! 줄곧 일, 일 때문에 말이죠. 일 때문에!"

그는 모범적인 농장 경영자가 되고 싶다고 생각한다면 얼마만큼 엄청난 일을 하지 않으면 안 되는가라고 말했다. 그렇지만 나는 그렇게 무디고 게으른 주제에 무슨 소리를 하는 거냐고 생각하고 있었다.

그는 무엇인가 진지한 이야기를 할 때에는 잔뜩 긴장하며 '엉, 어, 어.' 하고 말끝을 늘어뜨리기만 했으며, 일하는 태도도 말하는 태도와 마찬가지로 느릿느릿하여 늘 뒤처지거나 일의 기한(期限)을 깜박 잊어버리거나 하였다.

그의 사무적인 수완을 나는 제대로 믿고 있지 않았는데, 그 이유인즉 내가 우체통에 넣어 달라고 부탁한 편지를 꼬박 몇 주일이나 주머니 속에 넣어 둔 채 가지고 다닌 적이 있었기 때문이다.

"무엇보다도 괴로운 것은 말이죠."

그는 나와 나란히 걸으면서 중얼거렸다.

"무엇보다 괴로운 것은 아무리 일을 해도 누구한테도 공감을 주지 못한다는 것이죠. 털끝만큼도 공감을 얻지 못한다니까요!"

2

나는 자주 볼차니노바 집안을 방문하게 되었다. 거기서 나는 대개 테라스 아래 계단에 앉아 있었다. 나 자신에 대한 불만이 나를 꾸짖고

이다지도 빨리, 그리고 시시하게 지나가는 내 인생이 가엾이 여겨지곤 했다. 이렇게 답답한 마음을 가슴에서 빼내 버린다면 얼마나 후련할까? 나는 그런 것만 생각하고 있었다. 그런 때 테라스에는 이야기하는 소리와 책장을 넘기는 소리가 들려 왔다. 리다가 낮 동안에는 환자를 진찰하거나 팜플릿을 나누어 주거나 양산을 펴들고 모자도 쓰지 않은 채 몇 번이나 마을에 간다든지 또 밤에는 밤대로 군회나 학교 이야기를 높은 소리로 말하는 것에 나는 곧 익숙해졌다. 날씬하고 아름다우며 언제나 단정한 이 처녀는 고상하고 귀여운 입을 가지고 있으면서도 이야기가 시작되면 언제나 반드시 냉정하게 나에게 이렇게 말하는 것이었다.

"이런 얘기는 선생님한테는 재미 없으시겠죠."

나는 그녀에게 잘 보이지 못했다. 그녀가 나를 좋아하지 않는 이유는 내 그림이 풍경화이고, 그림 속에 민중의 가난함이 그려 있지 않기 때문이며, 그녀가 깊이 믿는 것에 대해 내가 무관심한 것처럼 보였기 때문이었다.

문득 생각난 것이지만, 이전에 바이칼 호를 여행했을 때 루바시카에다 푸른 빛의 싸구려 무명바지 옷차림으로 말을 타고 오는 브리야트 인 처녀를 만난 적이 있다. 나는 처녀가 가지고 있는 피리를 팔지 않겠느냐고 물어보았다. 이야기하고 있는 동안에 처녀는 나의 유럽적인 얼굴과 모자를 비웃는 것처럼 쳐다보고 있더니 갑자기 말하는 것도 싫어진 듯 이상한 소리를 지르더니 말을 몰아 버리는 것이었다. 리다도 이와 마찬가지로 내 속에 존재하는 다른 인종을 비웃고 있었던 것이다. 나에 대한 혐오를 겉으로 나타내는 일은 결코 없었으나 나는 그렇게 느껴졌다. 나는 테라스 아래 계단에 앉아 있으면서도 초조감을 느끼고 의사도 아니면서 농부들을 치료해 준다는 일 따위는 그들을 속이는 것과 다름이 없다든가 2천 제샤치나의 땅이 있으면 자선가가 되는 것쯤은 쉬운 노릇이라느니 하며 욕을 하고 있었다.

동생인 미슈스는 아무 하는 일 없이 나와 마찬가지로 한가로운 생활를 하고 있었다. 아침에 일어나면 곧 책에 달려들어 테라스에 있는, 앉으면 자그마한 발이 땅에 닿지 않는 깊숙한 안락의자에 앉아 그저 독서에 열중하는 것이었다. 그렇지 않으면 책을 손에 들고 보리수 가로수길로 자취를 감추거나 하는 적도 있었다. 그녀는 한눈 팔지 않고 탐내듯이 하루종일 책을 읽고 있었다. 이따금 그녀의 눈이 피로해진 듯 멍청해지고 얼굴빛이 몹시 창백해지는 것을 보고, 독서가 얼마나 그녀를 피로하게 하는가를 알 수 있었다.

내가 찾아가면 나를 보고 볼을 엷게 붉히며 책을 내려놓고선 갖가지 사건, 이를테면 하인의 방이 그을기 시작했다느니, 하인이 연못에서 커다란 물고기를 낚았다느니 하는 것을 발랄한 말투로 이야기해 주었다. 여느 날은 대개 밝은 색 블라우스에 짙은 감색(紺色) 스커트 차림이었다. 우리는 함께 산책을 하거나 잼을 만들 버찌를 따거나 보트를 타거나 했다. 버찌를 따려고 그녀가 뛰어오르거나 노를 젖거나 할 때 폭이 넓은 소매를 통해 가느다랗고 연약한 팔이 들여다보였다. 그리고 또 내가 스케치를 하고 있는 옆에 서서 감탄의 눈초리로 지켜보고 있는 때도 있었다.

7월 말, 어느 일요일에 나는 볼차니노바 댁을 아침 9시쯤에 방문하였다. 그 댁 근처에 유난히 많았던 흰 버섯을 찾은 뒤 나중에 제냐와 함께 따러올 수 있도록 그 부근에 표시를 해 놓았다. 따스한 바람이 불고 있었다. 이윽고 제냐와 어머니가 눈부신 나들이 옷차림으로 교회에서 돌아오는 것이 보였다. 제냐는 바람에 날리지 않으려고 모자를 손으로 가볍게 누르고 있었다. 잠시 뒤에 테라스에서 차를 마시는 기척이 들렸다.

나처럼 아무 하는 일 없이 일 년 내내 어슬렁거리고 있는 것에 대한 변명을 찾고 있는 사람에게는 이 장원(莊園)에서의 이러한 여름철 휴일의 아침은 더할 나위 없이 매력적인 것이었다. 아직도 이슬에 젖어 있는 녹음의 정원이 햇빛을 받아 온통 반짝이고 있어 참으로 행복스러워 보였다. 집 주변에는 물푸레나무와 협죽도(夾竹桃) 향기가 풍기고, 방금 교회에서 돌아온 젊은이들은 정원에서 차를 즐기며 저마다 멋지게 차려입고 즐겁게 속삭이며, 그리고 건강하고 만족해하며 아름다운 모든 사람들이 긴 하루를 아무 일도 하지 않고 보낸다는 것을 생각할 때, 인생 전체가 이런 것이라면 좋겠다고 여겨지는 것이었다.

그때도 나는 지금과 똑같은 생각을 하고 하루종일이라도, 한여름 전부라도 일도 목적도 없이 지내 줄 마음이 들어 정원을 거닐고 있었다. 제냐가 바구니를 들고 나왔다. 마치 정원으로 오면 내가 있으리라는 것을 알고 있기라도 했다는 듯한 표정이었다. 우리는 버섯을 따면서 이야기를 했다. 무엇을 물을 때면 그녀는 내 얼굴을 쳐다보기 위하여 앞으로 다가오곤 하는 것이었다.

"어제 이 마을에서 기적이 일어났어요."

하고 그녀가 말했다.

"절름발이 필라게야가 꼬박 일 년간이나 아파서 별별 의사나 약으로도 낫지 않았었는데 어제 어떤 노파가 주문(呪文)을 외니까 거짓말같이 나아 버렸어요."

"그런 일은 대단한 것이 아니지요."

하고 나는 말했다.

"기적을 찾아내는데 앓는 사람이나 그런 노파의 주문을 찾아서는 안 되죠. 사람의 건강이 바로 기적이 아닐까요? 바로 생명 그 자체가 이해할 수 없는 기적인 겁니다."

"그럼 선생님은 이해할 수 없는 일이 두렵지 않으세요?"

"천만에. 나는 말이죠, 내가 이해할 수 없는 현상에는 굴복하지 않고 대담하게 가까워지려 하고 있지요. 내가 그것들보다 우월하니까요. 사람은 자기가 사자나 호랑이나 별이나 자연계의 모든 것보다도 우월하다는 것을 의식해야 하는 거예요. 이해할 수 없고 기적이라고 생각되는 것보다 우월하다고 의식하지 않으면 사람이 아니지요. 모든 것을 겁내고 있는 쥐와 마찬가지니까요."

제냐는 내가 예술가이므로 아주 많은 것을 알고 있고, 또 알지 못하는 것이라도 올바르게 추리할 수 있다고 생각하고 있는 것이었다. 나에게 이끌려 아름답고 죽지 않는 것의 영역으로 발을 들여놓아 보고 싶었던 것이다. 그녀의 생각으로는 나라면 알고 있으리라 믿어지는 저 지고(至高)한 세계로 데리고 가 주기를 바랐던 것이다. 그래서 내게 신과 불멸의 생명과 기적적인 것 등에 대한 이야기를 하는 것이었다. 나도 역시 나 자신과 내 상상력이 죽음을 경계로 하여 영원히 멸망해 버리는 것이다 하는 따위의 생각은 인정할 수 없었으므로, "그럼요. 사람은 불멸이고말고요." 한다든가 "그래요. 생명이 우리를 기다리고 있죠." 하고 대답해 주었다. 그녀는 그 말을 그대로 믿을 뿐 증거를 요구하거나 하지는 않았다.

집 안으로 들어가려 할 때, 제냐가 문득 걸음을 멈추고 말했다.

"언니는 훌륭한 사람이에요. 그렇지 않아요? 나는 내가 참 좋아하는 언니를 위한 일이라면 언제 어느 때라도 생명을 바칠 수 있어요. 하지만 왜……"

제냐는 내 옷소매에 손가락을 댔다.

"왜 선생님은 언니하고 언제나 논쟁을 하세요? 왜 화를 내시는 거죠?"

"그것은 언니가 옳지 않기 때문이죠."

제냐는 고개를 가로저었다. 눈에 눈물이 번지고 있었다.

"모르겠어요!"

그녀는 중얼거렸다. 이때 리다는 어디선가 방금 돌아와서 채찍을 손에 들고 현관 계단 옆에 서서 균형이 잡힌 아름다운 몸에 햇빛을 받으면서 하인에게 무엇인가 명령하고 있었다. 그녀는 급한 듯이 큰 목소리로 말하면서 두세 명의 환자를 진찰한 뒤 사무적이고 걱정스러운 표정으로 방 안을 돌아다니고 이쪽 저쪽의 찬장을 열어보고 하더니, 이윽고 다락방으로 올라갔다. 점심때 모두 한참 동안 그녀를 찾아다니면서 불렀으나 그녀는 수프를 다 먹었을 때에야 나타났다.

난 왠지 이런 사소한 일을 기억하고 그리워하고 있었던 것이다. 무엇 하나 특별한 일도 일어나지 않았는데 이날에 있었던 일들이 생생하게 떠오른다. 식사를 마친 뒤 제냐는 깊숙한 안락의자에 파묻혀 책을 읽고, 나는 테라스 아래 계단에 앉아 있었다. 두 사람 다 잠자코 있었다.

하늘 전체를 구름이 가리고 작은 빗방울이 똑똑 떨어지기 시작했다. 무더운 날씨였다. 바람은 벌써 오래 전에 자고 이날 하루가 결코 끝나지 않을 듯이 느껴졌다. 예카체리나 파블로브나가 우리가 있는 테라스에 졸린 듯한 얼굴로 나왔다. 그녀의 손에는 부채가 들려 있었다.

"아아, 엄마두!"

제냐가 어머니 손에 키스하면서 말했다.

"낮잠은 몸에 나빠요."

이들 모녀 간의 정다움은 각별하였다. 한 사람이 정원으로 나가거나 하면 또 한 사람은 테라스에 서서 숲 쪽을 바라보며 "제냐?" "엄마, 어디 계세요?" 하고 서로 외치는 것이었다. 신앙이 같은 두 사람은 언제나 함께 기도했으며, 잠자코 있을 때에도 서로 상대방의 기분을 잘 이해하고 있었다. 모녀는 사람들과 접촉하는 태도도 마찬가지였다.

예카체리나 파블로브나도 곧 나와 익숙해지고 친해져서 내가 이삼일 얼굴을 나타내지 않으면 건강한지 어떤지를 확인하려고 심부름꾼을 보낼 정도였다. 그녀는 내 스케치를 감탄의 눈으로 지켜보고 미슈스와 똑같이 수다스럽게 숨김없이 갖가지 일을 말해 주었고, 이따금 집안의 비밀을 털어놓기도 했다.

그녀는 큰딸에게는 거리를 두고 있었다. 리다는 결코 응석을 부리지 않았으며, 진지한 이야기밖에 하지 않았다. 게다가 자립 생활을 하고 있었기 때문에 어머니에게도 동생에게도 마치 자신의 선실 속에 있는 제독과 같은 그런 분위기의 여자였다. 수병에게는 선실 속의 제독이 수수께끼의 인물이면서 신성시되는 그런 존재로 여겨지듯이 그녀도 비슷한 데가 많았다.

"우리 리다는 훌륭한 애예요."

어머니는 자주 이렇게 말하는 것이었다.

"그렇죠?"

빗방울이 똑똑 떨어지고 있는 그때도 우리는 리다에 관한 이야기를 하고 있었다.

"그 아이는 훌륭해요."

어머니는 이렇게 말하고 겁에 질린 눈을 굴리면서 마치 음모단의 한패와 같은 말투로 살짝 덧붙였다.

"아마 그만한 아이는 빵을 싸가지고 다니면서 찾아도 없을 거예요. 하지만 말이죠, 나는 좀 걱정이 돼요. 학교라든가 약국이라든가 팜플 릿이라든가 모두 훌륭한 일에는 틀림없지만, 왜 그처럼 극단적으로 하는지 모르겠어요. 그 아이도 이제 스물네 살인 걸요. 이대로 가다가 팜플릿이나 약국에 막혀서 인생이 지나가 버리는 것을 깨닫지도 못하 고 말 거예요. 이제 결혼도 해야잖아요."

독서하느라 얼굴이 파리해지고, 머리카락이 헝클어진 제냐가 고개 를 쳐들고 어머니를 쳐다보면서, 혼잣말처럼 중얼거렸다.

"엄마, 모든 것은 하느님의 뜻이에요!"

그리고 다시 독서에 열중했다.

베르클로프가 수놓은 셔츠에다 외투를 걸치고 왔다. 우리는 크리켓 과 론 테니스를 즐기고 어두워져서부터는 오랜 시간에 걸쳐 식사를 하였다. 리다는 또 학교 이야기와 군 전체를 손아귀에 넣은 발라진 이 야기를 하였다.

이날 밤 볼차니노바 집을 떠날 때, 나는 하는 일 없이 보낸 긴 하루 의 인상과 이 세상 일은 모두 비록 아무리 길다고 해도 언젠가는 끝 난다는 서글픈 생각에 묻혀 있었다.

제냐가 문까지 배웅해 주었다. 아마 이날 하루를 아침부터 밤까지 줄곧 함께 보낸 탓이겠지만, 나는 만일에 그녀가 없으면 쓸쓸하리라 는 생각이 들고 이 사랑스러운 가족 전체가 가깝게 느껴졌다. 그리고 그 여름 동안 처음으로 그림을 그려보고 싶어졌다.

"당신은 왜 그렇게 검소하고 재미 없는 생활을 하십니까?"

함께 집으로 돌아가면서 나는 베르클로프에게 물었다.

"내 생활이 쓸쓸하고 지루하고 단조로운 것은 화가인데다가 괴짜이 고, 젊을 때부터 질투와 자기 불만과 일에 대한 불신(不信) 등으로 괴로움을 받고 언제나 가난하고 떠도는 신세였기 때문이지만, 당신은 그렇지 않잖아요? 당신은 건강하고 정직한 사람 아닙니까! 지주인데다가 귀족이잖아요? 왜 그런 재미 없는 생활을 하고 계십니까? 왜 인생으로부터 보다 많은 즐거움을 얻으려고 하지 않으십니까? 이를테면, 왜 지금까지 리다나 제냐하고 사랑을 하지 않았습니까?"

"당신은 내가 다른 여자를 사랑하고 있다는 것을 잊으셨군요."

베르클로프가 대답했다.

그가 말하는 여자는 현재 별채에서 동거 생활을 하고 있는 내연의 처 류보피 이바노브나였다. 좋은 먹이로 길러진 거위처럼 매우 뚱뚱하고 무뚝뚝한 그 여자가 구슬로 장식한 러시아 옷을 입고 언제나 파라솔을 펴들고 하느작하느작 정원을 거닐고 있는 모습과, 하녀가 식사예요, 차예요 하고 부르는 소리를 나는 매일 보고, 듣고 있었다. 3년쯤 전에 그녀는 별채 한 채를 별장으로 빌어 썼는데, 그대로 베르클로프와 함께 살게 되어 아마 영원히 주저앉을 작정인 모양이었다. 그보다 열 살쯤 나이가 많아 고삐를 꽉 쥐고 있었으므로 그는 집에서 나오는 데에도 일일이 허락을 받지 않으면 안 되었다. 그녀는 자주 남자 같은 목소리로 울곤 했는데, 그런 때는 내가 언제나 사람을 보내서, 울음을 그치지 않으면 이 집에서 당장 나가버리겠다고 말해 주었다. 그러면 그녀는 울음을 그치는 것이었다.

집으로 돌아오자, 베르클로프가 소파에 앉아 심각한 얼굴로 생각에 잠겼다. 나는 마치 사랑에 빠진 사람처럼 조용한 흥분을 느끼면서 홀을 걷기 시작했다. 볼차니노바 집안에 대해서 이야기하고 싶어서 견딜 수가 없었다.

"리다가 좋아할 수 있는 상대는 그녀만큼 병원과 학교에 열중하는 군회 의원쯤이라야 하겠죠."

나는 말했다.

"정말 그런 처녀를 위해서라면 군회 의원이 되는 것만 아니라 옛날 이야기 속에 나오는 것처럼 쇠구두를 신어서 닳게 할 만큼의 각오를 해도 좋겠죠. 그리고 미슈스는 참으로 매력적이죠. 그 미슈스라는 아이는 말예요!"

베르클로프는 "어어, 어어." 하고 멋대로 말끝을 늘어뜨리면서 세기병(世紀病)인 염세주의(厭世主義)에 대해 장황하게 논하기 시작했다. 마치 나와 토론이라도 하는 듯이 자신만만하게 말하고 있었다.

몇 백 킬로미터나 이어진, 황량하고 단조로운 불타 버린 들판일지라도 지금 여기에 앉아 언제 끝날지도 모르게 지껄여대고 있는 이 사나이만큼 우울한 마음을 불러일으키지는 않을 것이다.

"문제는 염세주의에 있는 것도 아니고 낙관주의에 있는 것도 아닙니다."

나는 신경질적으로 말했다.

"백 사람 가운데 아흔아홉 사람이 지성을 갖고 있지 않다는 점에 있는 거지요."

베르클로프는 그것이 자기에 대해 빈정대는 것이라고 여기고는 뾰루퉁해져서 밖으로 나가 버렸다.

3

"말로조모보에 공작이 와 계세요. 엄마 안부도 묻더군요."

리다가 어딘가에서 돌아와 장갑을 벗으면서 어머니에게 말했다.

"홍미있는 얘기를 여러 가지 하셨어요. 말로조모보에 진료소를 설치하는 문제를 현회(縣會)에 제출하겠다고 또 약속해 주셨어요. 하지만 말이에요. 가능성이 희박하다는 거예요."

그리고 나를 돌아다보고, 이렇게 덧붙여 말했다.

"용서하세요. 또 잊었어요. 이런 얘기는 선생님에게는 별로 재미없을 텐데."

나는 화가 치밀었다.

"그게 왜 재미 없다는 거지요?"

나는 이렇게 물으며 어깨를 으쓱했다.

"내 의견을 알 필요는 없으시겠지만 분명히 말해서, 이 문제는 내게 참으로 흥미있는 일입니다."

"그러세요?"

"그렇고말고요. 내 생각으로는 말로조모보에는 진료소 같은 건 전혀 필요 없어요."

나의 짜증은 그녀에게로 옮아 갔다. 그녀는 눈을 가늘게 뜨고 나를 쳐다보며 물었다.

"그럼 무엇이 필요한가요? 풍경?"

"풍경도 필요 없죠. 그런 곳에는 아무것도 필요 없어요."

그녀는 장갑을 벗고 방금 우체국에서 배달된 신문을 펼쳤다. 잠시 뒤에 분명히 자신을 억제하면서 조용히 말했다.

"지난 주에 안나가 난산으로 죽었는데, 만약에 가까운 곳에 진료소만 있었더라도 살 수 있었을 거예요. 아무리 풍경화가 중요한 선생님이라도 이런 일에 대해서는 얼마쯤 관심을 가지셔야 한다고 믿습니다만."

"그 점에 관한 것이라면 나는 명확한 신념을 갖고 있지요. 정말로 말입니다."

나는 대답했다. 그러나 그녀는 듣지도 않겠다는 듯 신문 뒤에 숨어서 가만히 있었다.

"나에게 말하라고 한다면 말입니다. 진료소라든가 학교라든가 도서관이라든가 약국이라는 것은 현재의 사회 조건 아래서는 노예화에 도움이 될 뿐이지요. 민중은 굵은 쇠사슬로 꽁꽁 묶여 있는데도 당신은 그 쇠사슬을 끊어 주려고는 하지 않고 오히려 쇠사슬로 더 묶으려는 데 지나지 않는다는 말입니다. 이것이 내 신념입니다."

그녀는 눈을 치뜨고 나를 노려보며 깔보는 듯이 비웃었지만, 나는 내 근본 사상을 피력하려고 애쓰면서 계속 말을 이었다.

"중요한 것은 안나가 난산으로 죽었다는 것이 아니란 말입니다. 중요한 것은 안나라든가 마블라라든가 필라게야, 그들 모두가 아침 일찍부터 밤늦게까지 줄곧 일만 하고 과로에 쓰러지고, 굶주린 병약한 아이들을 위해 한평생을 살다가 한평생 약의 신세를 지고 아름다운 용모는 일찍 시들고 일찍 늙고 불결과 악취 속에서 죽어간다는 사실입니다. 그 사람들의 아이들이 성장해서 다시 똑같은 삶을 되풀이하게 되죠. 이렇게 해서 몇 백 년이란 세월이 흐르고 몇 십억 명의 사람이 고작 빵 한 조각을 위해 끊임없는 공포를 느끼면서 동물보다도 비참한 생활을 하고 있지 않습니까? 그들의 환경이 지독하다는 것은 그들이 영혼에 관해 생각할 겨를도 없고, 자기의 모습이나 형태를 생각할 여가도 없다는 점에 있는 겁니다. 굶주림과 추위와 동물적인 공포와 엄청난 노동 따위가 마치 눈사태처럼 정신 활동에의 길을 깡그리 가로막고 있으니까 말이죠. 그러나 이 정신 활동이라는 것이야말로 인간을 동물로부터 구별하고 인생에 사는 보람을 안겨 주는 유일한 것이란 말입니다. 당신들은 병원이라든가 학교의 힘을 빌려서 구원하러 갈 작정이겠지만, 그렇게 해 보아도 그들을 멍에로부터 해방시켜 주지는 못합니다. 아니, 오히려 한층 더 노예화하는 결과가 되어 버리죠. 그렇지 않습니까? 그들의 생활에 새로운 편견(偏見)을 갖고 들어 감으로써 당신들은 그들의 요구 사항을 더 늘려 주는 셈이니까요. 게다가 그들이 고약이나 팜플릿 대금을 군회에 납부하기 위해 더욱더 부지런히 일하지 않으면 안 된다는 것에 대해서는 말하지 않더라도 말입니다."

"선생님하고 논쟁할 생각은 없어요."

리다는 신문을 내려놓으면서 말했다.

"그런 말을 들어오긴 했어요. 다만 한 가지만 말씀드리겠어요. 그렇다고 팔짱을 끼고 가만히 바라보고만 있을 수는 없잖아요. 그야 우리가 뭐 인류를 구제하고 있는 것도 아니고 또 여러 가지 점에서 잘못되어 있기도 하겠지만 자기 자신이 할 수 있는 것을 하고 있으니까 우리는 올바른 거예요. 문화인의 가장 높고 가장 신성한 임무는 가까이 있는 불쌍한 사람들을 돌보는 거예요. 그러니까 우리도 될 수 있는 한 돌보려고 애쓰고 있는 거죠. 선생님의 마음에는 안 드실지 몰라도, 그렇게 팔방 미인이 될 수도 없어요."

"그렇고말고, 리다. 그건 정말이야." 하고 어머니도 말했다.

리다가 있는 곳에서는 그녀는 언제나 겁을 내고 말을 하다가도 장소에 어울리지 않는 무슨 지나친 말을 하지는 않을까 하고 걱정하며 근심스러운 듯이 곁눈질을 하는 것이었다. 그녀는 딸에게 반대한 적은 한 번도 없었으며 어떤 경우에도 "그렇고말고, 리다. 그건 정말이야." 하고 말하는 것이었다.

"농부한테 글을 가르쳐 주는 일이라든가, 자질구레한 교훈이나 속담을 실은 팜플릿이라든가, 진료소라든가 그런 것은 무지(無知)를 줄여 주지 못할 뿐만 아니라 사망률을 적게 할 수도 없는 거예요. 마치 당신 집 창문의 등불이 이 넓은 정원을 밝게 할 수가 없는 것과 마찬가지죠."

나는 말했다.

"당신은 무엇 하나 도움을 주고 있지 않아요. 그 사람들의 생활에 간섭함으로써 새로운 욕구와 일거리를 만들어내는 데 지나지 않아요."

"어머, 기가 막혀. 하지만 무엇이든지 해야만 한다고 생각해요!"

그녀는 화가 치민 듯이 말했다. 내 의견을 시시한 것으로 생각하고 비웃고 있다는 것을 그녀의 말투로 알 수 있었다.

"고된 육체 노동에서 인간을 해방시켜 주는 것이 필요하지요."

나는 말했다.

"그들의 무거운 짐을 덜어 주고 숨을 돌리도록 해 주는 것이 필요한 겁니다. 아궁이나 여물통 곁이나 밭에서 일생을 보낼 것이 아니라 그들도 역시 영혼과 하느님에 대해 생각하는 시간을 가지고 자기의 정신적 능력을 좀더 광범위하게 발휘할 수 있도록 해 주지 않으면 안돼요. 모든 사람의 사명은 정신 활동에 있는 거죠. 진리나 인생의 의의를 부단히 탐구하는 데 있는 겁니다. 그들을 위해 야만적이고 동물적인 노동을 불필요한 것으로 해주고 자신이 자유롭다는 것을 그들로 하여금 느끼게 해 주는 일이죠. 그렇게 하면 이런 팜플릿이나 약국 따위가 본질적으로 얼마만큼 쓸데없는 것인가를 알게 되겠죠. 일단 사람이 자기의 참다운 사명을 인식하게 되면 그의 마음을 채워 줄 수 있는 것은 종교나 예술뿐이지요. 이런 요령 없는 일이 아니란 말입니다."

"노동에서의 해방이라고요!"

리다는 저도 모르게 웃었다.

"그런 일이 있을 수 있을까요?"

"있고말고요. 노동의 몇 분의 일이라도 덜어 주는 거죠. 만약에 우리 도시나 농촌의 주민이 육체적인 요구를 만족시키기 위해, 인류가 대개 낭비하고 있는 노력(勞力)을 서로서로 균등하게 한 사람도 빠짐없이 나눈다면 우리의 누구라도 아마 두 시간이나 세 시간 이상은 일하지 않아도 될 거예요. 생각해 보십시오. 가난한 사람도 돈 많은 사람도 하루에 세 시간만 일을 하면 나머지 시간은 자유입니다. 아시겠습니까? 그리고 우리가 우리 육체에 의존하는 일을 적게 하고 노동을 적게 하기 위해서 노동과 대치할 기계를 발명하고 우리의 욕구의 수를 최소한으로 줄이도록 노력해야 됩니다. 우리 자신을 단련하고 어린이들도 추위와 굶주림을 겁내지 않도록 단련시키면 현재의 안나와 마블라와 필라게야처럼 건강을 걱정하고 겁을 내지 않아도 되는 겁니다. 아시겠습니까? 의약에 의존하는 일도 없고 약국이나 담배 공장이나 주조(酒造) 회사도 안 가진다고 한다면 결국에 가서는 참으로 엄청난 자유의 시간이 우리에게 주어지는 거지요. 우리는 모두가 한마음으로 이 여가를 과학이나 예술에 바쳐야 해요. 이따금 농부들이 일치 단결해서 도로 공사를 하고 있는데 그것과 마찬가지로 우리도 한마음으로 힘을 합해서 인생의 의의와 진실을 탐구하도록 하고 싶습니다. 그렇게 한다면——이것은 내 확신입니다만——진실은 순식간에 발견될 것이고, 우리가 언제나 압박당하고 있는 저 무서운 죽음의 공포로부터 틀림없이 도피할 수 있을 겁니다. 그리고 죽음 그 자체로부터도 도피할 수 있게 될지도 모르죠."

"그렇더라도 선생님은 모순된 말씀을 하고 계시는군요."

리다가 말했다.

"선생님은 두 번째에는 과학, 과학이라고 말씀하셨지만, 글을 읽고 쓰는 능력에 대해서는 부정하시지 않았어요?"

"사람이 술집 간판만 읽을 수 있거나 간혹 알지도 못하는 팜플릿을 읽거나 하는 정도의 능력 말입니까? 그런 능력이라면 이 나라에 뤼리크(처음으로 러시아를 통일한 공작) 때부터도 있었어요. 고골리의 페트르쉬카(〈죽은 혼〉에 나오는 하인)도 책을 읽었으니까요. 그것에 반해 농촌은 아직도 뤼리크 시대 그대로의 모습이지 않습니까? 필요한 것은 글을 읽고 쓰는 능력이 아니라, 정신적 능력을 널리 발휘하기 위한 자유지요. 필요한 것은 초등학교가 아니라 대학이에요."

"선생님은 의학도 부정하고 계시군요."

"네, 의학이 필요하게 되는 것은 자연 현상으로써 병을 연구하기 위한 것뿐이지 병을 치료하기 위한 것은 아니죠. 가령, 치료한다고 하더라도 병 그 자체가 아니라 병의 원인을 치료하는 거예요. 가장 주요한 병의 원인인 육체 노동을 제외해 보십시오. 병 같은 건 금방 없어져 버릴 테니까. 나는 치료를 위한 과학은 인정하지 않습니다."

나는 흥분하여 말을 이었다.

"과학과 예술은 말이죠. 그것이 진짜이기만 하면 일시적인 목적이라든가 개인적인 목적을 지향하는 것이 아니라 영구적이고 보편적인 목적을 지향하는 겁니다. 어쨌든 인생의 의의와 진리를 탐구하고, 신과 영혼을 탐구하는 것이니까요. 그런 것을 약국이라든가 도서관이라고 하는 당면의 필요와 급선무의 문제에 결부시킨다면 인생을 복잡하게 하고 혼잡하게 할 뿐이죠. 우리 나라에는 의사나 약제사나 법학자도 많이 있고, 글을 읽을 줄 알고, 쓸 줄 아는 사람도 많아졌지만 생물학자나 수학자나 철학자나 시인 따위는 또한 전혀 없지 않습니까? 모든 지력(知力), 모든 정신적 에너지가 일시적인 순간의 필요를 충족시키기 위하여 소비되고 만 것이죠. 학자나 작가나 예술가는 일이 많아지고 그들 덕택에 생활의 편익은 날로 늘어가며, 육체의 욕구는 점차 많아지는데도, 사람은 전과 다름없이 가장 잔인하고 가장 불결한 동물의 영역에서 벗어나지 못하며, 게다가 또 인류의 대부분이 퇴화해서 영원히 생활 능력을 잃어버리도록 모든 것이 그렇게 되어 가고 있으니까요. 이런 조건 아래서는 예술가의 생활이라는 것은 아무 의미도 없는 것이죠. 재능이 있으면 있을수록 점점 그 역할은 기묘하고 이해할 수 없게 되어 가게 마련이죠. 그렇지 않습니까? 잘 관찰해 보면, 현재의 제도를 지지하면서, 잔인하고 불결한 동물을 즐겁게 해 주기 위해 일하고 있었다는 결과가 되니까요. 그러므로 나는 일을 하고 싶지 않으며 앞으로도 하지 않을 겁니다……. 아무것도 필요 없어요. 이런 지구 따위 지옥으로나 떨어져 버리라지!"

"미슈스, 저쪽으로 가 있어."

아마 아직 어린 그녀에게는 내 말이 해롭다고 생각했음인지 리다가 동생에게 이렇게 말했다.

제냐는 슬픈 듯이 언니와 어머니를 쳐다보고 나갔다.

"사람들은 자기의 무관심을 변명하고 싶으면 대개 그런 말을 하게 되죠."

리다가 말했다.

"그야 치료하거나 가르치거나 하는 것보다는 병원이나 학교를 부정해 버리는 편이 쉬우니까요."

"그렇고말고. 리다, 그건 정말이야."

어머니가 말했다.

"일을 하지 않겠다고 흥분하시는 것을 보니……."

리다는 말을 계속했다.

"어쩐지 선생님은 자기 일을 높이 평가하고 계시는 것으로 보이는군요. 이제 논쟁은 그만두십시다. 우리의 의견은 언제까지나 일치할 수가 없을 것 같군요. 저는 지금 막 선생님이 그렇게도 형편없다고 말씀하신 도서관이나 약국 중의 가장 불완전한 것일지라도 온 세계의 어떤 경치보다도 중요하다고 생각하고 있거든요."

리다는 이렇게 이야기하고나서 곧 어머니 쪽을 향해 전혀 다른 말투로 말하기 시작했다.

"공작님은 우리 집에 계셨을 때보다 훨씬 여위시고 완전히 변하셨어요. 이번에 뷔시로 파견되실 거래요."

그녀는 나와 대면하지 않으려고 공작에 관해 어머니와 말하고 있었다. 그녀의 얼굴은 불타는 듯이 새빨개지고 마음의 흥분을 감추기 위해 마치 근시처럼 나직이 테이블 위에 몸을 숙이고 신문을 읽고 있는 척하려 했다. 내 존재가 불쾌하게 느껴졌던 것이다. 나는 작별 인사를 하고 집으로 돌아가기로 했다.

4

바깥은 고요했다. 연못 저편의 마을은 벌써 잠들어 고요했으며 등불 하나 보이지 않았으나 연못 위에만은 창백한 별빛이 희미하게 반짝이고 있었다. 사자상을 장식한 문 옆에 제냐가 나를 배웅해 주려고 기다리고 있었다.

"마을 사람들은 모두 잠들었군요."

나는 어둠 속에서 그녀의 얼굴을 쳐다보려고 애쓰면서 이렇게 말하고 동시에 나를 응시하고 있는 쓸쓸한 검은 눈을 발견했다.

"술집 주인도 말도둑도 모두 곤히 잠들고 있는 때에 우리처럼 가문 좋고 똑똑한 사람들이 서로 상대방을 화나게 하고 논쟁을 하고 있었군요."

쓸쓸한 8월의 밤이었다── 쓸쓸하다는 것은 다른 뜻이 아니라 벌써 가을 기분이 느껴졌기 때문이었다. 보랏빛 구름에 덮인 달이 솟아올라 길과 길 양쪽에 있는 보리씨를 뿌린 검은 밭을 희미하게 비추고 있었다. 별똥이 많이 흐르고 있었다. 제냐는 나와 나란히 걸어가면서 애써 하늘을 보지 않으려고 했다. 별똥이 왠지 마음을 불안하게 해 주고 있었기 때문이었다.

"선생님 말씀이 옳다는 생각이 들어요."

습기가 많은 밤공기에 떨면서 그녀는 말했다.

"만약에 사람들이 모두 합친 힘을 정신적인 활동에 쓸 수 있다면 온갖 것을 알게 될 텐데요."

"물론이죠. 우리는 최고의 존재니까요. 만약에 우리가 인간 중 천재의 모든 힘을 정말로 자각해서 최고의 목적을 위하는 일만으로 산다고 한다면, 결국 우리는 신과 같이 될 수 있을 겁니다. 그러나 그런 일은 절대로 없어요. 인류는 퇴화하는 것이 틀림없고, 천재 따위는 곧 흔적도 남지 않게 될 겁니다."

사자상을 장식한 그 석조문이 완전히 보이지 않게 되었을 때 우리는 걸음을 멈추고 악수를 했다.

"안녕히 주무세요."

그녀는 떨면서 중얼거렸다. 블라우스에 감싸여 있는 그녀의 어깨가 추워서 움츠려 있었다.

"내일 와 주세요."

나 자신과 남들에게 불만을 느끼고 신경이 곤두선 채 홀로 남게 될 것이 나는 두려워졌다. 어느 새 별똥을 쳐다보지 않으려고 애쓰고 있었다.

"조금 더 함께 있어 주십시오."

나는 말했다.

"부탁입니다."

나는 제냐를 사랑하고 있었다. 그녀를 사랑하게 된 것은 아마 그녀가 언제나 나를 맞아 주고 배웅해 주며, 감탄의 시선으로 다정하게 쳐다보아 주었기 때문일 것이다. 흰 얼굴과 가느다란 목, 가느다란 팔, 섬약한 느낌, 한가로이 날을 보내고 있는 생활 태도, 그리고 그녀가 읽고 있는 책 등은 감동이 될만큼 멋이 있었다. 그녀에게 뛰어난 지성이 있는지 어떤지는 알 수 없었지만, 그녀의 시야가 넓은 것이 나를 기쁘게 했다. 나를 싫어하는 아름답고 엄격한 리다와는 전혀 생각하는 것이 다르기 때문일지도 모른다. 나는 화가로서 제냐의 호감을 사고 내 재능으로 그녀의 마음을 사로잡았던 것이다.

그때 나는 다만 그녀 하나만을 위해 그림을 그리고 싶다는 생각이 들었다. 나는 나의 작은 여왕으로서 그녀를 상상해 보았다. 이 작은 여왕은 앞으로 나와 함께 이들 나무와 들판과 안개와 저녁노을과 자연을 지배해 나갈 것이다. 과연……그것은 참으로 멋지고 매력적인 것이기는 하지만, 지금까지 나는 그 속에 몸을 두면 나 자신이 절망적일만큼 고독하고 불필요한 존재인 것처럼 느껴지곤 했었던 것이다.

"조금 더 있어 줘요."

나는 말했다.

"부탁입니다."

나는 코트를 벗어 싸늘해진 그녀의 어깨에 걸쳐 주었다. 그녀는 남자의 코트를 입은 자신의 모습이 우스꽝스러울 거라고 느꼈는지 웃으면서 코트를 벗어 버렸다. 이때 나도 모르게 그녀를 껴안고 얼굴과 어깨와 팔에 키스를 퍼붓기 시작했다.

"내일 또!"

그녀는 이렇게 속삭이더니, 마치 밤의 고요를 깨뜨리는 것을 두려워하는 것처럼 살짝 나를 껴안았다.

"우리집에서는 서로 비밀을 갖지 않기로 되어 있어요. 그래서 저는 지금 곧 엄마에게 죄다 고백하지 않으면 안 돼요……. 두려워요, 아주! 엄마는 괜찮지만, 엄마는 선생님을 좋아하시거든요. 하지만 언니는……."

그녀는 문 쪽으로 달려갔다.

"안녕!"

그녀가 외쳤다.

그리고 잠깐 동안 그녀가 달려가는 발걸음 소리가 들렸다. 집으로 돌아갈 마음은 일어나지 않았고, 또 돌아가도 별수 없으리라는 것을 알고 있었다. 나는 생각하다 지쳐서 잠시 서 있었다. 그리고 그녀가 살고 있는 집을 다시 한 번 바라보려고 되돌아섰다. 귀엽고 순진한 낡은 집. 다락방 창문이 마치 두 개의 눈알처럼 나를 쳐다보고 있었다. 모든 것을 이해하고 말해 주는 듯이 느껴졌다. 나는 테라스 옆을 지나서 테니스코트 옆 어둠 속에 있는 묵은 느릅나무 그늘의 벤치에 앉아서 그 집을 바라보았다.

미슈스가 있는 다락방 창문에 밝은 빛이 비치더니 이윽고 차분한 녹색으로 바뀌었다. 램프에 갓을 씌운 것이다. 사람 그림자가 움직였다. 나는 정다운 감정과 고요함과 나에 대한 만족감, 나도 사랑을 느끼고 사랑할 수가 있다는 만족감으로 마음이 가득 차 있었다. 그러나 동시에 나로부터 몇 발자국밖에 떨어져 있지 않은 이 집 어느 방에 나를 싫어하고 아마 미워하기까지 할 리다가 지금 이 순간에도 생활하고 있다고 생각하자 마음이 무거웠다. 나는 앉은 채 제냐가 나오지 않을까 하고 마음 속으로 기다리며 귀를 기울이고 있었다. 다락방에서 말소리가 나는 듯이 느껴졌다.

이럭저럭 한 시간 가까이 지났다. 녹색의 불도 꺼지고, 사람의 그림자도 보이지 않게 되었다. 달은 벌써 집 위에 높게 떠서 잠든 정원과 오솔길을 비추고 있었다. 집 앞 화단에 핀 달리아와 장미가 뚜렷이 보이고 둘 다 같은 색으로 보였다. 몹시 추워졌다. 나는 정원을 나와 길바닥에 떨어져 있는 코트를 집어들고 천천히 집으로 향했다.

다음 날 점심을 마치고 볼차니노바 집을 방문하니, 정원을 향한 유리문이 모두 활짝 열려 있었다. 나는 금방이라도 화단 저쪽에 있는 테니스코트나 가로수길 한쪽에서 제냐가 나타나는 것은 아닐까, 집 안에서 말소리가 들려 오는 것은 아닐까 하고 마음 속으로 기다리면서 잠깐 동안 테라스에 앉아 있었다. 그리고 객실을 지나 식당으로 들어갔다. 아무도 없었다. 식당에서 기다란 복도에는 몇 개의 문이 있었다. 그 중의 한 문 안에서 리다의 말소리가 들려 왔다.

"……어느 곳에서 하느님이 까마귀에게……."

아마 받아쓰기를 시키고 있는 듯 그녀는 커다란 소리로 천천히 이렇게 말하고 있었다.

"치즈 한 조각을 주셨습니다.……어느 곳에서……까마귀에…… 누구세요?"

내 발걸음 소리를 듣고 그녀는 갑자기 소리를 질렀다.

"나요."

"아! 미안합니다. 지금 그리 갈 수가 없어요. 다샤와 공부하고 있는 중이에요."

"예차체리나 파블로브나는 정원에 계십니까?"

"아뇨, 어머니는 동생을 데리고 오늘 아침 펜차현에 있는 아주머니댁에 가셨어요. 이번 겨울에는 아마 외국으로 떠나실 거예요……."

잠깐 동안 침묵이 흐른 뒤 그녀는 계속했다.

"어느 곳에서 하느님이 까마귀에게 치즈 한 조각을 주셨습니다. ……다 썼니?"

나는 현관으로 나와 아무 생각 없이 멍청하게 서서 연못과 마당을 바라보고 있었다. 말소리가 그곳까지 들려 왔다.

"치즈 한 조각이야. ……어느 곳에서 하느님이 까마귀에게 치즈 한 조각을 주셨습니다……."

그래서 나는 처음으로 이곳에 왔을 때 걸었던 그 길을, 이번에는 반대로 걸어나가 이 저택에서 물러갔다. 맨 먼저 정원에서 과수원으로 들어가 집 옆을 빠져나가고 그 다음에는 보리수의 가로수길이었다. 그때 한 소년이 나를 뒤쫓아와서, 편지 한 통을 건네주었다.

'모든 것을 언니에게 고백했더니 헤어지라는 강력한 말씀이었습니다.'

나는 계속해서 읽었다.

'저는 제 고집으로 언니를 슬프게 하는 일을 도저히 할 수 있을 것 같지 않습니다. 아무쪼록 행복하시기를. 저를 용서해 주세요. 저와 어머니가 얼마나 애처롭게 울고 있는지 알아 주셨으면 합니다.'

어두운 전나무의 가로수길로 접어들었다. 쓰러진 울타리가 보였다. 그 당시 호밀이 꽃을 피우고 메추리가 울고 있던 저 들판에 지금은 암소와 다리를 묶인 말이 풀을 뜯고 있다. 언덕 여기저기에 겨울 보리가 눈부신 녹색으로 빛나고 있었다. 진지하고 삭막한 마음이 나를 사로잡고 볼차니노바 집안에서 말한 모든 것이 부끄럽게 여겨지며, 살아가는 것이 또한 이전처럼 지루하게 되었다. 집에 들어오자마자 나는 짐을 꾸리고, 그날 밤에 페테르부르크로 향했다.

그뒤 나는 볼차니노바 집안 사람들과는 다시 만나지 않았다. 언젠가 최근에 크리미아로 가는 기차 안에서 베르클로프를 우연히 만난 적이 있다. 그는 변함없이 수놓은 외투를 걸치고 있었는데, 내가 건강을 묻자,

"당신이 기도해 준 덕택으로."

라고 대답했다. 그때 우리는 여러 가지 이야기를 나누었다. 그는 자기 땅을 팔고 약간의 작은 토지를 내연의 처 류보피 이바노브나의 이름으로 샀다고 했다. 볼차니노바 집안의 소식도 전해 주었다. 그의 말에 의하면 리다는 여전히 셀코프카에서 생활하며 학교에서 어린이들을 가르치고 있다는 것이었다. 그녀는 차차 자기에게 공명해 주는 사람들의 서클을 만들어 그들만으로 강력한 당을 결성하여, 지난 번 군회 선거에서는 그때까지 군 전체를 손아귀에 넣고 있던 발라긴을 밀어냈다고 했다. 제냐에 관해 베르클로프가 알려 준 것은 그녀가 이미 집에 있지 않다는 것과 현재 어디 있는지 모른다는 것뿐이었다.

나는 차차 다락방이 있는 집을 잊어갔다. 그러나 아주 가끔씩 그림을 그리고 있을 때나 책을 읽고 있을 때 문득 그 창문에 비친 녹색의 등불이라든지 사랑의 감정에 들떠 집으로 돌아가면서 추워서 손을 비비던 그날 밤들의 일이 떠오르곤 했다. 그런 추운 밤에 들판으로 울려 퍼지던 내 발걸음 소리 등을 아무 이유 없이 회상하곤 했다. 그리고 이따금 있는 일이지만, 고독이 가슴을 파고들어 쓸쓸해서 견딜 수가 없는 그런 순간에 어렴풋이 돌이켜 생각하노라면, 왠지 모르게 그녀도 나를 생각하면서 기다리고 있는 것 같아 멀지않아 또다시 만날 수 있으리라는 생각이 들 때도 있다.

미슈스, 너는 지금 어디 있는가?

상자 속의 사나이

집에 돌아가지 못한 사냥꾼들이 미로노시츠코예 마을 끝에 살고 있는 이장(里長) 프로코피네 헛간에서 하룻밤을 묵게 되었다. 사냥꾼들이라 하지만 그들 일행은 고작 두 사람으로 수의(獸醫) 이반 이바느이치와 중학교 교사 불킨이었다. 이반 이바느이치는 침샤 기말라이스키라는 괴상한 이중(二重)의 성을 가지고 있었다. 이 성은 그에게 어울리지 않았으므로, 그 고장 사람들은 어디서나 이름과 부칭(父稱)만을 불렀다. 마을 변두리에 있는 양마장(養馬場)에 살고 있는 그는 오늘 맑은 공기를 마시려고 사냥하러 나왔던 것이다. 한편, 중학교 교사 불킨은 여름철마다 P백작댁 손님으로 와 있었기 때문에 이 고장에서는 오래 전부터 낯익은 사람이었다.

두 사람은 잠을 이루지 못하였다. 콧수염을 길게 기른 키가 크고 깡마른 노인 이반 이바느이치는 헛간 입구 밖에 앉아서 파이프 담배를 피우고 있었다. 달빛이 그를 비추고 있었다. 불킨은 헛간 안에 있는 건초더미 위에 누워 있었으나 어두워서 잘 보이지 않았다.

두 사람은 잡담의 꽃을 피웠다. 그러다가 이장 아내인 마브라를 화제에 올렸다. 그녀는 건강하고 꽤 영리한 여자지만 이제껏 태어난 이

후 한 발짝도 마을에서 나간 적이 없고, 아직 한 번도 거리와 철도를 본 적이 없을 뿐만 아니라, 최근 10년 동안 언제나 난로 옆에 앉아 있을 뿐 밤에만 거리에 나간다는 것이다.

"별반 놀랄 만한 얘기도 아니군요!"

하고 불킨이 말하였다.

"세상에는 꿀벌이나 달팽이처럼 자기 껍질 속으로 들어가려고 하는 천성을 지닌 고독한 사람이 적지 않죠. 어쩌면 그것은 격세유전(隔世遺傳)의 한 현상으로 인류의 조상이 아직 사회적인 동물이 되지 못하고 각자가 홀로 자기 동굴 속에서 살고 있었던 시대로 되돌아가는 것인지도 모르겠습니다. 아니면 단지 인간의 여러 가지 성격 중의 하나인지도 모르고…… 그걸 누가 알겠습니까? 나는 자연 과학자가 아니니, 그런 문제를 다루는 것은 잘 모릅니다만, 다만 내가 말하고 싶은 것은 마브라와 같은 사람이 그렇게 드물지 않다는 사실입니다. 실제로 비근한 예를 든다면, 두어 달 전에 우리 읍에서 내 동료인 그리스어 교사 베리코프 아무개라는 사나이가 죽었어요. 물론, 선생님도 그 선생님에 관해서는 들으셨을 겁니다. 그가 사람들의 눈길을 끈 이유는 언제, 어떤 때에도, 다시 말해서 날씨가 매우 좋은 때에도 덧신을 신고 우산을 드는데다가 반드시 솜이 든 방한 외투를 입고 외출했기 때문입니다. 그리고 우산을 자루 주머니 속에 넣었지요. 시계도 사슴 가죽으로 된 주머니 속에 들어 있는가 하면, 연필을 깎으려고 칼을 꺼내는데 글쎄 그 칼까지도 자그마한 주머니 속에 들어 있는 겁니다. 그뿐만 아니라, 그의 얼굴까지도 주머니 속에 들어 있는 것같이 보였어요. 왜냐 하면 언제나 외투깃을 세워 그 속에 얼굴을 파묻고 있었기 때문입니다. 항상 색안경을 끼고 털 스웨터를 입은데다가 귀를 솜으로 싸고 있었죠. 합승 마차를 타면 반드시 포장을 치게 했어요. 요컨대, 그 사나이에게서는 자기를 감싸고 자기를 위해 말하자면 상자를, 그를 외부의 영향으로부터 격리시켜 방어하는 상자를 만들려고 하는 끊임없는 강렬한 마음의 움직임을 엿볼 수 있습니다. 현실이 그를 초조하게 하고 두렵게 해서 끊임없는 불안 속에 몰아 넣은 것이죠. 그가 언제나 과거를 찬미하고 있는 것도, 없는 것을 찬양한 것도 어쩌면 이러한 자기의 소심증과 현실에 대한 혐오를 정당화하기 위한 저 덧신이나 우산과 같은 수단에 불과했던 거죠.

'오오, 그리스 어는 얼마나 듣기 좋고 얼마나 아름다운 말인가!' 하고 그는 황홀한 표정으로 말했고, 또 그 말을 증명하듯이 눈을 지그시 감고 손가락 하나를 이렇게 세우며 '안트로포스(인간)' 하고 발음해 보였던 것입니다.

베리코프는 또 자기의 사상까지도 상자 속에 감추려고 애썼습니다. 그의 관심거리는 어떤 것을 금지하는 공고(公告)나 신문의 논설뿐이었습니다. 이를테면, 공고 가운데 학생들이 9시 이후에 거리에 나가는 것을 금지한다든가 또는 어떤 논설 가운데 육체적인 연애가 금지된다든가 하면 그것이 그에게는 지극히 당연한 것으로 생각되었습니다. 무엇이든 금지만 하면 만족했죠. 그에게는 허가라든가, 인가라는 말은 언제나 의아스럽고 어떤 뚜렷하지 않은 모호한 것이 숨어 있는 것으로 여겨졌습니다. 거리에서 연극 단체가 허가되었다든가 독서 클럽이나 다방이 인가되었다고 하면 그는 언제나 고개를 저으면서 나지막한 소리로 말하곤 했습니다.

'물론 그래도 좋아. 반가운 일이야. 하지만 나중에 아무 일도 생기지 말아야 할 텐데.'

그러므로 별반 그에게 관계가 없는 규칙 위반이라든가 탈선이라 할지라도 그의 마음의 고통의 원인이 되었습니다. 동료 중 누군가가 기도회에 늦었다든가, 중학생이 나쁜 짓을 했다는 소문이 들린다든가, 학급 담임인 여교사가 밤늦게 어떤 장교와 함께 같이 있는 것을 본 사람이 있다든가 하면 그는 몹시 흥분해서 '나중에 아무 일도 안 생겨야 할 텐데.' 하고 중얼거립니다. 교원 회의 석상에서도 그는 예의 그 신중하고 의심 많고 그의 독특한 상자에 넣는 식의 상상으로 무척 우리들의 속을 썩였지요. 남학교와 여학교 학생들이 난잡한 짓을 하고 교실에서 너무 떠든다느니—— 아아, 당국의 귀에 들어가지 말아야 할 텐데 하면서 오만 가지 걱정을 늘어놓습니다. 그 밖에도 2학년 학생 페트로프와 4학년 예고로프의 품행이 좋지 않아 제적해 버렸으면 하고 말하는 것입니다. 그러니 어떻게 되었으리라고 생각하십니까? 이 사나이의 내쉬는 한숨, 우는 소리, 저 파리한 자그마한 얼굴 —— 잘 알고 계시죠? 저 족제비 같은 자그마한 얼굴에 끼는 색안경 따위로 우리 모두를 협박했으므로, 우리는 마지못해 페트로프와 예골프의 품행점을 깎고 둘 다 한 방에 붙들어 두었다가 결국 모두 퇴학시켜 버리고 말았습니다.

그 밖에도 이 사나이에게는 우리들의 하숙집을 돌아 다니는 괴상한 버릇이 있었습니다. 동료 교사의 집에 와서 그대로 우두커니 앉아 있는 겁니다. 그러면서 마치 무엇인가를 살피는 눈치였습니다. 이렇게 침묵을 지키고 한두 시간 앉아 있다가 느닷없이 자기 집으로 가 버립니다. 그의 말을 빌리면, 이 짓은 동료와 친근한 관계를 맺기 위한 길이라는 것입니다. 사실, 우리들 하숙을 찾아와서 우두커니 앉아 있는 것이 그에게는 괴로운 일이었을 겁니다. 그래도 그가 일부러 방문하여 돌아다닌 것은 그렇게 하는 것이 동료로서의 의무라고 생각했기 때문일 뿐입니다. 우리들 교사 모두가 그를 두려워하고 있었습니다. 교장까지도 두려워하고 있을 정도였으니까요.

그런데 여기서 말해 둘 것은, 우리들 교사는 투르게네프나 시체드린을 본보기로 삼아 교육을 받은, 생각이 깊고 꽤 똑똑한 사람들입니다. 그럼에도 불구하고, 언제나 덧신을 신고 우산을 들고 다닌 이 사나이가 꼬박 15년 동안 중학교 전체를 자기 손아귀에 넣고 있었던 것입니다! 중학교뿐만 아니라 읍 전체가 그러했습니다! 읍내에 사는 부인들까지 토요일마다 하는 가정 연극을 그가 눈치챌까봐 전전긍긍했으며, 목사들도 그가 있는 앞에서는 육식을 들거나 카드놀이를 하는 것을 꺼리곤 했죠. 베리코프와 같은 사람의 영향으로 최근 10년…… 15년 동안에 읍 전체가 모든 일에 겁을 먹기 시작했습니다. 말하는 것도, 편지하는 것도, 친구와 사귀는 것도, 책을 읽는 것도 심지어는 가난한 사람을 돕거나 가르치는 것까지도 걱정하게 된 셈이죠……."

이반 이바느이치는 무슨 말인가를 하려고 기침을 하더니 우선 천천히 파이프를 한 모금 빨고 나서 달을 쳐다보고는 띄엄띄엄 말하기 시작했다.

"아무튼, 시체드린이나 투르게네프나 그밖에 버클(영국의 역사가)과 같은 생각이 깊은 훌륭한 문호들의 작품을 많이 읽은 사람들까지도 그에게 복종하고 참았단 말이죠……. 바로 그것이 문제입니다."

"베리코프는 저와 한 집에 살았습니다."

하고 불킨의 말을 이었다.

"더구나, 같은 이층 맞은편 방에서 살았기 때문에 자주 만나게 되고 자연 그의 생활을 알게 됐죠. 하기야, 집에 있어도 마찬가지여서 잠옷에다 실내모를 쓰고 덧문에 빗장을 질렀습니다. 그는 금지와 제한, 그리고 예의 아아, 나중에 무슨 일이 생기지 말아야 할 텐데를 연발했고 채식만 했죠. 몸에 나쁘지만 그렇다고 육식을 할 수가 없었겠죠. 왜냐 하면, 베리코프는 채식주의를 안 지킨다고 할까봐 두려웠기 때문입니다. 그래서 그는 주로 채식도 아니고 육식이라고도 할 수 없는 버터에 튀긴 큰 가시고기 같은 것을 먹고 지냈습니다. 그리고 그는 나쁜 소문이라도 나지 않을까 하여 하녀를 두지 않고, 그 대신 예순 살이 넘은 주정뱅이고 머리가 모자라는 아파나시라는 영감을 두었습니다. 옛날에 군대에서 쫄병으로 근무했다는 이 영감은 겨우 불이나 땔 정도였습니다. 아파나시는 언제나 팔짱을 끼고 문간에 서서 꺼질 듯한 한숨을 쉬면서 언제나 같은 말을 중얼거렸습니다.

'요즘은 저렇게 하는 것이 유행인걸!'

베리코프의 침실은 상자처럼 자그마했고 침대에는 커튼이 드리워져 있었습니다. 잠자리에 들면 그는 머리까지 이불을 뒤집어썼습니다. 그러니 덥고 갑갑하고, 게다가 꽉 닫힌 문은 바람이 불 때마다 덜컹거리고 난로 속에서는 불붙는 소리가 요란했죠. 부엌에서는 한숨 소리가 들려 왔습니다. 그 한숨 소리가 기분 나쁘게 느껴져서 그는 이불을 뒤집어쓰고 있으면서도 무서워서 어쩔 줄을 몰라 했습니다. 무슨 일이 생기지 않을까, 아파나시가 자기를 죽이지 않을까, 도둑이 들어오지 않을까 하고 두려웠던 겁니다. 밤새도록 불안한 꿈을 꾸고 아침에 함께 출근할 때면 쓸쓸하고 창백한 얼굴을 했습니다. 그에게는 이제부터 가야 하는, 사람으로 가득 찬 중학교가 무섭고 자기에게 적의라도 품고 있는 듯 생각됐을 겁니다. 나와 나란히 걷는 것조차 그처럼 천성이 고독한 사람에게는 무척 괴로웠던 모양입니다.

'교실에서는 또 야단 법석이겠죠?'

하고 그는 자기의 침울한 기분에 대해 변명이라도 하는 어조로 말하곤 했습니다.

'정말 말이 아니란 말야.'

그런데 이 그리스 어 선생이, 상자에 들어간 이 사나이가 하마터면 결혼할 뻔했답니다."

이반 이바느이치는 헛간 쪽을 들여다보며 말하였다.

"농담이시겠죠!"

"아니 이상하게 여기실지 몰라도 사실 결혼할 뻔했어요. 어느 날 우리 학교에 지리와 역사를 담당한 소(小) 러시아 태생의 미하일 사브비치라는 교사가 부임해 왔습니다. 그는 혼자가 아니라 바렌카라는 누이를 데리고 왔었지요. 그는 젊고 키가 크고 살색이 거무스름하고 굉장히 큰 손을 가진 사나이였죠. 그의 얼굴 생김새만 보아도 굵은 목소리의 소유자 같아 보였습니다. 사실, 그의 목소리는 통 속에서 나는 듯한 굵은 음성이었습니다……. 한편 그의 누이는 젊다고는 할 수 없는 서른을 넘긴 노처녀였습니다. 역시 키가 크고 날씬한데다 눈썹이 짙고 볼이 붉었습니다 —— 한 마디로 말해 아름다운 아가씨라기보다는 말괄량이였습니다. 무척 쾌활하고 떠들썩한 성미로 늘 소러시아의 노래를 흥얼대거나 큰 소리로 웃어대곤 했습니다. 걸핏하면 탄력 있는 목소리로 '하하하!' 하고 웃어 제꼈습니다.

아직도 기억하고 있습니다만 코발렌코 남매와 우리가 처음으로 알게 된 것은 교장댁의 생일 축하 파티에서였습니다. 예의상 마지못해 참석한 무뚝뚝한 표정의 극히 지루한 교육자들 틈에 문득 새로운 아프로디테(그리스 신화 중 바다의 거품에서 태어났다는 미의 여신)가 거품 속에서 살아나와 허리에 손을 대고 방 안을 돌아다니며 큰 소리로 웃기도 하고 노래도 부르고 춤도 추고 있었습니다. 그녀는 감정을 넣어 '바람이 불다'를 부른 뒤 잇따라 다른 노래를 불러 우리 모두를 매혹시켰습니다. 심지어, 저 베리코프까지 얼이 빠져 버렸습니다. 그는 그녀 곁에 앉아 황홀한 미소를 띠면서 이렇게 말했습니다.

'소러시아 말은 그 우아함과 맑은 음조가 꼭 고대 그리스 어를 상

기시켜 주는군요.'

이 말은 몹시 그녀의 마음에 들었던 모양입니다. 그녀는 가자치스키군(郡)에 작은 농장을 갖고 있다느니, 그곳에 어머니가 계시며, 배와 참외와 호박이 많다느니 하며, 그에게 다정하게 말하기 시작했죠. 소러시아에서는 호박을 카바크(러시아 말로는 선술집의 뜻)라고 한다느니, 러시아 말의 카바크는 시노크라고 한다느니, 그곳에서는 붉은 것과 파란 것을 넣는 보르스치(수프)를 만드는데 그 맛은 '정말 혓바닥이 녹을만큼 맛이 좋아요!' 하고 늘어놓았습니다.

무의식중에 정신이 팔려, 그녀의 이야기를 듣고 있는 동안에 갑자기 하나의 생각이 모두의 머릿속에 함께 떠올랐습니다.

'저 두 분을 결혼시키는 게 좋겠어요.' 하고 교장 부인이 나에게 나직이 말했습니다.

우리는 모두 웬일인지 문득 베리코프가 독신인 것을 상기했던 것입니다. 그러자 그때까지 우리가 그의 생활의 이처럼 중대한 부분을 까맣게 잊어 버리고 있었던 것이 이상하게 생각되었습니다. 도대체 그는 여성에 대해 어떤 태도를 취하고 있는지, 어떤 식으로 이 중요한 문제를 해결하고 있는지 이 의문이 그때까지 전혀 우리의 흥미를 끌지 못했던 것입니다. 어쨌든 우리는 아무리 좋은 날씨라도 덧신을 신고 커튼을 치고 잠자는 사나이가 사랑을 할 수 있으리라고는 생각지도 못했으니까요.

'베리코프 씨는 벌써 마흔이 넘으셨어요. 그리고 저분은 서른……' 하고 교장 부인이 자기 생각을 밝혔습니다.

'저 처녀라면 저분에게 시집갈 것 같아요.'

이 시골에서는 사실 필요하지도 않은 짓을 심심풀이로 하는 습관이 있습니다. 해야 할 일은 하지도 않으면서 말입니다. 도대체 무엇 때문에 우리는 아내를 거느린 모습조차 상상할 수 없었던 저 베리코프를 아닌 밤중에 홍두깨 내밀 듯이 결혼시킬 생각이 났던 것일까? 교장 부인과 장학관 부인을 비롯하여 전 교직원 부인들은 갑자기 인생의 목적을 찾아낸 것처럼 활기를 띠어 얼굴까지 아름답게 보였습니다.

어느 날 교장 부인이 극장 특별석에 앉아 있는 게 눈이 띄었습니다. 보아 하니 그녀의 바로 옆에 부채를 들고 바렌카가 밝은 표정으로 극히 행복한 듯이 앉아 있었습니다. 그리고 그녀 옆에 몸집이 작은 베리코프가 꾸어다 놓은 보릿자루같이 움츠리고 앉아 있었습니다. 또 제가 어느 날 조촐한 만찬을 베풀려 하자 부인들은 꼭 베리코프와 바렌카를 초대하라고 졸랐습니다. 간단히 말해서, 기계가 움직이기 시작했던 것입니다. 그러는 동안에 바렌카가 그다지 결혼에 반대하고 있지 않다는 것을 알았습니다. 그녀는 동생 집에 얹혀서 살고 있었는데 그것이 그다지 유쾌하지 않은 모양이었습니다. 더구나 날마다 말다툼이 그칠 날이 없었으니까요.

한 번은 이런 일이 있었죠. 키가 크고 몸집이 건강한 대장부 코발렌코가 거리를 거닐고 있었습니다. 수놓은 셔츠를 입고 차양이 없는 모자 밑에 앞머리가 늘어져 있었습니다. 한 손에 책을 들고 또 한 손에 옹이투성이의 지팡이를 쥐고 있었습니다. 그런데 그 뒤에서 역시 책을 든 누이가 따라갔습니다.

'얘, 미하일리크, 너 이 책 아직 안 읽었구나!'
하고 코발렌코는 언성을 높여 비꼬듯이 말했습니다.

그들은 집에서도 말싸움이 그칠 사이가 없었습니다. 그러니 이런 생활에 지쳐서 자기 몸 둘 곳을 원하게 되는 것도 무리는 아닐 것입니다. 게다가 무어라 해도 나이가 마음에 걸려서 새삼스레 좋다든가 싫다든가를 운운할 그런 마음의 여유도 없었을 겁니다. 누구라도 좋다. 그리스 어 선생에게라도 시집가겠다는 심정이었겠죠. 요즈음 아가 씨들은 대개 상대자가 누구이든 시집을 갈 수만 있다면 좋겠다고 생각하는 모양이지요. 어쨌든 바렌카는 베리코프에게 뚜렷한 호의를 보이기 시작했습니다.

한편 베리코프는 어떠했을까요? 그는 코발렌코네 집에도 흡사 우리들 집에 오는 것과 마찬가지로 찾아갔습니다. 찾아가서는 자리에 우두커니 말없이 앉아 있는 것입니다. 그가 잠자코 있자 바렌카는 '바람이 불다'란 노래를 들려 주거나 거무스름한 눈동자로 무엇을 생각하는 듯이 그를 쳐다보거나 아니면 갑자기 '하하하!' 하고 웃음을 터뜨렸습니다.

무릇 연애 문제, 특히 결혼에 있어서는 남의 말이 커다란 역할을 하는 것입니다. 동료도 부인들도 입을 모아 베리코프에게 걸핏하면 결혼해야 한다느니, 결혼 이외에 인생에서 할 일은 없다느니 하면서 설득했습니다. 떼지어 그에게 축하의 말을 하기도 하고 엄숙한 표정으로 결혼이야말로 인생의 진지한 첫걸음이라면서 여러 가지 판에 박은 말들을 늘어놓았습니다. 게다가 바렌카도 결코 못생긴 얼굴은 아니었습니다. 오히려 남자가 좋아할 만하고 의젓한 오등관(五等官)의 딸로서 자그마한 농장까지 가지고 있으며, 게다가 무엇보다 중요한 점은 그녀가 그에게 다정한 태도와 정다움을 보여 준 첫 여인이었다는 사실입니다. 그는 머리가 어지러워졌습니다. 그리고 정말로 자기가 결혼할 필요가 있다고 생각하게 되었습니다."

"그럼 드디어 덧신과 우산을 치워 버리게 된 셈이군요."
하고 이반 이바느이치가 말하였다.

"그러나 그것을 버릴 순 없었죠. 그는 자기 책상 위에 바렌카의 초상을 장식하고는 언제나 나한테 와서 바렌카에 관한 얘기며 가정 생활에 관한 것이며, 또는 결혼이야말로 인생의 진지한 첫걸음이라는 것을 말했습니다. 그리고 빈번히 코발렌코네 집을 방문했습니다만, 도무지 생활 양식을 바꾸려고는 하지 않았습니다. 그뿐만 아니라 결혼에 대한 결심이 아무래도 병적인 작용을 미친 듯 그는 더욱 바싹 말라서 얼굴빛이 창백해지고 더욱더 자기 상자 속에 틀어 박혀 버린 것처럼 보였던 것입니다.

'나는 바르바라 사비시나를 좋아하죠.'

하고 그는 약하고 이지러진 미소를 띠면서 말했습니다.

'누구나 결혼할 필요가 있다는 것을 잘 알고 있습니다. 다만 이번 일은 아시다시피 너무도 갑작스러운 얘기여서 좀더 생각해 보아야겠어요.'

'무엇을 생각하실 필요가 있습니까!'

하고 내가 물었습니다.

'결혼하시면 되는 거죠.'

'아니, 결혼은 인생의 진지한 첫걸음이니까 먼저 장래의 의무와 책임을 생각해야 하죠. 나중에 아무 일도 생기지 말아야 할 텐데. 이런 걱정 때문에 나는 요새 매일 밤잠을 이룰 수가 없습니다. 게다가 솔직히 말해 나는 공포를 느끼고 있어요. 왜냐 하면 그 남매는 약간 색다른 사상을 가지고 있으니까요. 뭐든 남과는 다른 생각을 하고 성격도 과격하죠. 결혼 뒤에 어떤 일이 생길는지 알 수가 없어요.'

이래서 그는 청혼도 못하고 하루, 이틀 날짜를 끌어 교장 부인과 우리들 모두를 몹시 초조하게 만들었습니다. 언제나 장래의 의무와 책임을 곰곰 생각했습니다. 그러면서도 한편으로는 매일 바렌카와 함께 산책을 했죠. 그렇게 하는 것이 자기로서는 의무라고 생각했던 겁니다. 그리고 나한테 와서는 가정 생활에 관해 이야기를 하고 갔습니다. 만약에 갑자기 돌발적인 사건이 일어나지 않았다면 그도 결국은 청혼해서 심심풀이와 시간 보내기를 위해 우리 나라에서 수천 수백 명에 이르러 행해지고 있는 불필요하고 어리석은 결혼이 성립되었을 것입니다. 여기서 말해 둬야겠습니다만 바렌카의 동생 코발렌코는 베리코프를 만난 첫날부터 지나칠만큼 미워했습니다.

'도무지 알 수 없는 일이군요.'
하고 그는 어깨를 움츠리며 우리에게 말했습니다.

'정말 어떻게 그런 밀고자 같은 구역질 나는 상판을 보고도 참고 견딥니까! 정말 이런 곳에서 잘도 지내십니다! 이곳 분위기는 질식할 만큼 지저분합니다. 학교는 학문의 전당이 아니라 경찰서입니다. 유치 장처럼 쉰 냄새를 풍기고 있어요. 나는 좀더 여기서 지내다 시골로 물 러가서 거기서 새우도 잡고, 소러시아의 어린이들도 가르치면서 살아 갈 작정입니다. 나는 곧 떠날 테니 여러분은 저 유대인과 함께 지내십 시오. 그런 놈은 죽어 없어지는 게 좋아.'

그런가 하면, 그는 어떤 때는 나지막한 소리로, 어떤 때는 가늘고 높은 소리로 눈물이 날만큼 웃어대며 두 팔을 벌리고 나에게 이렇게 묻는 것이었습니다.

'왜 그 녀석은 우리 집에 와서 우두커니 앉아 있는 걸까요! 무슨 볼일이 있다는 겁니까? 그저 앉아서 사람만 쳐다보고 있단 말이에요.'

그는 베리코프에게 '욕심꾸러기 거미'라는 별명을 붙여 주었습니다. 물론, 우리는 그의 누이 바렌카가 이 욕심꾸러기 거미에게 시집가 려고 한다는 것에 대해서 그에게 입밖에도 내지 않았습니다. 그런데 이튿날 교장 부인이 그에게, 댁의 누님을 베리코프와 같은 믿음직하 고 누구에게나 존경받는 사람에게 시집을 보낸다면 참 좋을 거라고 말을 하자 그는 얼굴을 찌푸리며 이렇게 중얼거렸습니다.

'그것은 내가 알 바 아닙니다. 살무사한테 시집간다 해도 상관 없어요. 나는 남의 일에 간섭하는 것을 싫어합니다.'

그 뒤 무슨 일이 있었는지 들어 보십시오. 어떤 장난꾸러기가 만화를 그렸습니다. 덧신을 신고 바짓가랑이를 걷어 올리고 우산을 받친 베리코프가 바렌카와 손을 맞잡고 걸어가는 그림으로 제목은 '사랑에 빠진 안트로프스'였습니다. 그런데 그 만화에서는 그의 표정이 놀랄 만큼 잘 그려져 있었지요. 필경, 만화를 그린 학생이 밤마다 엄청난 정성을 쏟아 그렇게 잘 그려졌을 겁니다. 중학교의 남자부와 여자부의 모든 선생님을 비롯해서 신학교(神學校)의 선생님과 관리들까지 누구나 한 장씩 이 그림을 받았던 것입니다. 베리코프도 받았죠. 이 만화는 그에게 치명적인 상처를 주었습니다.

어느 날, 그와 나는 함께 집을 나섰습니다 —— 그날은 5월 초하루에다 바로 일요일이어서 모든 교사와 학생들이 학교에 모여 함께 교외 숲으로 소풍 가도록 되어 있었습니다 —— 집을 나선 그의 얼굴은 파리해져서 비구름보다 더욱 음산한 표정을 하고 있었습니다.

'정말 세상에는 시시하고 심보 나쁜 사람도 있더군요!' 하고 그는 말했는데, 그의 입술은 파르르 떨고 있었습니다.

나는 그가 가엾게 여겨졌습니다. 그런데 우리가 걸어가고 있을 때 갑자기 코발렌코가 자전거를 타고 지나갔습니다. 바로 그의 뒤에 바렌카도 역시 자전거를 타고 지나갔습니다. 그녀의 붉은 얼굴은 지친 듯했으나 그래도 쾌활하고 즐거워 보였습니다.

'먼저 가겠어요!' 하고 그녀가 소리질렀습니다.

'너무 기뻐 가슴이 뛸 만큼 좋은 날씨예요. 정말!'

금세 두 사람의 모습이 사라져 갔습니다. 베리코프 씨는 얼굴이 창백해지면서 정신이 나간 것 같았습니다. 그는 걸음을 멈추고 나를 쳐다보았습니다.

'실례지만 저건 도대체 무엇입니까?' 하고 그는 물었습니다.

'혹시 내가 잘못 본 것일까요? 중학교 교사가, 게다가 여자까지 자전거를 타도 괜찮을까요?'

'왜 안 된단 말입니까?' 하고 내가 말했습니다.

'건강을 위해서도 좋지 않을까요?'

'그런 엉터리 같은……'

하고 그는 내가 대수롭지 않게 여기는 데에 더욱 놀라면서 외쳤습니다.

'무슨 말씀을 하십니까?'

그리고 그는 놀란 나머지 더 걸어갈 기력이 나지 않는지 집으로 되돌아가 버렸습니다. 다음 날, 온종일 그는 신경질적으로 손을 비비며 와들와들 떨고 있었습니다. 그의 표정으로 기분이 나쁜 것을 여실히 알 수 있었습니다. 생전 처음으로 그는 학교를 결근하고 식사도 걸렀습니다. 저녁이 되자 밖은 정말 여름 날씨였는데도 두꺼운 옷을 껴입고 코발렌코네 집으로 터벅터벅 갔습니다. 바렌카는 없었고 동생만이 집에 있었습니다.

'자, 앉으십시오.'

하고 코발렌코는 쌀쌀하게 말하고 이맛살을 찌푸렸습니다. 왜냐 하면 그는 식사 뒤 한참 자다가 깨어나 기분이 좋지 않은 모양인지 흐리멍덩한 얼굴을 하고 있었습니다.

베리코프는 10분 가량 잠자코 있다가 말을 꺼냈습니다.

'오늘은 제 마음을 풀어 볼까 해서 방문했습니다. 나는 몹시, 몹시 언짢은 기분입니다. 누군가가 나와 당신 누이를 익살맞은 만화로 그렸습니다. 그러나 나는 그 만화의 사실이 저와는 아무 관계도 없다는 것을 당신에게 말씀드려야 할 것 같습니다. 나는 이런 비웃음거리가 될 어떤 구실도 준 기억이 도대체 없습니다. 그뿐만 아니라 언제나 예의바르게 행동했다고 생각합니다.'

코발렌코는 볼멘 얼굴로 잠자코 앉아 있었습니다. 베리코프는 잠시 뒤 가련한 소리로 조용히 말을 이었습니다.

'그리고 또 한 가지 말씀드릴 것이 있습니다. 나는 오랜 동안 교직에 있었고 당신은 최근에 부임하셨습니다. 그래서 나는 선배로서 한마디 주의 말씀을 드리는 것을 의무로 생각하고 있습니다. 다름이 아니라 당신은 자전거를 타고 다니시는데 그런 취미는 청년을 교육하는 데 종사하고 있는 사람으로서 삼가야 할 것입니다.'

'그건 어떤 이유에섭니까?'

하고 코발렌코가 굵은 음성으로 반문했습니다.

'이 이상 더 설명이 필요할까요? 미하일 사브비치, 그 이유를 모르시겠단 말입니까? 만약에 교사가 자전거를 타게 된다면 도대체 학생은 어떡하면 좋을까요? 그들은 물구나무서기라도 하고 걸을 수밖에 없겠군요. 공고로써 아직 허가되어 있지 않은 짓은 안 하는 것이 좋습니다. 나는 어제 깜짝 놀랐습니다. 댁의 누님을 알아보았을 때 눈앞이 캄캄했습니다. 부인이나 처녀가 자전거를 타다니 참으로 무서운 일입니다!'

'그럼 어떡하란 말씀이오!'

'뭐, 나는 다만 당신에게 주의해 달라는 것뿐입니다. 미하일 사브비치, 당신은 아직도 젊고 장래가 있는 사람입니다. 그러니까 행동에 더욱 주의해야 한다는 겁니다. 그런데도 당신은 신중하지 못한 짓을 하고 계십니다. 아아, 얼마나 신중하지 못한 짓일까요! 평소에는 수놓은 셔츠를 입고 언제나 책을 들고 거리를 걷는가 하더니 이번엔 자전거까지 타고 다니시다니, 당신과 당신 누님이 자전거를 타고 다닌다는 사실은 어차피 교장이 알게 되고 또 장학관의 귀에 들어가겠죠. 그렇게 되면 좋은 일이 못 됩니다!'

'나와 누이가 자전거를 탔다고 해서 그게 다른 사람들한테 무슨 상관이 있단 말입니까?'

하면서 코발렌코는 불끈 화를 내며 말했습니다.

'누구라도 내 사생활이나 가정 생활에 간섭하는 놈은 죽어 없어져 버려!'

베리코프는 파랗게 질려서 일어섰습니다.

'그런 투로 말씀하신다면 나는 더 이상 말을 이을 수가 없습니다.'

하고 그는 말했습니다.

'제발 앞으로는 내 앞에서 상관에게 그런 식으로 말씀하지 않도록 부탁하겠습니다. 댁은 상관에 대해 존경하는 태도를 취하셔야 합니다.'

'그럼 내가 상관에게 어떤 욕이라도 했단 말인가요?'

하고 코발렌코는 비웃듯이 상대방을 노려보면서 반문했습니다.

'제발 내 일엔 간섭하지 마시오. 나는 결백한 사람이니까. 당신 같은 사람과는 말하고 싶지 않소. 나는 밀고자를 몹시 싫어합니다.'

베리코프는 흥분하여 안절부절 못하면서 공포를 느끼며 서둘러 외투를 입기 시작했습니다. 난생 처음으로 이런 난폭한 말을 들었던 것입니다.

'뭐라고 말씀하셔도 좋습니다만'

하고 그는 현관에서 층계 쪽으로 나가면서 말했습니다.

'한 마디 더 말씀드리겠는데, 어쩌면 우리가 한 말을 누가 들었을지도 모릅니다. 그렇다면 아까 한 말을 과장해서 좋지 못한 일이 생기

지 않도록 나는 얘기의 내용을 교장 선생님께 말씀드려야겠소……. 요점만이라도 보고해야겠소.'

'보고한다구? 실컷 좋을 대로 지껄여대란 말이야!'

코발렌코는 뒤에서 그의 목덜미를 잡고 밀어 버렸습니다. 그래서 베리코프는 덧신을 철떡거리면서 계단에서 굴러떨어졌습니다. 계단은 높고 가파랐으나 다행히 밑에까지 무사히 뒹굴었습니다. 그는 이내 일어서서 안경이 깨지지 않았나 코에 손을 대보았습니다. 그런데 그가 계단에서 굴러떨어진 바로 그때 공교롭게도 바렌카가 두 부인을 데리고 함께 들어왔습니다. 그녀들은 아래층에 서서 빠짐없이 보고 있었던 것입니다. 그것이 베리코프에겐 무엇보다 두려웠습니다. 웃음거리가 될 바에야 차라리 목이라도 부러지든가 두 다리가 삐어져 버릴 것이지. 일이 이쯤 됐으니 읍 전체가 알게 될 것은 물론, 교장과 장학관의 귀에 들어갈 것이 뻔했습니다. 그리고 또 만화에 그려지고……. 아아, 무슨 일이 생기지 말아야 할 텐데! 결국 파면당하는 것은 아닐까!

그가 일어섰을 때, 바렌카는 그것이 자기의 애인임을 알아챘습니다. 그리고 그의 우스꽝스런 얼굴과 잔뜩 구겨진 외투와 덧신을 쳐다보면서 그가 잘못해서 떨어진 것이라고 속단하고 참지 못한 채 집안 전체가 울릴만큼 커다란 소리로 '아하하하!' 하고 웃어댔습니다.

천둥이 한꺼번에 떨어지는 듯한 이 '아하하하!' 소리가 혼담도, 베리코프의 지상(地上)에서의 존재까지도 종말로 이끌었던 것입니다. 그는 이제 바렌카가 건네오는 말도 듣지 않았습니다. 집으로 돌아오자마자, 그는 먼저 책상 위에 놓인 그녀의 초상을 치우고 잠자리에 누워 두 번 다시 일어나지 않았습니다.

사흘쯤 있다가 나한테 아파나시가 찾아와서 주인의 용태가 아무래도 이상하다며 의사를 불러야겠다고 말했습니다. 베리코프의 방으로 가보니 그는 커튼을 치고 이불을 덮은 채 말없이 누워 있었습니다. 무엇을 물어도 다만 그렇다든가 아니라든가라고 말할 뿐, 그 이상은 아무 말도 하지 않았습니다. 그가 누워 있는 곁에서 우울한 표정을 한 아파나시가 걱정스레 서성거리며 깊은 한숨을 연신 내쉬고 있었습니다. 그의 주위에서는 술집처럼 보드카 냄새가 코를 찔렀습니다.

한 달 뒤에 결국 베리코프는 죽었습니다. 그의 장례식은 중학교의 여자부, 남자부, 그리고 신학교 직원들에 의해 치러졌습니다. 관 속에 든 그의 표정은 조용하고 편안해 보였으며 명랑해 보이기까지 했습니다. 흡사 드디어 상자 속에 들어가게 해 주어서 이제 두 번 다시 그곳에서 나오지 않아도 된다는 것을 기뻐하고 있는 듯했습니다. 그렇죠, 그는 글자 그대로 자기의 이상에 도달한 셈입니다. 그리고 그에게 경의를 나타내려는 듯 장례식날은 잔뜩 흐려서 비가 올 듯한 날씨였으므로 우리들은 모두 덧신을 신고 우산을 들고 있었습니다. 바렌카도 장례식에 참석했습니다. 관이 무덤 속으로 내려졌을 때 그녀는 울음을 터뜨렸습니다. 소러시아 여인에게는 울든가 웃든가 할 뿐, 그 중간 기분은 없다는 것을 나는 처음으로 알았습니다.

솔직히 말한다면, 베리코프 같은 사람의 장례를 치렀다는 것은 커다란 기쁨입니다. 우리들이 묘지에서 돌아올 때 사실 조심스럽고 엄숙한 표정들이었기 때문에 누구 한 사람 이러한 흡족한 감정을 쉽사리 나타내려고 하지 않았습니다. 그것은 우리가 어린아이였을 무렵 어른들이 외출을 한 뒤 아이들끼리만 완전한 자유를 실컷 누리면서 한두 시간 뛰놀 때의 표정과 꼭 같았습니다. 아아, 자유! 자유라는 것은 그 암시일지라도, 그것을 실현한다는 보잘것 없는 한 가닥의 희망일지라도 사람의 마음에 날개를 달아주는 것입니다. 그렇지 않습니까?

우리는 가벼운 기분으로 무덤에서 돌아왔습니다. 그리고 일 주일이 지나기도 전에 생활은 전과 다름없이 되었습니다. 똑같이 고지식하고 걱정스럽고 무의미한 생활, 공식적으로 금지되어 있지는 않으나 그렇다고 자유가 완전히 보장되지도 않은 생활, 요컨대 조금도 나아지지 않았단 말입니다. 하지만 베리코프는 매장되었습니다. 그러나 베리코프와 같이 상자 속에 든 사나이가 많이 있으며, 앞으로도 또 나오겠지요."

"그래요, 바로 그 점입니다."

이반 이바느이치가 말하고 담배를 피우기 시작하였다.

"앞으로도 많이 나올 겁니다!" 하고 불킨이 되풀이하였다.

중학교 교사는 헛간 속에서 나왔다. 몸집이 작고 뚱뚱한 사나이로 대머리인데다 검은 턱수염이 거의 허리께까지 닿을 지경이었다. 두 마리의 개가 그를 따라 나왔다.

"달이 좋군, 달이 좋아!" 하고 그는 하늘을 보면서 말하였다.

벌써 한밤중이었다. 오른쪽에는 마을 전체가 보이고 기다란 길이 멀리 5킬로미터 가량 이어져 있었다. 모든 것이 조용하고 깊은 잠 속에 빠져 있었다. 무엇 하나 움직이는 기색이 없고 아무 소리도 들리지 않아 자연계에 이처럼 깊은 고요가 있으리라고 믿어지지 않을 지경이었다. 달 밝은 밤에 오두막집이며 건초의 낟가리며 잠든 버드나무가 줄지은 마을의 넓은 길, 그 어둠 속으로 이어진 길을 바라보고 있노라니 마음이 차분해졌다. 어둠의 적막 속에서 여러 가지 고통이나 괴로움이나 슬픔에서 벗어나 밤의 그늘에 감싸여 왠지 마음이 부드러워지고 슬프고 아름다워지며 어쩐지 하늘의 별들도 정다운 감동을 지닌 눈길로 내려다보는 것 같다. 지상에는 이제 악이 없어지고 모든 것이

원만하게 수습되고 있는 듯한 느낌이 들었다. 왼편에는 마을이 끝나는 부근에서 저 멀리 지평선까지 이어진 들판이 보였다. 달빛이 가득 찬 넓은 들판의 어느 곳에도 그림자 하나 없었고, 아무런 소리도 들려오지 않았다.

"그래요, 그 점이란 말입니다."

하고 이반 이바느이치가 되풀이하였다.

"우리가 숨막히는 좁은 동네에 살면서 필요도 없는 서류를 쓰거나 카드놀이를 하거나 하는 것, 그것도 역시 상자와 다름없지 않을까요? 우리가 게으름뱅이나 궤변가나 주책없는 경박한 여자들과 일생을 보내고 여러 가지 어리석은 말들을 주고받는 것, 그것도 일종의 상자가 아닐까요. 어떻습니까? 이번에는 내가 매우 유익한 얘기를 해드릴까요?"

"아니, 이제 그만 자야겠습니다." 하고 불킨이 말했다.

"그럼 또 내일……."

두 사람은 헛간에 들어가서 건초 위에 누웠다. 그들이 담요를 덮고 잠을 청했을 때 갑자기 가벼운 인기척이 들렸다. 헛간 곁으로 누군가가 지나가는 발소리였다. 발걸음 소리는 잠시 계속되는 듯하더니, 1분쯤 지나자 다시 조그맣게 들렸다……. 개들이 짖기 시작하였다.

"마브라가 걸어 다니는 모양이군." 하고 불킨이 말하였다.

발걸음 소리가 멀어져 갔다.

"세상 사람들이 거짓말을 하는 거지."

하고 이반 이바느이치가 몸을 뒤척이며 말하였다.

"그리고 그 거짓말을 잠자코 듣고 있었기 때문에 바보라는 말을 듣습니다. 그런 것을 보고 듣고 모욕과 굴욕을 참는 것도, 또 자기가 정직하고 자유로운 사람이라는 것을 뚜렷이 밝히지 못하는 것도, 자기 역시 거짓말을 하고 미소를 띠는 것도, 그것들 모두 한 조각의 빵과 따뜻한 집과 변변치 못한 관직을 위해 하는 것이죠. 아니, 이제는 이런 식으로 살아갈 수 없어요!"

"또 얘기가 빗나갔군요. 이반 이바느이치." 하고 교사는 말하였다.

"아무튼, 오늘은 잡시다."

10분쯤 지나자 불킨은 벌써 잠이 들었다. 그러나 이반 이바느이치는 이리저리 몸을 뒤척이고 한숨을 쉬더니 이윽고 벌떡 일어나 헛간 밖으로 나가 문 옆에 앉아 파이프를 빨기 시작하였다.

개를 데리고 다니는 여인

1

해변 거리에 새로운 얼굴이 나타났다는 소문이었다—— 개를 데리고 다니는 여인이 그 소문인 것이다. 드미트리 드미트리치 쿠로프는 얄타(크리미아 남쪽 해안)에 온 지 이미 두 주일이 되어 이미 이곳에도 익숙해졌으므로 차츰 새로운 얼굴에 흥미를 가지게 되었다. 베르네 찻집에 앉아 있으려니 젊은 부인이 해변 거리를 지나가는 것이 보였다. 몸집이 작은 금발의 여인으로 베레모를 쓰고 있었다. 그녀의 뒤에는 스피츠 종의 흰 강아지가 따르고 있었다.

그 뒤에도 쿠로프는 시립 공원이나 네거리 광장에서 하루에도 몇 번씩 그 여인을 만났다. 그녀는 혼자였으며 언제 보아도 같은 베레모를 쓰고 흰 스피츠를 데리고 산책하고 있었다. 누구 한 사람 그녀에 대해 아는 사람은 없었으며, 다만 간단히 '개를 데리고 다니는 여인'이라고 부르고 있었다.

'저 여자가 남편이나 아는 사람과 함께 오지 않았다면.'
하고 쿠로프는 속으로 생각하는 것이었다.

'한 번 사귀어 보는 것도 나쁘지 않겠군.'

그는 아직 마흔도 채 되지 않았는데 열두 살 난 딸 하나와 중학교에 다니고 있는 두 아들이 있었다. 아내를 맞이한 것은 그가 아직 대학 2학년이었을 때 일이었으므로, 지금은 아내가 한 배 반이나 늙어 보였다. 키가 크고 눈썹이 짙은 여자로 순진한 성질에 거만하고 튼튼하고, 거기에 스스로 말하는 바에 의하면 지적인 여자였다. 상당한 독서가로서 편지도 개정된 맞춤법으로 썼으니 남편을 드미트리라고 부르지 않고 디미트리라고 부르는 것과 같은 식이었다.

한편, 그는 마음 속으로 아내를 깊이가 없고 생각이 얕은 시골뜨기 여자라고 생각하고 갑갑하게 여겨 집에 붙어 있지 않았다. 따로 여자를 데리고 살기 시작한 것도 상당히 오래 전 일이며, 더욱이 몇 차례나 거듭되고 있었다. 아마 그런 탓이겠지만 여자에 관한 것이라면 우선 반드시 나쁘게 말했고, 자기가 참석한 자리에서 여자에 관한 이야기가 나오게 되면 이런 식으로 비평해 버리는 것이 예사였다.

"저급한 인종이죠!"

실컷 쓰디쓴 경험을 쌓았으므로 지금은 여자를 뭐라고 부르든 조금도 상관이 없다고 생각하고 있지만, 실은 이 '저급한 인종' 없이는 단 이틀도 살지 못할 형편이었다. 사나이끼리의 사이라면 지루하고 울적하여 말도 제대로 하지 않고 냉담한 태도를 취하지만, 일단 여자들 속에 끼어들면 끼어들기가 무섭게 느긋하게 해방된 기분이 되어 화제의 선택에서 행동과 태도에 이르기까지 참으로 자연스러워지는 것이었다. 아니, 그뿐만 아니라 상대방이 여자라면 잠자코 있기만 해도 마음이 편했다.

아무튼 그의 용모나 성격에는, 즉 대체로 그의 천성에는 무엇인가 알기 어려운 매력이 있어, 그것이 여자들의 마음을 끌거나 여자를 유혹하거나 하는 것이었다. 그는 그것을 잘 알고 있는 터였지만, 한편 그 역시 어떤 힘에 이끌려 여자들 쪽으로 끌려가는 것이었다.

대체로 남녀 관계라는 것은 시초에는 생활의 단조로움을 제거해 주기도 하므로 저절로 미소가 지어지는 활력소 정도로 보이기도 하지만 정당한 인간, 특히 그것이 우유부단하고 체념을 잘하지 못하는 모스크바 사람의 경우라면, 어떻든 간에 점점 성가신 상태에 빠뜨려 버리는 것이다.

이와 같은 사정을 거듭 경험한 덕택으로, 더욱이 정말 쓰디쓴 경험 덕택으로 그는 그것을 전부터 알고 있었다. 그런데도 불구하고, 또 가슴을 들뜨게 하는 여자를 만나는 경우가 되면 모처럼의 경험도 기억에서 사라져 버리고 그렇게 사는 것이 인생이라고 생각하고 이 모든 것이 참으로 우스꽝스러운 것으로 보이는 것이었다.

어느 날 해질 무렵, 그가 공원에서 식사를 하고 있을 때였다. 베레모를 쓴 여인이 담담한 표정으로 옆에 있는 테이블을 향해 다가왔다. 그녀의 표정이라든가 걸음걸이나 옷이나 머리 모양 등으로 미루어 보아 그는 그녀가 상당한 신분의 여자로 남편이 있으며 얄타에는 처음으로 왔고, 더욱이 지금 혼자 있는 것을 지루해 한다는 사실을 알 수 있었다. 이 지방이 예절이나 도덕적인 면에서 질이 좋지 않다는 데 대해서 여러 가지 이야기도 있지만, 어쨌든 그것에는 거짓말이 많으므로 그는 처음부터 문제삼지 않았을 뿐만 아니라, 그런 종류의 이야기는 대개 자기 자신이 그런 짓을 하고 싶어서 못견디는 작자들에 의해 창작되는 것이라는 것도 잘 알고 있었다. 그런데 막상 그 여인이 세 발자국도 떨어지지 않은 옆 테이블에 앉게 되자, 쉽사리 여자를 꾀어넘긴 일이라든가 깊숙한 산 속으로 드라이브한 일 등에 대해 쓴 단편 소설들이 새삼스럽게 상기되어 짧고 순간적인 정사, 이름도 성도, 어디 사는 누구인지도 모르는 여자와의 로맨스라든가 하는 유혹적인 상념이 당장 그를 사로잡고 말았다.

그는 부드럽게 개를 불러 개가 다가오자 손가락을 세워 위협을 해보였다. 개가 으르렁거렸다. 쿠로프는 다시 한 번 얼러댔다.

여자는 슬쩍 그를 쳐다보더니 이내 눈을 내리깔았다.

"물지는 않아요." 라고 그녀는 말하고 얼굴을 붉혔다.

"뼈를 주어도 괜찮을까요?"

그녀가 고개를 끄덕이는 것을 보자 그는 부드럽게 물었다.

"얄타에 오신 지 오래 되십니까?"

"닷새 정도 됐어요."

"저는 이럭저럭 벌써 두 주일이 됩니다."

두 사람은 잠시 잠자코 있었다.

"날은 빨리 지나가지만 그러나 이곳은 정말 지루하군요!"

그녀는 그를 보지 않고 말했다.

"이곳이 지루하다고 말씀하시는 것은 흔히 하는 말에 지나지 않죠. 솔직히 말해서 베툐프라든가, 지즈드라라든가(러시아 중부에 있는 마을) 하는 시골 동네에서 지루한 줄 모르고 정착해 있는 사람들까지도 이곳에 오기만 하면 '아아, 지루하군! 아아, 무슨 먼지가 이래!' 하는 말을 몇 번이고 되풀이하죠. 마치 그라나다(스페인 안달루시아의 도시)에서라도 온 듯이 떠들썩하게 말이죠."

그녀는 웃었다. 그리고 두 사람은 서로가 아직 낯선 탓으로 말없이 식사를 계속했다. 그러나 식사를 마치고 어깨를 나란히 하여 밖으로 나오자 이내 농담이 섞인 부담 없는 대화가 시작되었다. 어디를 가든지 무엇에 대해 이야기를 하든지 아무래도 상관없는, 한가롭고 여유 있는 그런 사람들이 하는 이야기였다. 두 사람은 천천히 거닐면서 이상한 빛을 띠고 있는 바다에 대해 이야기했다. 부드럽고 따뜻해 보이는 보랏빛을 하고 있는 바다 위에는 달이 한 줄기 금색의 띠를 흘리고 있었다.

　두 사람은 몹시 더운 날 해가 진 뒤에는 더욱 무덥다는 것도 화제로 삼았다. 쿠로프는 자기가 모스크바 사람이며, 대학은 문과를 나왔으나 현재 은행에 근무하고 있다는 것과 언젠가 민간 오페라단에서 노래 연습생이 된 적도 있으나 도중에 그만두었다는 것, 그리고 모스크바에 집 두 채가 있다는 것── 그런 이야기를 했다. 한편, 여인으로부터는 그녀가 페테르부르크에서 자랐다는 것, 그러나 시집을 간 곳은 S시이며 그곳에 이미 2년이나 살고 있다는 것, 얄타에는 아직도 한 달쯤 더 머무를 예정이라는 것, 남편도 기분 전환을 하고 싶어하여 뒤따라올 것이라는 것, 그런 이야기를 들려 주었다. 그녀는 자기 남편이 어디에 근무하고 있는지── 현청(縣廳)인지 아니면 현회(縣會)인지 아무래도 설명이 되지 않자 스스로도 그것을 우스워했다. 쿠로프는 또 그녀의 이름이 안나 세르게브나라는 것도 알게 되었다.

　이윽고, 호텔의 자기 방으로 돌아온 그는 그녀를 생각하며 내일도 아마 그 여인은 우연히 자기와 만나게 될 것이라고 생각했다. 그렇게 되지 않는다면 오히려 이상하다. 침대에 들어가면서 그는 문득 그 여인이 바로 얼마 전까지만 해도 아직 여학생으로 자기 딸이 지금 배우고 있는 것과 같은 것을 배우고 있었을 것이라고 새삼스레 생각하거나, 그런가 하면 또 그녀의 웃는 모습이나 모르는 사람과의 대화에는 두려워하며 딱딱한 순진한 모습이 아직도 많이 있는 것을 상기하고── 틀림없이 그 여인은 난생 처음으로 이런 환경, 즉 뭇사내가 엉큼한 마음으로 자기를 따라다니거나 힐끔힐끔 쳐다보거나 말을 건네거나 하는 상황에 놓여진 것임에 틀림없을 것이라고도 생각했다. 그는 또 여인의 약해 보이는 목덜미나 아름다운 회색 눈동자를 떠올렸다.

'그건 그렇고, 그 여인에게는 뭔가 애틋한 데가 있어.'

하고 그는 문득 생각하고는 그대로 잠들어 버렸다.

2

쿠로프가 그녀를 알게 된 지 1주일이 지났다. 축제일이었다. 방안은 무덥고 거리에서는 회오리바람이 먼지를 일으켜 모자가 날아갈 지경이었다. 쿠로프는 온종일 목이 말라 몇 번이나 다방에 가서 안나 세르게브나에게 시럽이나 아이스크림을 권하였다. 몹시 견딜 수가 없었다.

저녁 무렵이 되어 바람이 조금 잠잠해지자, 두 사람은 배가 들어오는 것을 구경하기 위해 선창으로 나갔다. 선창에는 많은 사람들이 모여있었고 누구를 마중하려고 모인 것인지 손과 손에 꽃다발을 들고 있었다. 여기서도 역시 두드러지게 눈에 띄는 멋쟁이 얄타 군중에게서 볼 수 있는 두 가지 특색이 있었다. 화려한 차림의 중년 여인들과 장군 제복 차림의 사람들이 많다는 것이었다.

배는 풍랑이 거세었으므로 해가 지고 나서야 겨우 들어왔다. 배들은 선창에 닻을 내리기 전에 방향을 바꾸느라고 오랜 시간이 걸렸다. 안나 세르게브나는 손잡이 안경을 들고 아는 사람을 찾기라도 하는 듯 배와 배에서 내리는 손님들을 쳐다보고 있었다.

이윽고 그녀가 쿠로프에게 말을 건네려고 했을 때 그녀의 눈이 빛나고 있었다. 그녀는 몹시 말이 많아져 엉뚱한 질문을 계속하고 방금 자기가 물은 것도 금세 잊어버렸다. 그러던 중 붐비는 군중 속에 안경을 떨어뜨리고 말았다.

화려한 군중이 차차 흩어지기 시작하고 이제 사람의 얼굴은 분간할 수 없게 되고 바람도 완전히 자버렸으나, 쿠로프와 안나 세르게브나는 아직도 누군가가 배에서 내려오지 않을까 하고 기다리는 사람처럼 그곳에 서 있었다. 안나 세르게브나는 이제 쿠로프를 보지 않고 잠자코 꽃냄새를 맡고 있었다.

"저녁부터 조금 날씨가 좋아졌군요." 하고 그는 말했다.

"자, 그럼 지금부터 어디로 갈까요? 어딘가로 한번 드라이브라도 할까요?"

그녀는 아무 대답도 하지 않았다.

그는 잠시 그녀를 바라보더니 갑자기 그녀를 껴안고 입술에 키스했다. 꽃냄새가 풍기고 물방울이 그에게 뿌려졌다. 그는 누군가가 보지 않았을까 하고 하고 주위를 두려운 듯 살폈다.

"당신 숙소로 가십시다." 하고 쿠로프가 나직이 말했다.

그리고 두 사람은 종종걸음을 걷기 시작했다.

그녀의 방은 무덥고, 일본인 가게에서 그녀가 사온 향수 냄새가 풍기고 있었다. 쿠로프는 새삼스레 그녀를 쳐다보면서 참으로 여러 여자를 만나는군! 하고 생각했다. 지금까지의 생애에서 그에게 남아 있는 추억의 여인 가운데에는, 사랑하여 기쁨을 느껴 비록 잠시 동안의 행복일망정 그것을 준 상대방에게 감사를 아끼지 않는, 태평스럽고 선량한 여자도 있었다. 그런가 하면 또—— 이를테면 그의 아내처럼 —— 사랑하는 태도가 도무지 실감이 나지 않고 잔소리만 잔뜩 늘어놓으며 이상하게 잘난 척하고 신경질적인 주제에, "이건 정말 시시한 정사가 아니라 뭔가 좀더 의미 심장한 것이에요." 하고 말할 듯한 표정을 짓는 여자들도 있었다. 그리고 또 굉장한 미인으로, 냉정하면서도 때로는 인생이 줄 수 있는 범위를 훨씬 넘어서 더욱 많이 소유하고 싶다는 그런 외고집의 욕망과 욕심꾸러기 같은 표정이 순간적으로 번

득이던 여자도 두세 명 있었다. 쿠로프는 이들이 젊은 시절을 지나서 변덕이 심하고, 분별이 없고, 남을 억누르려 하고, 약간 머리가 모자라는 여자들로 보였다. 그래서 그는 사랑이 식어감에 따라 그녀들의 아름다움에 오히려 싫증이 나고, 그녀들의 속옷의 레이스 장식까지도 왠지 비늘 같은 기분이 드는 것이었다.

그런데 이번에는 언제까지 기다려도 여전히 순진한 젊은 여인에게 있게 마련인 조심성 있고 모난 태도와 딱딱한 기분이 가시지 않아, 이쪽에서 본다면 마치 누군가가 갑자기 도어를 노크해서 당황해하는 그런 느낌이었다. 안나 세르게브나, 즉 이 '개를 데리고 다니는 여인'은 이 사건에 대해 무엇인가 특별하고 매우 심각한—— 마치 자기 몸의 타락이라도 대하는 듯한 태도를 취하고 있어 풀이 죽은 표정이었다. 얼굴 양쪽에 기다란 머리칼을 슬픈 듯이 드리운 안나 세르게브나는 우울한 자세로 생각에 잠겨 있었다. 그녀의 모습은 어쩌면 옛날 그림에 있는 죄 많은 여인(요한복음 8장 3절)과 꼭 닮아 있었다.

"안 돼요." 하고 그녀는 말했다.

"이제 당신은 나를 존경해 주지 않는 분이에요."

방 안의 테이블 위에는 수박이 놓여 있었다. 쿠로프는 한 조각을 잘라서 천천히 먹기 시작했다. 침묵 속에 반 시간 가량이 흘렀다.

안나 세르게브나의 모습은 보기에도 가련했으며, 그녀의 태도에서는 행실이 바르고 순진하고 세상 일에 밝지 못한 여인의 청순함이 숨쉬고 있었다. 겨우 초 한 자루가 테이블 위에서 그녀의 얼굴을 비추고 있었을 뿐이었다. 그녀가 힘들어 한다는 것을 잘 알 수 있었다.

"당신을 존경하지 않는다니, 어찌 내가 그럴 수 있겠소?" 하고 쿠로프는 반문했다.

"당신은 지금 무슨 말을 하고 있는지 스스로도 모르고 있는 것 같군요."

"하느님, 용서해 주십시오!"

하고 말한 그녀의 눈에는 눈물이 가득했다.

"정말 무서운 일이에요."

"마치 변명이라도 하고 있는 것 같군요."

"어떻게 내가 변명 따위를 할 수 있겠어요? 나는 나쁘고 천한 여자인걸요. 제 자신을 멸시하기는 할망정 변명하려고 생각하지는 않았어요. 나는 남편을 속인 것이 아니라 자기 자신을 속인 거예요. 더욱이 지금 시작된 것이 아니라 벌써 오래 전부터 그랬어요. 우리집 그이는 정직하고 좋은 사람일지도 모르죠. 하지만 그이는 정말 종인 걸요! 나는 그이가 사무실에서 어떤 일을 하고 있는지 어떤 근무 태도를 취하고 있는지 알 수 없어요. 다만, 그이가 종의 근성을 갖고 있다는 것만은 알고 있어요. 내가 그이한테 시집 온 것은 스무 살 때였어요. 나는 호기심이 지독할 정도로 강했고, 무엇인가 나은 일을 하고 싶어서 견딜 수가 없었어요. 하지만 이것 봐, 좀더 다른 생활이 있지 않느냐 하고 나는 자신에게 타일렀어요. 재미있는 생활을 하고 싶었지요! 살고 또 살고 악착같이 살아나가고 싶었어요. ……나는 호기심으로 가슴이 타버릴 것만 같았어요……. 이런 기분을 당신이 아실 수야 없겠지만, 정말로 나는 이제 나 자신을 주체할 수가 없어 정신을 걷잡을 수가 없게 되어 버렸어요. 그래서 그이한테는 아프다고 말하고 이곳으로 온 거예요. ……이곳에 와서도 마치 주정뱅이나 미치광이처럼 싸돌아다니기만 하고……결국은 이처럼 누구한테 멸시를 받아도 어쩔 수 없는 천한 여자가 되어 버렸죠."

쿠로프는 이제 더 듣고 있을 수가 없었다. 그 순진한 말투라든가 참으로 엉뚱하고 장소에 어울리지 않는 참회의 말이 그를 초조하게 만들었던 것이다.

만약 그녀의 눈에 눈물이 괴어 있지 않았더라면 농담이나 연극을 하고 있다고 생각했을 것이다.

"난 잘 모르겠군." 하고 쿠로프가 나직이 말했다.

"그래서 도대체 어떻게 하라는 거요?"

그녀는 얼굴을 그의 가슴에 깊이 파묻었다.

"믿어 주세요. 나를 믿어 주세요. 제발⋯⋯."

하고 그녀는 애원하는 것이었다.

"나는 바르고 깨끗한 생활이 좋아요. 도리에 어긋난 일은 아주 싫어요. 지금 내가 하고 있는 것은 내 자신도 전혀 모르겠어요. 세상 사람들은 흔히 마귀가 붙었다고 말하죠? 지금 내가 바로 그래요. 나한테 마귀가 붙은 거예요."

"알았어. 이젠 알았어⋯⋯." 하고 쿠로프는 중얼거렸다.

그가 두려움이 가득한 눈으로 차분히 쳐다보고 있던 세르게브나에게 키스를 해 주고 나직한 소리로 정답게 달래고 있는 동안에 그녀도 조금씩 평온을 되찾았다. 이윽고 두 사람은 소리를 내어 웃게 되었다.

그들이 바깥으로 나왔을 때에는 해변에는 사람의 그림자라곤 하나도 없이 파도 소리만 해변으로 밀어닥치고 있었다. 거룻배 한 척이 물결에 출렁거리는 위로 등불 하나가 몹시 졸리는 듯이 깜박이고 있었다.

두 사람은 마차를 타고 오레안다로 떠났다.

"방금 나는 아래층 대합실에서 당신의 성을 알아 냈소. 흑판에 폰 디델리츠라고 씌어져 있더군." 하고 쿠로프가 말했다.

"당신 남편은 독일 사람인가요?"

"아뇨. 아마 그이의 할아버지가 독일 사람이었나 봐요. 하지만, 그이는 정교도(正敎徒)예요."

오레안다에서 두 사람은 교회에서 그다지 멀지 않는 벤치에 앉아 바다를 내려다보면서 침묵을 지키고 있었다. 얄타는 멀리 아침 안개를 뚫고 희미하게 보이고 산봉우리에는 흰 구름이 걸쳐 움직이지 않았다. 나뭇잎들은 까딱도 하지 않고 매미가 울고 있었다. 멀리 밑에서 들려 오는 바다의 단조롭고 둔한 해조음은 우리들 인간의 앞길에서 기다리고 있을 안식과 영원의 잠을 말하고 있는 듯했다. 파도 소리는 아직 이곳에 얄타도 오레안다도 없었던 옛날에도 들렸을 것이고, 지금도 들리고, 그리고 우리가 죽은 뒤에도 똑같이 무관심하고 둔한 소리로 계속될 것이다. 그리하여 지금도 옛날과 변함없는 소리, 우리 누구의 죽음과 삶에 아무런 관심도 없는 그 소리 가운데 어쩌면 우리의 영원한 구원의 증거, 지상 생활의 끊임없는 추억의 증거, 완성에의 끊임없는 행진의 증거가 숨어 있는지도 모른다.

쿠로프는 새벽빛 속에서 매우 아름다운 젊은 여성과 나란히 앉아 바다와 산과 구름과 넓디넓은 하늘이 환영처럼 늘어서 있는 것을 쳐다보고 있는 동안에 어느덧 마음이 안정되고 황홀해져 마음 속으로 이런 것을 생각했다.── 잘 생각해 보면 정말 이 세상의 모든 것은 얼마나 아름다운 것일까? 인생의 고상한 목적이나 인간으로서의 자기의 품위를 잊어버리고 우리가 스스로 생각하거나 하는 일을 제외한 다른 모든 것은.

한 사나이가 다가왔다. 아마 경비원일 것이다. 두 사람을 잠시 쳐다보더니 그대로 저쪽으로 가 버렸다. 그러한 자그마한 일까지도 참으로 신비스런 느낌이 들고 역시 아름다운 것으로 여겨졌다. 페오도시아(크리미아 남쪽에 있는 항구)에서 기선이 들어오는 것이 보였다. 아침노을에 빛나고 있었고 등불은 이제 꺼져 있었다.

"풀에 이슬이 맺혀 있군요."

안나 세르게브나가 침묵을 깨고 그렇게 말했다.

"그렇군. 이제 돌아갈 시간이군."

두 사람은 마을로 돌아갔다.

그 뒤로 매일 정오가 되면 두 사람은 해변에서 만나 가벼운 점심을 함께 들고 저녁식사도 함께 하며 산책을 하거나 황홀하게 바다를 바라보거나 했다.

그녀는 잠을 이룰 수 없다든가 가슴이 몹시 빨리 뛰어 견딜 수가 없다든가 하면 투정을 부리고 때로는 질투, 때로는 공포심으로 흥분하여 그의 존경심이 부족하다는, 바로 그 되풀이되는 난제(難題)를 끄집어 내는 것이었다. 흔히 그는 네거리 광장이나 공원에서 옆에 아무도 없는 틈을 타서 갑자기 여인을 끌어안고 뜨거운 키스를 해 주었다. 누구에게 들키지나 않을까 하여 주위를 살펴보면서 조마조마해 하며 하는 대낮의 키스, 더위, 바다 냄새, 언제나 눈앞에 서성대는 게으르고 멋만 부리고 배불리 먹는 사람들, 그러한 것 덕택으로 그는 마치 사람이 전혀 달라진 것처럼 보였다.

그는 안나 세르게브나에게, 당신은 참으로 미인이야, 참으로 매력적인 여자야 하고 말하면서 불타오르는 정열로 안절부절 못하며 그녀 곁을 한발자국도 떨어지지 않았다. 한편 그녀도 생각에 잠기며 당신은 나를 존경하지 않는다, 나를 다만 천한 여자로밖에 보고 있지 않다, 그렇다면 그렇다고 깨끗이 고백하세요 하고 줄곧 졸라대는 것이었다. 거의 매일 밤, 약간 느지막하게 두 사람은 어딘가 교외로, 오레안다나 폭포 쪽으로 마차를 타고 갔는데, 그러한 산책은 그때마다 멋지고 숭고하기까지 했다.

그들은 그녀의 남편이 꼭 올 것으로만 생각하고 있었다. 그런데 그로부터 편지가 왔다. 눈이 나빠졌다는 것과 아내에게 제발 빨리 돌아와 주기 바란다고 알려 왔다. 안나 세르게브나는 초조했다.

"제가 가 버리는 것은 좋은 일이에요."

하고 그녀는 쿠로프에게 말하는 것이었다.

"이것이 운명이라는 거예요."

그녀가 마차로 떠나려 하자 그도 함께 배웅하러 갔다. 한나절이 걸리는 거리였다. 이윽고 그녀가 급행 열차의 좌석에 자리잡고 두 번째 벨 소리가 울렸을 때 이렇게 말하였다.

"자, 그럼 다시 한 번 얼굴을 보여 주세요. 다시 한 번 잘 보여 주세요. 자, 이렇게."

그녀는 울지 않았으나 마치 환자처럼 침울한 모습으로 얼굴을 떨고 있었다.

"당신을 잊지 않겠어요. 언제까지나 기억하고 있겠어요."

하고 그녀가 말했다.

"안녕히 계세요. 행복을 빌겠어요. 저를 나쁘게 생각하지 마세요, 네? 우리, 이것으로 헤어지기로 해요. 하기야 그렇겠죠. 두 번 다시 만나서는 안 되니까요, 그럼 안녕."

기차는 점점 멀어져 그 등불도 곧 사라지고 1분 뒤에는 이제 소리마저 들리지 않게 되었다. 그것은 마치 달콤한 꿈속과도 같은 기분, 이 어리석은 기분을 한시라도 빨리 깨뜨려 주려고 모두가 일부러 약속한 것과도 같았다.

홀로 우두커니 플랫폼에 남아, 먼 어둠 속을 응시하면서 쿠로프는 마치 막 잠이 깬 듯이 귀뚜라미의 울음 소리와 전선(電線)에서 흘러나오는 소리에 귀를 기울였다. 그리고 마음 속으로 이런 것을 생각하는 것이었다. 내 생애에는 실제로 또 하나, 파란이랄까 에피소드랄까 하는 것이 있었지만, 그것도 역시 끝나 버리고 지금은 추억만이 남아 있을 뿐이라고.

그는 감동하고 쓸쓸해지고, 가벼운 회한(悔恨) 같은 것을 느끼고 있었다. 생각하면 두 번 다시 만날 기회가 없는 그 젊은 여인도 그와 함께 있는 동안 행복했었다고는 말할 수 없지 않았던가? 상냥하게 대해 주었고, 진심으로 돌보아 주기도 했지만, 그렇더라도 그녀에 대한 그의 태도나 말투나 사랑하는 방법 가운데에는 역시 운수좋게 행운을 얻은 사나이의 가벼운 비웃음이나, 우쭐대는 자기 도취가 그림자처럼 들여다보이는 것을 어쩔 수 없었다.

그녀는 언제나 그를 친절하고 세상에 드문 고상한 사람이라고 부르고 있었다. 그러고 보면 어쩐지 그녀의 눈에는 실제와는 다른 그의 모습이 비치고 있었던 것 같기도 하다. 결국은 무의식중에 그녀를 속이고 있었던 셈이었다.

정거장은 가을 냄새 속에서 쌀쌀한 밤 속으로 가라앉고 있었다.

'나도 슬슬 북으로 돌아가야겠군.'

하고 쿠로프는 플랫폼을 나가면서 생각했다.

'이제 돌아가야겠어!'

3

쿠로프의 모스크바 집에서는 이제 완전히 겨우살이 준비가 끝나 난로를 피우고 있었다. 매일 아침 아이들이 학교에 갈 채비를 차리거나 차를 마시고 있는 동안은 아직 어두웠으므로 유모가 한동안 등불을 밝혀 둬야 했다. 벌써 때이른 첫눈이 내려 추위가 들이닥쳤다.

썰매를 처음 타고 가는 날, 흰 땅이나 흰 지붕을 보는 것은 즐거운 일이어서 호흡도 순조롭고 기분이 좋아짐에 따라 이맘때만 되면 반드시 소년 시절이 회상된다. 보리수와 자작나무의 고목이 서리를 맞아 하얗게 되어 있는 모습에는 어딘지 인자한 할아버지와 같은 표정이 있어 측백나무나 종려나무보다 훨씬 친근감이 있으며, 그 옆에 있으면, 산이나 바다에 대해선 생각하고 싶지가 않았다.

쿠로프는 토박이 모스크바 사람이어서인지 맑고 추위가 살을 에는 듯한 날에 모스크바로 돌아와 털가죽 외투를 입고 따뜻한 장갑을 끼고 페트로프카 거리를 한 바퀴 돌곤 했다. 그는 토요일의 종소리를 들으면서 최근의 여행에 대한 것도, 여행한 여러 고장에 대한 것도 모두 매력이 없어지는 기분이었다. 쿠로프는 차츰 모스크바 생활에 젖어들어 지금은 이제 하루에 세 종류나 되는 신문을 굶주린 듯이 읽으면서도, 아니 나는 모스크바의 신문을 안 읽는 주의(主義)라서 하고 시치미를 뚝 뗀 얼굴을 하는 것이었다. 그러는 동안에 카페나 클럽에 가고 싶고 요리나 만찬에 초대받은 것이 기다려지곤 했다.

마침내는 그의 집에 유명한 변호사나 관리가 출입하고 있다는 것, 의사 클럽에서 교수들을 상대로 트럼프 놀이를 한다는 것을 무척 자랑스럽게 생각하게 되었다. 결국은 스튜 냄비의 고기 1인분을 먹어치우게까지 되었다……

한 달만 지나면 안나 세르게브나의 모습은 기억 속에서 완전히 안개에 싸여 지금까지의 여인들과 마찬가지로 가련한 웃음을 띠고 이따금 꿈속에만 나타나는 것으로 끝나게 될 것이다.── 그런 식으로 그는 대수롭지 않게 여기고 있었다. 그러나 한 달이 지나고 겨울이 닥쳐와도 마치 안나 세르게브나와 헤어진 것이 바로 어제 있었던 일처럼 모든 것이 기억 속에 생생히 남아 있었다. 오히려 추억은 점점 세차게 불타오르는 것이었다. 초저녁의 고요 속에서 어린이들이 예습하는 소리가 서재에 들려 와도, 문득 노랫소리를 들어도, 카페에서 오르간을 치는 소리가 들려도, 그리고 벽난로 속에서 눈보라치는 소리가 나도, 그 선창에서 있었던 일과 산에 안개가 끼었던 새벽에 대해, 페오도시 아에서 온 기선 등 모든 것이 빠짐없이 기억에 되살아 나는 것이었다. 그는 언제까지고 방안을 왔다갔다하며 추억을 더듬거리거나 미소짓거나 했는데, 그러는 동안에 추억은 차츰 공상으로 바뀌어져 과거가 상상 속에서 미래의 일과 뒤섞이게 되었다.

안나 세르게브나는 꿈에서 나타나지 않았지만, 마치 그림자처럼 그를 지켜보고 있는 것만 같았다. 눈을 감으면 그녀의 모습이 마치 현실의 그것처럼 똑똑히 보였다. 더욱이, 이전보다 한층 아름답고 요염해진 것처럼 느껴졌다. 그리고 그 자신도 얄타에 있었던 무렵보다 풍채가 나아진 것처럼 생각되었다. 밤마다 그녀는 책상 속에서, 벽난로 속에서, 방안 한쪽 구석에서 그를 조용히 쳐다보고 있어, 그에게는 그녀의 숨소리와 비단옷 스치는 부드러운 소리가 들리는 것이었다. 거리에 나가면 그는 여인들의 모습을 자꾸 쳐다보면서 그녀를 닮은 여인이 없을까 하고 찾는 것이었다.

그러는 사이에 자기의 추억을 다른 사람에게 들려 주고 싶어서 더이상 참을 수가 없게 되었다. 그러나 자기 집에서 정사(情事) 이야기를 할 수도 없고, 그렇다고 집 밖에서 상대자를 찾아낼 수도 없었다. 더욱이 세든 사람을 상대로 할 수도 없거니와 은행에도 이렇다할 상대자가 없었다. 게다가 또 무슨 이야기를 한단 말인가? 자기는 그때 과연 사랑을 하고 있었던 것일까? 도대체 그가 안나 세르게브나와 맺은 관계에 뭔가 아름다운 것, 시적인 것, 또는 유익한 것, 또는 단순히 재미있는 것, 과연 그런 것이 있었을까? 그래서 할 수 없이 막연하게 사랑이나 여성에 대해 말해 보는 것이었지만, 누구 한 사람 그가 말하려 하는 바를 이해해 주는 사람은 없고, 다만 그의 아내가 이렇게 말했을 뿐이었다.

"드미트리, 당신에겐 미남자 역할이 전혀 어울리지 않아요."

어느 날 밤 늦게 사교적인 친구인 관리와 함께 의사 클럽에 나오면서, 그는 마침내 참을 수가 없어 입을 열었다.

"실은 말이죠, 얄타에서 나는 황홀한 미인하고 교제를 했습니다."

잠자코 썰매를 타고 달리던 관리가 갑자기 뒤돌아보며 그의 이름을 불렀다.

"드미트리, 드미트리치!"

"네!"

"아까 당신이 말씀하신 것은 정말이었어요. 사실 그 철갑상어는 냄새가 고약했지요."

이 평범한 말이 어찌된 영문인지 쿠로프의 비위에 몹시 거슬려 참으로 비열하고 불결한 말로 여겨졌다. 얼마나 야만적인 습관이며 얼마나 시시한 녀석일까? 얼마나 어리석은 매일 밤이며, 얼마나 가치 없고 시시한 나날이었을까? 반 광란의 트럼프 놀이, 포식에 폭음, 장황하여 끝이 없고 단순하기 이를 데 없는 이야기, 쓸모라고는 전혀 없는 심심풀이나, 한 가지 화제로 되풀이되는 이야기로 하루 중 가장 좋은 시간과 최고의 정력을 빼앗기고 결국 남는 것이라고는 뭔가? 꼬리도 날개도 없어진 듯한 생활, 어딘가 어리석기 짝이 없는 면에서나, 빠져 달아나지도 못하는 면에서나 이것은 정신 병원에서 감옥으로 들어간 것과 흡사하다!

쿠로프는 그날 밤 한숨도 자지 못하고 화만 내고 있었다. 그 덕분에 다음날은 하루종일 머리가 아팠다. 이어 밤이면 밤마다 잠이 오지 않고 자주 침대 위에 앉아서 생각하거나 방 안을 이리저리 왔다갔다

하면서 지새우기 일쑤였다. 아이들도 싫어졌고, 은행 일도 지긋지긋했으며 아무 데도 가고 싶지 않았고, 아무 말도 하고 싶지 않았다.

12월의 휴가가 되자 그는 여행할 것을 결심했다. 아내에게는 어느 청년의 취직 알선을 하려고 페테르부르크에 다녀오겠다고 말해 놓고는 S시로 떠나갔다. 무엇하러? 그 자신도 잘 몰랐다. 어쨌든 안나 세르게브나를 만나서 이야기를 하고 싶다. 가능하다면 천천히 어디서 만나보고 싶다고 생각했던 것이다.

그는 아침 나절에 S시에 도착하여 호텔의 가장 좋은 방을 얻었다. 방 안은 바닥에 온통 회색 군복 천이 깔려 있었다. 테이블 위에는 먼지가 앉아 회색이 된 잉크병이 놓여 있었고, 그것에는 한 손에 모자를 높이 치켜든 말탄 용사의 조상(彫像)이 붙어 있었으나 목은 떨어져 나가고 없었다. 수위가 그에게 필요한 예비 지식을 가르쳐 주었다. 폰 디 델리츠라는 사람은 스탈로 곤차르나야 거리의 자기 저택에 살고 있으며, 그 집은 호텔에서 멀지 않으며 경기도 좋아 오히려 호화로운 생활 형편으로 자가용 마차도 가지고 있고, 이 거리에서 누구 한 사람 그를 모르는 사람이 없다는 것이었다. 그 수위는 드뤼딜리츠라고 발음했다.

쿠로프는 서서히 스탈로 곤차르나야 거리로 걸어가서 목표로 삼은 집을 찾아냈다. 바로 집 정면에는 회색의 기다란 울타리가 잇따라 이어져 있고 못질이 되어 있었다. '이런 울타리쯤은 넘어갈 수 있지.' 하고 쿠로프는 창문과 울타리를 번갈아 쳐다보면서 마음 속으로 이렇게 생각했다.

그는 여러 가지로 궁리해 보았다. 오늘은 관청이 노는 날이니까 그녀의 남편은 아마 집 안에 있을 것이다. 그것은 어찌 되었건 집 안에 들어가서 당황케 하는 것은 그다지 좋은 방법이 아니다. 그렇다고 해서 편지를 보낸다면 남편의 손에 들어갈지도 모르고 그렇게 되면 모든 일이 허탕이 된다. 가장 좋은 방법은 기회를 기다리는 것이다. 그는 그렇게 마음을 침착하게 먹고 거리를 어슬렁거리거나 울타리를 따라 걸어가 보기도 하면서 그 기회를 기다리고 있었다. 거지 하나가 문안으로 들어가는 것이 보이고 곧 개가 짖어댔다. 이윽고, 한 시간쯤 지나자 피아노 치는 소리가 들리고, 그 음색이 희미하게 어렴풋이 흘러나왔다. 안나 세르게브나가 치고 있는 것이 분명했다. 갑자기 현관문이 열리더니 한 노파가 나오고 그 뒤를 따라오는 것은 바로 그 낯익은 흰 스피츠였다. 쿠로프는 개 이름을 부르려다가 갑자기 가슴이 두근거리기 시작하여 흥분한 나머지 개 이름이 머리에 떠오르지 않았다.

한참 더 어슬렁거리고 있으려니 시간이 흐를수록 그 회색의 울타리가 얄미워졌다. 그리고 이제는 애타는 마음으로, 안나 세르게브나는 자기를 잊어버리고 있는 것이다. 어쩌면 다른 남자와 가까이 지내고 있는지도 모른다. 그러나 아침부터 밤까지 이 얄미운 울타리를 쳐다보면서 살아 나가야 하는 젊은 여자로서는 지극히 당연한 일이다 하고 생각하는 것이었다. 그는 호텔 방으로 돌아오자 어떻게 하면 좋을까, 하고 막연해져 오랫동안 소파에 앉아 있다가, 이윽고 점심을 마치고 나서 오랫동안 곤히 잠들어 버렸다.

'원, 세상에 어리석기 짝이 없군.'

하고 그는 잠에서 깨어나, 어두워진 창문을 쳐다보면서 생각하는 것이었다. 이미 해가 져 있었다.

'어쩌자고 이렇게 자 버렸을까? 아, 이 밤중에 도대체 어쩌자는 거지?'

마치 병원처럼 회색의 싸구려 모포를 깐 침대 위에 앉아서 그는 사못 분한 듯이 자기 자신을 비웃는 것이었다.

'바로 이게 기다리고 기다렸던 개를 데리고 다니는 여인이야…….
이게 기다리고 기다렸던 에피소드야……. 이렇게 여기에 앉아 기다려
라.'

바로 그날 아침 정거장에서 커다란 글씨로 된 포스터가 눈에 띄었
었다. 〈기생〉이라는 연극의 개막날이었다. 그는 그것을 생각해 내자
극장으로 갔다.

'그 여자가 공연 첫날 구경하러 오리라는 것은 매우 있을 법한 일
이니까 말이야.' 하고 생각했던 것이다.

극장은 대만원이었다. 지방의 극장이라면 어디나 마찬가지지만 여
기서도 상들리에 위쪽에는 연기가 자욱하고 먼 관람석은 꽉 들어차서
떠들썩했다. 첫 줄에는 막이 열리기 전의 한때를, 이 고장의 주역 배
우들이 두 손을 뒤로 하고 서 있었다. 여기서도 현(縣) 지사의 좌석에
는 역시 맨 앞에 지사의 딸이 모피 목도리를 두르고 앉아 있고, 지사
자신은 현수막 뒤에 점잖게 앉아 있어, 보이는 것이라곤 다만 그의 손
뿐이었다. 막이 흔들리고 오케스트라가 오래도록 음정을 맞추고 있었
다. 관중들이 들어와서 자리에 앉을 동안 쿠로프는 줄곧 정신 없이 그
녀를 찾고 있었다.

안나 세르게브나도 들어왔다. 그녀는 셋째 번 줄에 자리잡았다. 쿠
로프는 그녀의 모습을 얼핏 본 순간 심장이 꽉 죄어들어 지금 자기에
게 이 세상에서 이처럼 가깝고, 이처럼 귀중하고, 이처럼 절대적인 사
람이 없다는 것을 뚜렷이 느끼고 있었다. 시골뜨기들 속에 섞여 있는
이 자그마한 여인, 흔해빠진 손잡이 안경인지 무엇인지 두 손으로 만
지작거리고 있는 조금도 산뜻해 보이지 않는 이 여인, 그 여인이 이제
는 그의 모든 생활을 채워 주고 그의 슬픔이요, 기쁨이요, 그가 현재

원하고 있는 유일한 행복인 것이다. 수준 낮은 오케스트라와 보잘것 없는 시골뜨기 바이올린의 소리에 맞추어 그는 아아, 얼마나 아름다운 여인인가 하고 생각하는 것이었다. 한편으로는 이 여인을 생각하고 한편으로는 지난 날의 추억을 떠올리곤 하는 것이었다.

안나 세르게브나와 함께 한 젊은 사나이가 들어와 나란히 자리에 앉았다. 구레나룻을 약간 기르고 엄청나게 키가 크고 등이 구부정한 사나이였다. 그는 한 발자국을 옮길 때마다 고개를 끄덕였으므로 마치 줄곧 절을 하고 있는 듯이 보였다. 아마 이 사나이가 그녀가 그날 밤, 얄타에서 비통한 감정의 발작에 사로잡혀 '종'이라고 실례가 되는 말로 불렀던 남편일 것이다. 그러고 보니 그 전봇대와 같은 모습이나, 구레나룻이나, 조금 벗겨져 올라간 이마에는 마치 하인 비슷한 겸양이 나타나 있었으며, 게다가 달콤한 미소를 띠고 단춧 구멍에는 마치 하인의 번호인 양, 학위장(學位章)인가, 무엇인가가 빛나고 있었다.

1막이 끝나자 그녀의 남편은 담배를 피우려고 나가고, 그녀는 자리에 남아 있었다. 역시 칸막이가 된 관람석에 자리잡았던 쿠로프는 그녀 곁으로 다가가 억지로 웃음을 지으며 떨리는 목소리로 이렇게 말했다.

"안녕하십니까?"

그녀는 그의 얼굴을 쳐다보자 별안간 얼굴이 창백해졌으나, 이윽고 다시 한 번, 자기 눈이 믿어지지 않는다는 듯이 겁에 질려 그를 쳐다보았다. 두 손으로 부채를 손잡이 안경과 함께 꽉 쥐었다. 기절하지 않으려고 자기 자신을 상대로 싸우고 있는 것이 틀림없었다. 두 사람은 모두 아무 말이 없었다. 그녀는 앉은 채였으며, 그는 그대로 여인이 당황하는 데 놀라 옆자리에 앉을 결심을 하지 못하고 서 있었다. 음정을 맞추는 바이올린과 플루트 소리가 나자, 그는 마치 그곳 주변의 좌석으로만 주시당하고 있는 듯한 느낌이 들어 갑자기 섬뜩한 마음이 들었다. 그러나 그때 갑자기 그녀가 자리에서 일어서더니 종종걸음으로 출구를 향해 걸어갔다. 그도 그녀의 뒤를 따라갔다. 두 사람은 쓸데없이, 복도에서 계단으로, 계단에서 복도로 올라갔다 내려갔다 했다. 두 사람의 눈앞에는 법관복이나 교원복이나 영지(領地) 사무관의 제복을 입은 사람들이 제각기 휘장을 가슴에 달고 어른거리고 있었다. 여인들의 모습이나 외투걸이에 드리워진 모피 외투는 눈에 어른거리고 그런가 하면 빠져나가는 바람이 타들어 가는 담배 냄새를 물씬 실어 오기도 했다. 쿠로프는 심하게 뛰는 가슴을 억누르면서 마음 속으로 생각했다.

'정말 한심스럽군! 도대체 무슨 꼴이란 말인가? 이 사람들은, 저 오케스트라는…….'

그러자 그때 갑자기, 그는 그날 저녁 무렵에 정거장에서 안나 세르게브나를 배웅하고 나서, 이로써 모든 일이 끝났다. 이제 두 번 다시 만나는 일은 없을 것이다 하고 마음 속으로 중얼거렸던 일을 회상했다. 그것이 마지막이 되려면 아직도 얼마나 먼 것일까?

'입석 입구'라는 푯말이 붙어 있는 좁고 어둠침침한 계단의 중간에서 그녀는 걸음을 멈추었다.

"사람을 몹시 놀라게 하시는군요!"
하고 그녀는 괴로운 듯이 숨을 몰아쉬면서 말했다. 아직도 창백하고 당혹한 표정이었다.

"정말 놀라게 하는 분이에요! 저는 살아 있는 것 같지가 않아요. 무슨 일로 오셨어요? 무엇 때문인가요?"

"이해해 주십시오, 안나, 이해해……."
하고 나직이 서둘러 말했다.

"제발 이해해 주십시오……."

그녀는 공포와 애원과 애정이 뒤섞인 눈으로 그를 쳐다보았다. 그의 모습을 될 수 있는 대로 확고하게 기억 속에 새겨 넣으려고 뚫어지게 바라보는 것이었다.

"저는 몹시 괴로워하고 있어요!"

하고 그녀는 상대의 말에는 귀를 기울이지 않고 말을 이었다.

"저는 늘 당신만을 생각하고 있었어요. 당신을 생각하는 것만으로 살아왔어요. 그리고 잊어버리자 하고 있었는데 당신은 왜 오셨어요?"

조금 높은 층계참에서 두 중학생이 담배를 뻐끔뻐끔 피우면서 내려다보고 있었다. 그러나 쿠로프에게는 그런 것은 아무래도 좋았다. 그는 안나 세르게브나를 자기 쪽으로 끌어당기자 그녀의 얼굴과 볼과 손에 키스를 하기 시작했다.

"왜 이러세요, 왜 이러시는 거죠?"

하고 그녀는 사나이를 떠밀면서 겁에 질려 말하는 것이었다.

"이러시면 두 사람 다 미치게 되는 거예요. 오늘이라도 이곳을 떠나 주세요……. 지금 곧 이 자리에서 떠나 주세요……. 제발 부탁이에요, 제발……. 아아, 누가 와요!"

계단 밑에서 누군가가 올라왔다.

"당신은 떠나셔야 해요……."

하고 안나 세르게브나는 나직이 말했다.

"아시겠죠. 드미트리 드미트리치. 제가 당신을 만나러 모스크바로 가겠어요. 저는 하루도 행복한 적이 없었고, 지금도 불행하며, 앞으로도 행복해질 수는 없어요. 절대로 없어요! 아시겠죠! 저에게 소중하고 소중한 당신, 지금은 헤어지기로 해요!"

그녀는 그의 손을 한 번 쥐고는, 그를 뒤돌아보면서 재빨리 계단을 내려갔다. 그녀의 눈을 쳐다보자 그녀가 실제로 행복하지 않다는 것을 알 수 있었다. 쿠로프는 잠시 그 자리에 서서 귀를 기울이고 있었으나, 이윽고 모든 것이 고요를 되찾자 자기의 외투를 찾아내어 극장에서 떠났다.

4

안나 세르게브나는 쿠로프를 만나려고 모스크바로 오게 되었다. 두 달이나 석 달에 한 번 그녀는 S시에서 나오곤 했는데, 남편에게는 산부인과 선생에게 진찰을 받으러 간다는 핑계를 댔다. 하기야 남편은 반신 반의의 표정이었다. 모스크바에 도착하면, 그녀는 슬라반스키 바자르(모스크바의 일류 호텔의 하나)에 방을 잡고 곧 쿠로프에게로 빨간 모자를 쓴 심부름꾼을 보냈다. 그래서 쿠로프가 그녀를 만나러 가게 되는데, 모스크바 시내에서 누구 한 사람 그런 일을 눈치챈 사람은 없었다.

어느 겨울 아침, 그는 또 그녀에게로 가고 있었다.(심부름꾼은 전날 밤에 왔으나 그는 집에 없었다.) 딸도 함께 있었는데 바로 도중에 있는 학교까지 배웅해 주기 위해서였다. 커다란 눈송이가 펑펑 쏟아지고 있었다.

"오늘 아침 기온이 3도인데도 눈이 내리는구나."
하고 쿠로프는 딸에게 말했다.

"하지만 이렇게 따뜻한 것은 땅의 표면뿐이고, 공기의 상층은 전혀 기온이 다르지."

"그럼 아빠, 왜 겨울에는 천둥이 치지 않을까요?"

쿠로프는 겨울에 천둥이 치지 않는 이유도 설명해 주었다. 그는 말하면서 이런 것을 생각하고 있었다. 지금 나는 밀회를 하려고 가는 참이지만, 누구 한 사람 그 사실을 아는 사람이 없고, 아마 언제까지나 알지 못할 것이다.

그에게는 생활이 두 가지 있었다. 하나는 적어도 그것을 보고 싶다거나 알고 싶어하는 사람에게 보여도 주고 알려 주기도 하는 공공연한 생활, 조건부의 진실과 조건부의 허위로 가득 찬, 다시 말해서 그의 친지나 친구의 생활과 비슷비슷한 것이고, 또 하나는 은밀히 영위되는 생활이었다. 그와 같이 일종의 야릇한 운명, 즉 우연한 운명에 의해 그에게는 소중하고도 흥미가 있으며 꼭 필요한 것, 말하자면 그의 생활의 핵심을 이루고 있는 것으로 모조리 남의 눈을 피하여 행해지는 한편, 그가 겉을 꾸미기 위한 방편과 진실을 숨기기 위해 쓰는 가면—— 이를테면 그의 은행 근무라든가 클럽에서의 논쟁이라든가 예의 저급한 인종이라는 경구라든가, 부인 동반의 파티 참석 같은 것은 모조리 공공연한 것이었다. 그래서 그는 자기 자신에 비추어 남을 재어 보고 눈에 띄는 것은 믿지 않으며, 사람들은 누구라도 마치 밤의 장막에 덮이는 것처럼 비밀의 장막에 덮여 그 사람에게 가장 흥미있고 진정한 생활을 영위하고 있는 것이라고 언제나 생각하고 있었다. 각자의 사사로운 생활이라는 것은 비밀 덕분에 보장되는 것이어서 교양인이 그렇게도 신경질적으로 개인의 비밀을 존중하라고 떠들어대는 것도 아마 그 까닭의 일부는 거기에 있는 듯했다.

딸을 학교까지 바래다 주자 쿠로프는 슬라반스키 바자르를 향해 갔다. 그는 아래층에서 외투를 벗어들고 이층으로 올라가 방문을 조용히 노크했다. 안나 세르게브나는 그가 좋아하는 회색 옷을 입고 긴 여행과 지루함에 지쳐 어젯밤부터 그를 기다리고 있었다. 그녀는 창백한 얼굴을 하고 그를 조용히 쳐다보며 웃지는 않았으나, 그가 문턱에 넘어서자마자 재빨리 그의 가슴에 바싹 달라붙었다. 마치 2년 가량 만나지 않았던 사람들처럼 그들의 키스는 오래오래 계속되었다.

"어떻소, 생활은?" 하고 그는 물었다.

"무슨 별다른 일이라도 있소?"

"잠깐 기다려 주세요. 지금 곧 말씀드릴 테니……. 안 돼요."

울고 있어 말을 할 수 없었던 것이다. 그녀는 그를 외면하고 손수건을 눈에 댔다.

'한동안 그렇게 우는 것도 좋지. 나는 그 사이에 잠시 앉아 있지.' 하고 그는 생각하고 안락의자에 앉았다.

이윽고 그는 벨을 눌러 차를 주문했다. 그가 차를 마시고 있는 동안, 그녀는 창문 쪽으로 얼굴을 돌린 채 서 있었다. 그녀가 운 건 흥분 때문이었다. 두 사람의 생활이 이다지도 슬픈 결과가 되어 버렸는가 하는 비참한 생각에서였다. 두 사람은 몰래가 아니면 만나지 못하고, 마치 도둑처럼 남의 눈을 피하고 있지 않은가? 이래도 두 사람의 생활이 파멸되어 있지 않다고 말할 수 있을 것인가?

"자, 그럼 그만해 둬요!" 하고 그는 말했다.

자기들의 사랑이 그렇게 빨리 끝날 수는 없다는 것을 그는 뚜렷이 알고 있었다. 안나 세르게브나는 점점 강하게 그와 결합되어 그를 진심으로 숭배하고 있었으므로 그녀에게 이 모든 것이 언젠가는 종말을 고하지 않으면 안 된다고는 도저히 말할 수 없었다. 우선 그녀는 그것을 진실로서 받아들이지 않을 것이다.

쿠로프는 그녀 곁으로 다가가서 그녀의 어깨 위에 손을 얹었다. 달래거나 장난을 쳐 보려고 생각했으나 그때 문득 그는 거울에 비친 자기 모습을 보았다. 그의 머리는 차차 희어져 가고 있었다. 그리고 자신으로서도 이상하리만큼 그는 최근 이삼 년 동안에 갑자기 늙고 풍채가 몹시 나빠져 있었다. 지금 그가 두 손을 얹고 있는 그녀의 따뜻한 어깨는 바들바들 떨고 있었다. 그는 이 생명에 대해 문득 동정을 느꼈다. 그녀는 아직도 이처럼 따뜻하고 아름답다. 그러나 마침내 그의 생명과 마찬가지로 퇴색하고 시들기 시작하는 것도 아마 그다지 멀지는 않을 것이다.

어디가 좋아서 그녀는 이처럼 그를 사랑하는 것일까? 그는 언제나 여인의 눈에 실제와는 다른 모습으로 비치고 있었다. 어떤 여인도 실제의 그를 사랑한 것이 아니라 자기들이 상상으로 만들어 낸 사나이, 각자가 생애를 통해 열렬히 바라고 있었던 뭔가 다른 사나이를 사랑하고 있었던 것이다. 그리고 마침내 자기가 잘못 생각한 것을 깨달은 뒤에도, 역시 전과 마찬가지로 그를 사랑해 주었다. 그리고 어떤 여인도, 그와 결합되어 행복했던 여인은 한 사람도 없었다. 시간의 흐름에 따라 그는 가까워지고 인연을 맺고 또한 헤어졌을 뿐이며, 사랑을 한 적은 단 한 번도 없었다. 그것은 다른 무엇이라고 할 수 있겠지만 결코 사랑은 아니었다.

그런데 겨우 지금에 와서, 머리가 희어지기 시작한 지금에 와서 그는 보람 있는 참다운 사랑을 한 것이다. 난생 처음의 사랑을.

안나 세르게브나와 그는 아주 가까운 사람처럼, 부부처럼, 정이 두터운 친구처럼 서로 마음을 다해 열렬히 사랑하고 있었다. 그들에게는 운명이 스스로 두 사람을 서로를 위해 예정하고 있었던 것처럼 생각되었다. 왜 그에게 정해진 아내가 있고 그녀에게 정해진 남편이 있는지조차 도무지 이해가 되지 않았다. 그것은 마치 한 쌍의 철새가 잡혀 각각 다른 새장에서 길러지고 있는 것과 같았다. 두 사람은 서로 과거의 부끄러운 일을 용서하고 현재의 일도 모두 용서하여 그들의 사랑이 그들을 모두 새로 태어나게 한 것처럼 느끼는 것이었다.

예전의 그는 우울할 때면 머리에 떠오르는 이성으로써 자신을 위로하고 있었지만, 지금의 그는 이성이 아니라 깊은 연민과 동정을 느끼고 있었고, 진실되고 다정해지기를 바랐다.

"오! 내 사랑, 이제 그만 그쳐요." 하고 그는 말했다.

"그만큼 울었으면 이제 충분해……. 우리 얘기하면서 무슨 좋은 수를 생각해 봅시다."

그뒤 두 사람은 오래도록 이야기했다. 어떻게 하면 남의 눈을 피하거나 남에게 거짓말을 하거나 따로따로 살거나, 오랫동안 만나지 않고 살지 않으면 안 되는 환경에서 빠져나갈 수 있을 것인가에 대해서, 어떻게 하면 이 속박에서 도피할 수 있을까 하고.

"어떡하면? 어떡하면?" 하고 그는 머리를 싸안고 묻는 것이었다.

"어떡하면?"

그러자, 조금만 더 참으면 해결책이 있을 것이다. 그리고 그때야말로 새롭고 멋진 생활이 시작된다고 느끼는 것이었다. 그리고 두 사람은 모두 여행의 종말까지는 아직도 매우 멀다는 것과 가장 복잡하고 곤란한 길이 이제 겨우 시작되었다는 것을 뚜렷이 느끼고 있었던 것이다. WORLD BEST

《개를 데리고 다니는 여인 *Dama s sobachkoy* 》 바로 읽기

비극적인 풍자의 리얼리스트

  19세기 말에 유럽에는 자연주의에 이어 인상주의가 전역을 통해 문학과 예술 전반에 걸쳐 주도적인 양식으로 자리잡게 되었다. 이 무렵부터 기분의 문학, 분위기적 인상의 문학, 흘러간 세월과 흘러가는 나날의 문학이 프랑스를 비롯한 유럽 도처에서 생겨났다. 사람들은 찰나적이고 거의 포착할 수 없는 느낌의 서정적인 문학, 불명확하고 정의할 수 없는 감각적 자극, 연한 색깔과 피로한 음성 등을 노래하는 서정시들을 선호했다. 애매하고 막연한 것, 우리의 감관으로 겨우 잡힐까 말까 하는 것들, 이런 것이 문학의 주요 모티프가 되었다. 이 시기에 문학인들의 관심사는 객관적 현실이 아니고 자신의 민감성이나 체험능력에 대한 작가의 감정적 반응이었다. 이러한 실체(實體) 없는 기분과 분위기의 예술이 문학의 모든 형식을 지배하였다. 모든 문학 형식이 서정 위주로 변했고 이미지와 음악, 톤과 뉘앙스로 변했다. 이 야기는 단순한 상황으로, 플롯은 서정적인 장면으로, 인물묘사는 심적 (心的) 소질 및 상태의 묘사로 환원되었다. 모든 것이 삽화가 되고 중심 없는 인간존재의 주변현상으로 화(化)했던 것이다.

이러한 문학·예술상의 종류는 러시아에도 흘러 들었고, '서정적 분위기'의 미학을 창출해 낸 단편작가요 극작가인 체호프(Anton Pavlovich Chekhov, 1860~1904)는 러시아에서 인상주의적 흐름의 가장 순수한 대표자라 할 수 있을 것이다. 푸슈킨에서 톨스토이에 이르기까지 계몽주의 시대적인 분위기 속에 살아 있었고 서구에서 인상주의의 대두를 수반한 유미주의라든가 데카당스(Décadence, 심미적 쾌락주의)와 전혀 인연이 없었던 러시아에서 체호프의 존재는 독보적이다. 그때까지 고차원적이고 형이상학적인 주제에 심취해 있던 러시아 문학계는 체호프의 일상적이고 유머스런 문학과 더불어 새로운 장을 열게 되었다. 19세기의 발달된 기술로 인해 사상의 전파가 급속히 진행되고, 서구의 산업화된 경제형태가 유입됨으로써 러시아에도 서구의 인텔리겐치아에 해당하는 사회층과 '권태(앙뉘이)' 비슷한 생활감정을 낳는 여건들이 조성되었다. 이에 따라 문학에도 새로운 관심과 사조(思潮)가 요청되었고, 체호프는 이러한 요구에 맞추어 한 시대를 마감하고 다음 시대를 예견하는 전환적인 작가로서 등장했던 것이다.

인생의 우수(憂愁)와 고독은 체호프의 작품 세계를 대표하는 감성적 주제들이다. 인생에 있어 무능과 실패의 변호자로서 체호프에 앞서 도스토예프스키(Dostoevsky, F. 1821~1881)나 투르게네프(Turgenev, I. 1818~1883) 같은 선구자들이 있었지만, 그들은 실패와 고독을 가장 훌륭한 인간들의 숙명이라고 생각지는 않았었다. 체호프의 세계관에 이르러 비로소 인상주의 특유의 체험, 즉 인간 상호간의 근본적 단절의 체험, 인간들을 갈라놓는 최종적 심연(深淵)을 메울 수 없다는 체험, 또는 어쩌다가 메우는 데 성공한다 하더라도 인간과 인간의 격의 없는 유대를 지속할 수 없다는 체험이 중심적 문제로 등장한 것이다.

체호프의 작중인물들은 한편으로는 절대적인 무력감·절망감 및 회복할 수 없이 의지력이 마비된 느낌으로, 다른 한편으로는 노력해 봤자 아무 소용이 없다는 느낌으로 가득 차 있다. 체호프는 자신의 작품에서 텅 빈 우주 속에 사는 인간이 인간들 사이에 살면서도 느끼게 되는 커다란 고독감을 표현하였다. 체호프가 가지고 있던 이러한 비관론은 비슷한 경향을 가진 다른 작가들이 보여 주는 것과는 다르다. 체호프는 그의 비관론 때문에 우주에 대해서 반항을 하거나 또는 경악하지 않았다. 그가 가지고 있는 비관론은 다만 슬프거나 애처로운 감정을 유발할 뿐이다.

이러한 수동성과 나태의 세계관, 인생에 목표라든가 종국에 도달하는 일은 하나도 없다는 느낌은 작품의 형식 면에도 상당한 영향을 미쳤다. 즉 그러한 비극적인 세계관은 모든 외면적 사건의 삽화적·비핵심적 성격을 강조하고 작품의 격식에 맞춘 구성이나 집중·통합을 포기하며 주어진 틀을 경시 내지 무시하는 중심이 없는 작품 형태를 창출해 내었다. 마치 인상파 화가들의 화법처럼, 체호프는 그의 소설과 희곡을 하나의 '발단'에서 끝맺음으로써 작품이 끝나지 않고 중단되었다는 인상, 우연히 아무렇게나 종말을 냈다는 인상을 준다. 또한 외부적 사건을 무의미하고 사소하며 단편적으로 처리하고자 했던 체호프는 희곡의 창작에 있어 플롯을 최소한으로 줄이고 '극적인 고비'라든가 돌발사건이나 긴장이 가장 미미한 역할을 하는 새로운 형식, 즉 시적(詩的)인 희곡을 창조해 내었다.

이처럼 체호프는 러시아 문학계에 새로운 획을 그었을 뿐 아니라 인생을 다루는 데 있어, 또 문학의 형식에 있어 큰 개혁을 가져온 위인이다. 그러나 그의 위대성은 새로운 세계관이나 형식의 발현에 있는 것이 아니라, 그것에서 기인하는 인간적인 감동 때문이다. 체호프의 작품은 그 비극적 세계관과 해학적인 내용에도 불구하고 인간성의 따뜻한 면을 나타내 주며, 설명되지 않는 삶의 신비감을 보여 준다. 그의 비극적인 유머에서 드러나는 삶의 진실된 모습은 우리에게 위안을 주고 또한 우리를 편안하게 해 준다.

체호프의 작품은 주로 풍자를 기조(基調)로 한 단편이며 우습고 유쾌한 것이 많으나 점차로 날카롭고 진지한 것이 되어 가서 그대로 웃어넘길 수 없는 것들이 많다. 약 1,000편의 소설과 11편의 희곡에서 체호프는 제정(帝政) 후기의 러시아를 보여 주고 있다. 체호프의 작품은 그 시대 러시아의 지식 계급의 절망적 본질의 해부이다. 그것은 무기력과 체념과 패배감에 젖어 멸망해 가는 지식 계급에 대한 회의적인 비판서이기도 하다. 그러나 체호프는 그것을 겉으로 끄집어 내어 지탄하거나 설교하지는 않는다. 다만 동정을 가지고 풍자를 할 뿐이다. 사상적·심리적 과도기를 체험한 소시민 지식 계급의 운명이, 방향감각을 잃고 자기 자만에 빠져 좌절해 가는 광경이 그 밑바닥에 애수(哀愁)를 띤 따뜻하고 보드라운 세련된 익살에 의하여 그려져 있는 것이다. 체호프는 아주 천진난만하게 재치 있는 솜씨로 그와 관련된 인생을 그가 본 대로 기쁨이 넘치는 환상적 유머로써 썼다. 그러면서도 그의 작품은 부드럽고도 슬픈 유머의 감정이 가슴 아픈 상황과 결합되어 이루어져 있다. '비극적인 유머' 이것이야말로 체호프 문학의 정수(精髓)인 것이다.

삶으로서의 문학

안톤 파블로비치 체호프는 흑해(黑海)에 면한 남러시아의 항구 도시 타간로그에서 1860년 1월 17일에 태어났다. 그 무렵은 크림 전쟁에 패한 러시아가 후진성을 재인식하고 알렉산드르 2세 밑에서 갖가지 국내 개혁을 단행하던 때였다. 러시아 전제정치의 기반이었던 농노제가 폐지된 것도 체호프가 태어난 이듬해의 일이었다.

체호프의 할아버지는 농노였으나 돈을 모아 스스로의 힘으로 1841년 자유의 몸이 되었고, 아버지 파벨은 식료품 가게를 경영하는 소상인이었다. 엄격하고 잔소리를 많이 하는 아버지는 나로드니키(급진 지식계급)의 전형과도 같은 사람으로 가정에 있어서는 철저히 전제적이었지만 매우 믿음이 깊고 교육에 대한 관심이 많아 어려운 가운데도 아이들을 가르치려고 애썼다. 또한 배우지 못한 장사꾼이었음에도 불구하고 바이올린을 켜기도 하고 성상화(聖像畵)를 그리기도 하는 등 재주가 있는 사람이었다. 일곱 남매 가운데(체호프는 셋째 아들이었다) 겨우 2살에 죽은 막내딸 에브게니아를 빼놓고, 맏아들 알렉산더와 다섯째아들 미하일이 작가가 되었고, 둘째 아들 니콜라이가 화가가 되었으며, 넷째 아들 이반과 여섯째 딸 마리아는 교사가 되어 저마다 지식인의 길을 걸었다는 사실은 아버지 파벨의 교육열과 영향이 어느 정도였는가를 알 수 있다.

아버지와는 대조적으로 어머니 에브게니아는 쉽게 감동하여 걸핏하면 눈물을 흘리는 다감한 여성이었다. 훗날 체호프는 '아버지로부터 재능을, 어머니로부터 마음을 이어받았다.'고 술회하고 있다. 체호프의 어린시절은 아버지의 가게를 돌보는 일과 아버지의 매질로 어두운 편이었다.

체호프는 7살에 그리스 인 초등학교에 들어갔는데, 1년 뒤엔 다시 타간로그 고전 중학교에 입학했다. 체호프는 8년제인 이 중학교를 10년 만에 졸업했다. 이 중학시절에 그의 집안이 파산하는 바람에 체호프만 타간로그에 남겨 둔 채 가족이 모스크바로 이주했다. 체호프는 이제는 남의 것이 되어 버린 타간로그의 집에 머물며 가정교사를 함으로써 가까스로 졸업 때까지 3년간을 지냈다. 당시 체호프의 나이는

16살이었다. 이 시절 체호프는 온갖 고생을 하며 독립심을 키웠다.

1870년대 후반은 브나로드 운동이 권력자들의 탄압과 인민의 불신으로 좌절되고 바쿠닌주의(무정부주의)가 점차로 청년들의 마음을 강하게 지배해 갔던 시대였고, 타간로그 중학교에서도 혁명사상에 관심을 가진 학생이 적지 않았지만 체호프는 그와 같은 움직임엔 아무런 관심도 없었다. 오직 살아가는 일만으로도 힘에 겨웠던 것이다.

1879년 중학교를 졸업하고 대학 입학 자격 시험에 합격한 체호프는 모스크바 대학 의학부를 선택하여 모스크바로 갔다. 체호프가 의학을 전공하게 된 동기는 어려운 살림으로 인한 안정된 수입이 목적이었으나, 후에 의학은 그의 문학 세계에도 큰 영향을 주었다. 그는 의학 및 일반적인 의미의 자연과학에 대하여 일생 동안 변함없는 애정과 관심을 품고 있었다. 그리고 의학 연구나 의사로서의 실무가 결코 그의 작품 활동에 방해가 되지 않았고, 오히려 커다란 도움이 되었다. 성숙기에 있어서의 그의 문체의 특징을 이루는 치밀한 정확성, 명쾌한 논리성, 일체의 환상을 거부하는 냉철한 리얼리즘 등은 의학과 자연과학에 힘입은 바 컸다. 그리고 그가 온갖 계층의 사람들의 적나라한 모습을 자기 눈으로 직접 관찰할 수 있었던 것도, 또 풍부한 작품의 소재를 얻을 수 있었던 것도 의사라는 직업의 덕택이었다.

체호프의 문학적 생애는 대학에 들어가서부터 시작되었다. 그러나 처음에는 예술로서의 문학이 아닌, 생활고를 해결하기 위한 방편으로서였다. 아버지의 수입으로는 많은 식구의 살림을 꾸려나갈 수 없었으므로 궁핍 속에 허덕이는 가계를 돕기 위해 체호프는 의학 공부를 하는 틈틈이 콩트며 유머소설을 닥치는 대로 써서 생활비를 벌어야 했다. 처음에는 1행에 5코페이카의 원고료였으므로 100행짜리를 한 편 쓴다 해도 겨우 5루블밖에 되지 않았다. 그러므로 생활비를 벌기 위해서는 글자 그대로 침식을 잊고 계속 써야만 했다.

체호프가 문학을 부업으로 삼고, 특유의 풍자적인 작품 세계로 작가로서의 기반을 굳힐 수 있었던 것은 당시 시대적·문학적 상황과도 관련이 있다. 체호프가 소설을 쓰기 시작한 1880년대는 러시아 역사상 흔히 '황혼 시대'라는 말로 표현된다. 1881년 3월, 전제정치의 상징인 황제 알렉산드르 2세가 폭탄으로 암살되자 탄압은 한층 더 철저해졌다. 검열제도는 강화되고, 조직된 혁명운동은커녕 어떠한 민주주의 운동도 생각할 수 없는 상태에 이르러 현실에 대한 절망과 무관심이 사회를 뒤덮어 버렸다. 한편 문학 세계에서도 1881년에 도스토예프스키가 세상을 떠났고, 1883년에는 투르게네프가 세상을 떠났으며, 톨스토이(Tolstoi, L. N. 1828~1910)는 1882년의 《참회》 이후 종교사상가로서의 길을 걷기 시작하고 있었다. 그 즈음 본격적인 작품 대신에 쉽게 읽을 수 있는 오락물이 환영받았다. 또한 웃음거리나 풍자물에 치우친 유머 잡지가 어마어마하게 쏟아져 나온 것은 이른바 '순문학'의 흐름이 일시적이나마 중단되었음을 말해 주는 것이다.

그런데 바로 그런 잡지들이 청년 체호프의 소설이나 콩트, 시평 등을 낳게 하는 무대가 되었다. 체호프는 그러한 잡지에 중학시절의 별명이었던 안토샤체혼테 외에 쓸개 없는 사나이, 환자 없는 의사, 성급한 사나이, 나의 형의 아우 등 실로 갖가지 필명으로 작품을 마구 써 냈다. 체호프가 〈이웃 학자에게 쓴 편지〉를 1880년 3월에 「잠자리」지에 최초로 싣고 유머 작가로 데뷔한 이래 문단에서 인정받게 될 때까지인 7년여 동안에 쓴 단편, 콩트는 300편이 넘는다. 체호프는 어려운 생활환경 속에서 본업인 의학 공부를 해나가는 한편 소설쓰기에 열중했는데, 이 시기의 과로와 영양부족은 심히 그의 건강을 헤쳐 결국 그의 죽음을 재촉하는 원인이 되었다.

1884년에 의과 대학을 졸업한 체호프는 사도와야 쿠도린스카야에 있는 자기집에서 '닥터 체호프'라는 병원을 개업했다. 그러나 경제적으로 편할 날이 없던 그는 여전히 집필에 가족의 생계를 맡겨야 했다. 이러한 무리가 화를 불러일으켜 1884년 말에 체호프는 첫 객혈을 하기에 이르렀다. 이 결핵은 이때 이후 체호프의 몸을 계속 좀먹어 마침내는 44살이라는 젊은 나이로 그는 생명을 잃고 만다.

풍자 속의 애수(哀愁)

체호프의 '체혼테'라는 필명은 1888년 1월에 발표한 단편 〈졸리다〉를 마지막으로 러시아의 신문 잡지계에서 사라지는데, 그때까지 씌어진 300편 이상의 작품은 20대 청년 작가의 인생관이 얼마나 깊고 다양했는지를 보여준다. 물론 그러한 것들 대부분은 오로지 돈을 목적으로 쓴 익살이나 가벼운 웃음거리에 지나지 않았지만, 훗날의 체호프의 문학 세계로 그대로 이어질 주옥 같은 단편도 적지 않았다.

체호프의 창작생활은 1888년에 발표한 〈광야〉를 경계로 전·후기로 구분되어진다. 전기는 풍자작가 '체혼테'의 시대로 유머러스한 풍자적인 작품이 주를 이루며, 후기는 본격적인 문학의 시대로 우울한 사회 병리를 파헤치는 비판적인 작품이 주류를 이룬다.

체호프의 초기 작품은 순수한 웃음만을 노린 경쾌한 소품(小品)과, 사회풍자적인 색이 짙은 우울한 작품으로 나눌 수 있다. 초기 작품의 대부분이 첫째 계열에 속하는 작품들이지만, 체호프는 당시의 유머 작품의 관습에 따라 하급관리, 상인, 소시민, 교사, 농부, 화가 등 도시의 소시민층에 속하는 인물들을 경쾌한 필치로 희화화(戲畵化)함으로써 그의 천재적인 재능을 유감없이 발휘했다. 《앨범》(1884), 《함정》(陷穽), 《사모님》(1886) 등은 이 계열에 속하는 작품들로써, 그의 천재적인 착상, 예민한 기지로 해서 독자들을 웃음의 바다 속으로 몰아넣는다.

이러한 풍자적인 작품과 동시에 체호프는 인생의 슬픔을 일련의 단편으로 묘사했는데, 독특한 유머에다 비극적인 요소가 가미된, 이른바 체호프의 '우수(憂愁)의 세계'를 보여 주는 작품들 《흥정》(1883), 《슬픔》(1885), 《아뉴타》, 《우수》, 《정조(貞操)》, 《약제사 부인》(모두 1886년작) 등이 그것이다. 울어야 할지 웃어야 할지, 독자들을 당황케 만드는 이러한 작품들은 주위에서 흔히 볼 수 있는 일상적인 사건들을 유머러스한 필치로 담담히 묘사한 불과 3,40장 정도의 소품에 지나지 않지만, 우리는 그 속에서 살아 있는 인생의 단면, 숙명적인 인생의 비극을 보고 감동하지 않을 수 없는 것이다.

이처럼 체호프의 초기 작품 세계가 풍자적인 데에는 소설쓰기가 생활수단으로 전락해 버린 데에서도 기인하지만, 당시 시대에 대한 반작용의 의미도 간과할 수 없다. 즉 사회·윤리·도덕 문제에 대한 냉담한 풍조가 일찍이 청년작가에게 감염되어 현실을 슬퍼하기보다는 오히려 비웃는 것이 앞서게 되고, 현실의 결함이 눈에 띄게 됨에 따라 그것을 유머의 형태로 표현하게 된 것이다.

그러나 체호프는 안일한 애수와 유머에만 머물러 있을 수는 없었다. 19세기 말엽 러시아의 인텔리겐치아들은 염세주의로 흐르고, 사회 전체가 태만과 암흑 속에 허덕이게 되자 그의 예민한 직관력도 사회의 온갖 부정, 허위, 부패 등을 등한시할 수는 없었다. 여기서 《6호실》(1892), 《골짜기》(1899), 《농부들》(1897) 같은 사회 고발적인 작품들이 나오게 되고, 체호프의 문학활동도 1880년대 말을 고비로 초기의 '체혼테'적인 경지로부터 벗어나게 되었다.

체호프가 본격 문학작품으로서 세상에 처음 내놓은 것은 「지방 통보」에 발표한 〈광야〉(1888)였다. 앞서 말한대로 〈광야〉는 체호프 문학의 전·후기의 경계를 이루는 중요한 작품으로, 이 작품에는 전기의 특징인 경쾌한 유머와 해학이 여러 군데 섞여 있고 동시에 후기의 지배적인 우울함과 애수의 분위기가 나타나 있다. 이 작품은 우크라이나의 대초원을 묘사한 기행문풍의 소설인데 그 속에는 대초원 특유의 자연과 생활이 에고르시카라는 9세 소년의 인상을 통해 생생하게 묘사되어 있다. 러시아의 광활한 자연의 아름다움을 유감없이 그려낸 이 장편은 당시의 러시아 비평가들로부터 많은 찬탄을 받았다. 그리고 본격 문학을 향한 그의 출발을 축복하듯이 이해에 그는 두 번째 단편집 《황혼》으로 원로 작가 그리고로비치의 격찬을 받으며, 학술원으로부터 푸슈킨 상을 받았다.

이때부터 체호프는 신인으로서 문단으로부터 인정을 받게 되었으며, 참신한 스타일, 예민한 심리 해부, 정확한 묘사 등은 그를 유망한 작가로 주위를 끌기에 충분했다. 그러나 작가로서의 지위가 확립됨에 따라 외부의 압력도 거세졌다. 일부 문인들과 비평가들로부터 작품에 주의나 주장이 없다는, 주제의식이 치열하지 못하다는 비판을 받았다. 또 즉각적인 가치와 경험을 넘어서 이상을 바라보며, 어떤 궁극적이고 운명적인 것과의 투쟁을 경험한 사람과 같은 상상력이 풍부한 천재로서의 체호프를 바란다는 것은 어려운 일이라는 평을 듣기도 했다. 사회악을 고발하고, 인생 문제에 대한 답변을 전통적 과제로 삼아왔던 러시아 문학에 있어 문제의 해결을 처음부터 내팽개치고 있는 체호프의 소설이 식자층(識者層), 특히 진보적인 지식인들의 눈에 어떻게 비쳤는지는 쉽게 상상할 수 있다.

사실 문학을 생활수단으로 여기고 자신의 재능에 의지해 닥치는 대로 글을 써 댔던 체호프가 정치나 철학 사상과는 인연이 멀었다고 해도 무리는 아니다. 체호프는 '예술가에게 필요한 것은 문제의 해결이 아니라 문제를 올바르게 제기하는 것 뿐이다.'라고 주장하곤 했다. 그러나 그 무렵 체호프 자신도 작가로서 자신의 문학 세계와 삶의 방식에 의문과 불만을 갖기 시작하고 있었다.

현실적 주제로의 접근

1890년 체호프가 결핵을 무릅쓰고 감행한 사할린 여행은 바로 새로운 경지를 개척하려는 의욕이 구체적으로 나타난 것이다. 시베리아 철도가 아직 완성되지 않은 그 무렵 사할린까지 여행한다는 것은 무모한 모험이었다. 사실 체호프는 이 여행에서 생명조차 위험한 사태를 여러 번 겪었다. 사할린 섬의 지리와 역사, 유형사(流形史) 등 모든 방면에 걸쳐 빈틈없는 준비를 갖춘 그는 3개월이나 걸려 사할린 섬에 도착했다. 체호프는 이곳 유형지를 상세하게 시찰한 다음 홍콩, 싱가포르, 세일론, 오데사를 거쳐 출발한 지 8개월 뒤인 12월, 모스크바로 돌아왔다.

이 여행은 《시베리아 여행》(1890), 방대한 조사보고서인 《사할린 섬》(1895)에 직접적인 성과를 가져왔을 뿐 아니라 《구세프》(1890), 《아내들》(1891), 《추방되어서》(1892), 《살인》, 《골짜기》(1899) 등의 작품을 낳은 모태가 되기도 했다. 또한 《사할린 섬》으로 대대적인 여론이 일어 사할린에 대한 기부며 도서관, 학교 등의 건설 운동이 퍼졌고, 나아가서는 당국에 의한 유형시설 개선 등의 결과를 가져오게 되었다. 그러나 이 여행의 가장 큰 성과는 작가 체호프의 세계를 바라보는 시각에 생긴 변화였다. 한때 톨스토이의 무저항주의에 깊은 관심을 갖고 있던 체호프는 사할린 유형지의 처참한 실정을 체험한 뒤에는 톨스토이 사상을 비현실적인 공론이라 여기고 멀리했다. 그와 동시에 사할린 섬의 현실조차 알지 못하고 탁상공론(卓上空論)에만 정신없이 열중하고 있는 많은 지식인에 대해서도 체호프는 강한 불신을 품었다. 그리고 데뷔할 무렵부터 작품에 일관되어 온 허위에 대한 그의 증오도 한층 더 강해졌다.

1892년 3월, 체호프는 모스크바에서 남으로 70여 킬로미터 떨어진 로파스냐 시(현재의 체호프 시) 근교 멜리호보에 영지를 샀다. 체호프는 이 곳 멜리호보에서 7년을 지내며, 《6호실》로 시작되는 완숙기의 걸작들을 완성했다.

멜리호보에서의 체호프는 사회적 문제를 적극적으로 다룬 작품을 계속 쓰는 한편 실생활에서도 사회운동에 참가하여 마을에 병원이나 초등학교를 짓기도 하고, 도서관에 방대한 분량의 책을 기증하기도 하고, 성실한 의사로서 농민들을 무료로 진찰해 주기도 했다. 1892년 대기근 때에는 이미 폐와 장의 결핵이 꽤 진행되어 있었음에도 난민을 구원하기 위해 정력적으로 활약하였고, 1893년에는 콜레라 방역을 위해 이웃 마을로 뛰어다녔다. 이리하여 민중생활에 깊이 들어가 그들의 실정을 알게 된 체호프는 불결하고 미개한 환경 속에서 비참하게 생활하고 있는 농민들의 절망적인 현실에 상심하기도 하고 때로는 분노와 경멸을 느끼는 일도 있었다. 그래도 그는 농민에게 사랑을 느꼈다. 그와 동시에 그는 입으로만 진보니 이상이니 개혁이니 떠들면서 실제로는 아무 일도 하지 않고 무기력하고 타성적인 생활에 물들어 있는 많은 지식인에게 불쾌감을 품었다. 이 시기에 쓴 《대학생》(1894), 《3년》, 《다락방이 있는 집》, 《나의 인생》(1896), 《농부들》(1897), 《상자 속의 사나이》, 《이보누이치》(1898) 등의 명작은 모두 체호프의 그러한 체험과 신념에서 태어난 작품이다.

《상자 속의 사나이》는 쓸데없이 근심 걱정에 사로잡혀서 스스로 자신의 삶을 제약하는 베리코프라는 인물을 통해 답답하고 우둔한 소시민계층의 우울한 운명을 묘사한 작품이다. 이러한 인물은 체호프가 누구보다도 싫어하는 유형이지만, 그는 베리코프라는 인간을 혐오하거나 비웃지 않는다. 베리코프 역시 시대의 희생자라는 것을 알고 따뜻한 동정의 눈길로 인간과 사회가 조금이라도 빨리 이러한 불합리한 생활에서 탈피하여 행복해지기를 원하는 것이다. 지식계급에 속하지 않은 소시민계급의 하층을 묘사할 경우, 특히 아이들을 이야기할 때 체호프는 박명(薄命)한 인간의 운명에 깊은 슬픔을 감추지 않는다. 또 소시민계급의 상층, 이를테면 교양 있는 지식계급의 운명을 대할 때 작가의 동정은 정말 감동에 가깝고 거기는 풍자의 요소가 적고 주로 애수가 깃든 서정적인 다감한 동정이 나타난다.

예술적 완성과《귀여운 여인》

1897년 체호프는 보수파의 대신문「신시대(新時代)」의 사장인 스보린과 식사를 하던 중 심한 객혈을 했다. 대학을 졸업한 해 첫 객혈을 한 뒤로 결핵이라는 것을 믿지 않으려 애써 왔던 체호프는 마침내 요양이 필요함을 느끼고, 1899년 여름 기후가 온화한 크림 반도의 얄타로 이사했다. 이곳에서 그는《귀여운 여인》(1899),《골짜기》,《개를 데리고 다니는 여인》(1899) 등 예술적 향기가 높은 만년의 걸작과 체호프의 세계를 집대성한 희곡《세 자매》(1900)와《벚꽃 동산》(1903)을 썼다.

《골짜기》에서 체호프는 인색한 상인과 비참한 농민들의 삶을 충격적으로 대비시켜 사회의 속악적인 현실에 문제를 제기했으며,《개를 데리고 다니는 여인》에서는 남녀의 비정상적인 사랑을 통해 거짓된 현실 생활에서의 탈출과 진정한 인생이란 무엇인가에 대하여 모색하고자 했다. 그러나 체호프의 만년의 사상을 예술적으로 잘 드러낸 작품은 《귀여운 여인》이다.

톨스토이가 여러 번 애독했던 《귀여운 여인》은 체호프의 향내가 물씬 풍기는 소설로 순진하고 상냥한 여자의 기질을 그린 진주 같은 작품이다. 이 작품엔 체호프 특유의 풍자적 요소보다는 애수어린 서정적인 온정이 나타나 있다. 아이들처럼 순진하고 동정심 깊은 주인공 올렌카는 애정에 전생명을 바쳐 열중하나, 불행한 운명으로 인해 여러 번 사랑의 대상을 잃어버리게 된다. 그럴 때마다 올렌카는 이성도 감정도 생활도 상실하고 한없는 인생의 공허와 고독에 빠져든다. 그러나 새로운 사랑의 대상을 찾게 되면 다시 활력을 되찾고, 이성도, 감정도, 생활도 모두가 일시에 소생하여 지금까지의 고독은 흔적도 없이 사라지고 기쁨에 젖어든다. 그것이 그녀에게 있어서는 지극히 자연스럽게 행해지기 때문에 아무도 나쁘게 생각할 수 없다. 그러나 무엇이든 의지하는 것이 없으면 살아갈 수 없는 올렌카와 같은 여성은 남자의 입장에서 보면 '귀여운 여인'일지라도 참다운 자기 인생을 살고 있다고는 볼 수 없는 것이다. 참다운 인생에 대한 보람은 보다 나은 생활에 대한 기대에서 비롯되는 것이기 때문이다. 《귀여운 여인》은 있는 그대로의 생활을 묘사한다는 초기의 태도와는 달리 삶의 배후에 존재하는 본질을 묘파함으로써 보다 나은 미래를 만들어야 한다는 체호프의 변화된 신념이 바탕이 된 데서 창조된 작품이다.

이러한 문학 태도는 체호프의 마지막 소설 《약혼녀》(1903)에서 완성된다. 미래에 대한 믿음이 짙게 깔려 있는 이 소설에서는 지금까지의 암담한 염세주의를 벗어나, 그 깊은 애수의 밑바닥에서 여러 가지 사회악을 제거하고, 광명을 찾으려는 경향을 보이고 있다. 이 작품은 만년의 이른바 4대 희곡에 일관되는 주제와도 겹쳐지는 것이다.

체호프는 얄타에서 젊은 고리키, 부닌, 쿠프린 같은 진보적인 작가들과 사귀게 되는데, 이들과의 만남은 그의 문학 세계를 더욱 공고히 해 주는 계기가 되었다. 새로운 세기에 들어서자 시대는 크게 바뀌려 하고 있었고, 이미 1880년대의 침체와 무기력 대신에 러시아 전역에서 혁명적 기운이 솟아오르고 있었다. 문학·예술 분야에서도 마찬가지였는데, 체호프는 새로운 사고를 주도하는 젊은 작가들과의 만남과 끊임없는 자기성찰을 통해 자신의 세계관의 폭을 넓히고, 문학 세계를 완성했던 것이다.

극작가로서의 체호프와 아쉬움의 생애

체호프는 1막짜리 단막극(보드빌)과 초기의 장편 희곡 《프라토노프》를 포함하여 모두 18편의 희곡을 썼다. 그 가운데에서 만년의 희곡 《갈매기》(1896), 《바냐 아저씨》(1897), 《세 자매》(1900), 《벚꽃 동산》(1903) 등 4편을 체호프의 4대 희곡이라 일컫는다. 세계의 희곡사상 불후의 명작으로 손꼽히는 이 희곡들은 근대 리얼리즘 연극의 걸작으로 평가받는다.

체호프의 희곡은 당시의 러시아 극단에 새로운 언어였다. 체호프의 극은 모두 지도적 이상을 상실한 인간의 압살된 의지를 표현한 비극이다. 그 속에는 명확하고 객관적인 판단을 내릴만한 주제의 발전이나 인물의 성격이 잘 드러나 있지 않고 내적 체험만 있을 뿐, 사건보다도 심리가 풍부하다. 그의 극에 보이는 서정적 특질은 거기서 연유한다. 따라서 그는 연극다운 요소를 배제하고 극을 일상생활의 자연스러움에 접근하고자 한다. 그 대신 섬세한 묘사와 매력 있는 대화, 서정적 분위기는 체호프의 극장이라 불리는 모스크바 예술극장의 관객을 정복하고 비상한 성공을 거두었다.

《갈매기》는 극작가로서의 체호프가 이른바 분위기극이라는 새로운 극형식을 처음으로 확립하고, 러시아 연극사상, 나아가서 세계의 근대극사상에 획기적인 신기원을 이룩한 뜻깊은 작품이다. 진부한 격식에 사로잡힌 기존 연극 풍조에 혐오를 느낀 체호프는 《갈매기》를 통해 지금까지의 극작상(劇作上)의 구속과 제약을 벗어나, 주로 일상적인 사건과 평범한 대화 속에 심리적인 갈등과 긴박감을 불러일으키면서, 무대에 새로운 극적 생명을 주입시키려는 야심적인 실험을 시도했다. 그러나 이 새로운 표현형식은 기존의 연극 스타일과 너무나 판이했기 때문에 그 가치를 대번에 인정받을 수는 없었다. 1896년 페테르부르크의 알렉산드린스키 극장에서의 《갈매기》 초연은 대실패로 끝났던 것이다. 이때의 실패는 체호프에게 매우 큰 충격을 주어서, 체호프가 '두 번 다시 희곡을 쓰지 않겠다'고 결심을 했을 정도였다. 그러나 이 작품은 2년 뒤 모스크바 예술극장에서 상연되어 대단한 호평을 받았으며, 이때부터 체호프는 극작가로서 확고부동한 위치를 차지하게 되었다.

《바냐 아저씨》는 《숲의 요정》(1889)을 개작한 희곡으로, 체호프의 예술적 경지를 완전히 이룬 수작으로 평가받고 있다.

1900년에 씌어져 1901년 모스크바 예술극장에 의해 초연된 《세 자매》에는 인생에 대한 체호프의 생각이 어둡게 채색되어져 있다. 아름다운 세 자매와 그들을 둘러싼 인물들의 꿈과 욕망이 절망적인 흐느낌으로, 그러면서도 미래에 대한 애타는 갈구(渴求)로 그려져 있다.

《벚꽃 동산》은 체호프의 최후의 희곡으로, 러시아의 과거와 현재의 충돌과 미래 탄생에 대한 그의 창작적 유언이라 할 수 있는 작품이다. 체호프는 1901년 5월에 모스크바 예술극장의 주연 배우인 올리가 크니펠과 결혼한 후, 그 이듬해부터 이 작품을 집필하기 시작했으나, 여러 번 개작을 거듭한 끝에 1903년 가을에야 완성했다. 이 희곡은 체호프의 다른 작품과는 달리 매우 희망적인 메시지를 품고 있다. 《벚꽃 동산》에는 멸망해 가는 과거에 대한 애정이 따스하고도 부드러운 애수로 전편에 넘쳐 흐르고 있는 동시에, 젊음에 넘친 밝은 신생활이 느껴지고, 출구가 없는 우수와 권태 대신 희망찬 미래와 기대가 솟구치고 있다.

《벚꽃 동산》이 처음 상연된 1904년 1월 17일은 체호프가 44살 되는 생일로 문필 생활 25년 기념식이 있는 날이기도 했다. 체호프는 여러 친구들로부터 축사를 받았다. 가난과 일로 청년시절부터 계속 혹사하여 완전히 망가져 버린 몸은 이미 다시는 회복되지 못할 만큼 상해 있었던 것이다. 그해 7월 2일, 체호프는 독일 요양지 바덴바이러에서 아내 올리가 크니펠이 지켜보는 가운데 태워야 할 문학적 열정을 마저 불사르지 못한 채 생애를 마감했다.

체호프 연보

1860년 러시아 력(曆) 1월 17일(일설에는 16일), 남러시아 아조프해 (海)의 항구 도시 타간로그에서 출생. 아버지 파벨 에고로비 치는 식료품 잡화상.

1867년(7세) 콘스탄티누스제(帝) 그리스 학교 교회 부설 예비학급에 들어감. 이해부터 1875년까지 아버지 파벨이 만든 성가대에 서 노래함.

1868년(8세) 8월 23일, 타간로그 중학 예비학급에 들어감.

1869년(9세) 가을, 타간로그 고전 중학교(8년제)에 입학.

1872년(12세) 수학과 지리 성적이 나빠 낙제.

1873년(13세) 가을, 처음으로 극장에 감(오펜바하의 오페레타 《아름다 운 엘렌느》). 이때 이후 이따금 극장에 다니며 《햄릿》, 《검찰 관》 등을 봄.

1875년(15세) 맏형 알렉산더와 둘째형 니콜라이가 진학하기 위해 모 스크바로 감. 맏형은 모스크바 대학 물리학과에, 둘째형은 미술 학교에 입학.

1876년(16세) 4월, 아버지 파벨이 파산하여 집안은 모스크바 빈민가로 이주(移住). 체호프만이 남에게 넘겨진 그의 집에 그대로 하숙생으로 머물며 중학을 졸업할 때까지 가정교사로 스스로 벌어 공부함.

1879년(19세) 6월, 중학을 졸업하고 대학 입학 자격을 얻음. 8월, 시 자치회의 장학금 100루블(4개월분)을 얻어 모스크바로 가서 9월, 모스크바 대학 의학부에 입학. 연말부터 유머 주간지에 기고하기 시작.

1880년(20세) 3월, 현존하는 최초의 유머 단편소설 〈이웃 학자에게 보내는 편지〉가 페테르부르크의 주간지 「잠자리」에 실림. 이해부터 그뒤 7년 동안에 안토샤 체혼테·안체발 다스토프·루벨 등의 필명으로 400편 이상의 단편과 스케치 소품, 만담, 법정 통신 등을 기고함. 연말에 「잠자리」 지상에서 편집자로부터 혹평을 받고 반 년 가량 집필을 중단함.

1881년(21세) 약 반 년 동안 중단했던 잡문을 6월부터 다시 투고하기 시작함.

1882년(22세) 페테르부르크의 유머 주간지 「오스콜키」의 발행인 레이킨을 알게 되고, 그 잡지에 기고하기 시작.

1883년(23세) 초여름을 가족들과 함께 모스크바 근교 보스크레센스크에서 지냄. 치키노 순회 병원에서 임상 실습을 함.

1884년(24세) 6월, 모스크바 대학 의학부를 졸업. 여름을 보스크레센스크에서 지내며 군립 병원을 도움. 가을부터 겨울에 걸쳐서 개업함. 12월, 레이코프 공판 보도 때문에 재판소에 다니다가 최초의 객혈을 함. 최초의 유머 단편집 《메리포네메 이야기》를 자비로 출판. 단편 〈앨범〉, 〈카멜레온〉, 〈감〉 그리고 장편 〈사냥터의 비극〉을 신문에 연재.

1885년(25세) 5월, 페테르부르크 신문에 기고하기 시작함. 여름을 가족들과 함께 보스크레센스크에서 가까운 키세료프네의 영지 바브키노에서 보냄. 화가 레비탄과 알게 됨. 12월, 처음으로 페테르부르크로 상경하여 문단(文壇)의 환영을 받음. 보수파의 대신문 「신시대」의 사장 스보린, 문단의 중진 그리고로비치와 알게 됨.

1886년(26세) 2월, 「신시대」 지에 〈추선공양(追善供養)〉을 본명으로 처음 집필함. 3월, 그리고로비치로부터 격려 편지를 받음. 4월, 두 번째 객혈. 여름을 가족들과 함께 바브키노에서 지냄. 단편집 《잡화집(雜話集)》을 출판.

1887년(27세) 4월, 남러시아의 광야를 여행. 단편집 《황혼(黃昏)》을 신시대에서 출판. 9월 말, 4막 희곡 《이바노프》를 집필하여 11월 콜슈 극장에서 공연. 10월 코로렌코와 알게 됨. 단편 〈적(敵)〉, 〈풀피리〉, 〈키스〉 등을 발표.

1888년(28세) 1월, 중편 〈광야〉를 집필. 처음으로 월간 잡지 「지방통보」에 기고. 또 중편 〈등불〉을 씀. 여름을 가족과 함께 남러시아 스뮈의 린트바료프네 별장에서 지냄. 10월, 단편집 《황혼》에 대해서 학사원(學士院)으로부터 푸슈킨 상을 받음. 12월, 페테르부르크에서 작곡가 차이코프스키를 만남. 단편 〈발작(發作)〉, 단막극 〈곰〉, 〈청혼〉 발표.

1889년(29세) 1월, 페테르부르크에서 유부녀인 여류 작가 리쟈 아비로바와 만남. 월말 개작 《이바노프》가 알렉산드린스키 극장에서 상연되어 호평을 받음. 러시아 문학 애호가 협회의 회원이 됨. 여름을 가족들과 함께 린트바료프네 별장에서 지냄. 6월, 이 별장에서 둘째형 니콜라이가 폐결핵으로 사망. 우울증이 한층 더 심해짐. 7, 8월, 얄타에 머무르며 중편 〈지루한 이야기〉를 거의 탈고함. 가을, 4막 희곡 《숲의 요정》(《바냐 아저씨》의 원제)을 완성하여 12월, 모스크바의 아브라모바 극장에서 상연, 혹평을 받음.

1890년(30세) 3월, 단편집 《우울한 사람들》을 출판. 4월, 혼자 마차로 시베리아를 횡단해서 사할린 섬으로의 긴 여행을 떠남. 7월, 사할린 섬에 도착, 3개월 가량 머무르면서 유형지의 실태를 면밀히 조사함. 10월, 사할린 섬을 떠나 바다로, 동지나해·인도양·수에즈·흑해를 거쳐 12월 초순 모스크바로 돌아옴. 인상기(印象記) 《시베리아 여행》 단편 《도둑놈들》, 《구세프》를 씀.

1891년(31세) 봄, 스보린과 함께 남유럽 여행을 떠나 빈·베네치아·피렌체·로마·나폴리·니이스·몬테카를로·파리 등을 차례로 여행. 5월 2일 모스크바로 돌아옴. 가을부터 대기근이 시작됨. 난민을 구제하기 위해 모금, 기타 여러 가지 활동을 함. 《사할린 섬》, 《결투》, 《아내들》에 착수.

1892년(32세) 1월, 페테르부르크에서 아비로바와 다시 만남. 1, 2월, 니지니노브고로드, 보로네지의 기근지를 시찰하고 굶주림 때문에 말을 내놓는 농민들을 위해서 말을 사들이는 기관을 만들려고 뛰어 다니는 한편 모금 운동에 힘을 다함. 3월, 모스크바 멜리호보에 13,000루블로 전답(田畓)을 사들이고 온 집안이 함께 이사함. 여름 콜레라가 유행. 방역을 위해 임시로 군의 의감(醫監)으로 임명되어 활약함. 11월, 《6호실》이 「러시아 사상(思想)」지에 실림.

1893년(33세) 여러 가지 공공사업으로 분주함. 이 무렵부터 병세가 악

화되는 징후가 보임. 《사할린 섬》이 잡지 「러시아 사상」 10
월호부터 다음 해 7월호까지 연재됨. 중편 《무명씨(無名氏)
의 이야기》 발표.

1894년(34세) 3월, 얄타에 체재(滯在). 8월, 우크라이나를 거쳐 두 번
째 남유럽 여행(빈·밀라노·제노아·니이스·파리). 10월
에 귀국. 11월, 타간로그 도서관에 도서를 기증. 단편 《흑의
승(黑衣僧)》, 《대학생》, 중편 《여인의 왕국》 등 발표.

1895년(35세) 2월, 페테르부르크에서 리쟈 아비로바와 만남. 8월, 야스
나야 폴랴나로 톨스토이를 찾아감. 《사할린 섬》이 잡지 「러
시아 사상」의 별책으로 간행됨. 11월, 《갈매기》의 초고 완성
됨.

1896년(36세) 멜리호보에서 가까운 타레시 마을에 초등학교를 세움(8
월 낙성). 8월, 카프카즈·크림으로 두 번째의 여행을 떠남.
이듬해에 걸쳐 국세 조사원이 되어 활약함. 10월 17일, 페테
르부르크의 알렉산드린스키 극장에서 《갈매기》 첫 공연됨.
대실패.

1897년(37세) 이웃 마을 노보셀키에 초등학교를 세움(7월 낙성). 3월
하순 모스크바에서 스보린과 회식하는 도중 심한 객혈을 하
여 병원으로 실려감. 본격적인 요양 생활로 들어감. 가을 니
이스로 피한(避寒)해서 해를 넘김. 《체호프 희곡집》 출판. 단
편 《농부들》, 《고향에서》, 《짐마차》 등을 발표.

1898년(38세) 1월, 니이스 및 파리에서 드레퓌스 사건의 재심에 비상
한 관심을 가지고 에밀 졸라의 활약에 감격함. 2월 「신시대」
지의 반(反)드레퓌스적인 입장에 분개, 스보린에게 긴 반박
의 편지를 씀. 예술극장의 여배우로 나중에 아내가 된 올리

가 크니펠과 알게 됨. 10월, 아버지 파벨 별세. 크림에 영주
할 결심을 하고, 얄타 근교 아우트카에 땅을 사서 건축을 하
기 시작함. 그 무렵 지방에서 《바냐 아저씨》의 상연이 성공
함. 10월 17일 모스크바 예술극장이 《갈매기》를 상연해서
대성공을 거둠. 막심 고리키와 교신(交信). 단편 《상자 속의
사나이》, 《사랑에 대하여》 등 발표.

1899년(39세) 1월, 희곡의 상영권을 제외하고 과거 및 앞으로의 작품
의 판권을 75,000루블로 페테르부르크의 출판인 마르크스에
게 매도함. 3월에서 4월 사이에 얄타에서 고리키와 만남. 5
월 1일, 모스크바 역에서 리쟈 아비로바와 헤어짐. 같은 날
모스크바 예술극장에서 체호프를 위하여 《갈매기》를 상연함.
8월 말, 얄타 근교 아우트카의 새 집으로 옮겨 어머니와 함
께 생활. 10월 26일, 모스크바 예술극장에서 《바냐 아저씨》
상연. 《골짜기》, 《개를 데리고 다니는 여인》 발표.

1900년(40세) 1월, 톨스토이 · 코를렌코 등과 함께 학사원의 명예 회원
에 선출됨. 건강 상태 더욱 악화됨. 여름에 여배우 크니펠과
친밀한 사이가 됨. 4막 희곡 《세 자매》를 쓰기 시작하여 10
월에 탈고. 12월, 추위를 피해 뉴욕으로 감.

1901년(41세) 1월 31일, 모스크바 예술극장에서 《세 자매》를 상연함.
5월 25일, 모스크바 예술극장의 여배우 올리가 크니펠과 결
혼하여 마유주(馬乳酒) 요법을 하기 위하여 우파 아크세노
보로 감. 질환과 아내의 일 때문에 결혼 후에도 얄타에서 별
거 생활로 보냄. 가을 톨스토이 · 쿠프린 · 부닌 · 고리키 등
크림에 모여서 지냄.

1902년(42세) 4월, 아내 올리가 앓아 누움. 병간호에 지쳐서 객혈함.

모스크바 근교 스타니슬라프스키의 별장 류비모프카에 머물면서 《벚꽃 동산》의 상(想)을 얻음. 8월, 당국의 압박에 의한 고리키의 학사원 명예회원 당선 취소에 대한 항의로써 코를렌코와 함께 명예 회원을 사퇴함. 가을부터 최후의 단편 《약혼녀》를 집필.

1903년(43세) 1월, 늑막염을 앓음. 마르크스사의 잡지 「니바」의 부록으로서 《자선(自選) 작품집》(16권) 나오기 시작함. 여름부터 《벚꽃 동산》을 집필, 11월에 탈고. 12월 초, 병든 몸을 이끌고 모스크바에 가서 《벚꽃 동산》의 연습을 보러 다님. 12월, 러시아 문학 애호가 협회의 임시 회장에 선출됨. 《약혼녀》 발표.

1904년(44세) 1월 17일, 모스크바 예술극장에서 《벚꽃 동산》을 상연함. 그 무대에서 집필 25주년의 축하를 받음. 기침과 설사로 고생. 6월 3일, 아내 올리가에게 이끌리어 남독일 시바르츠발트의 광천지(鑛泉地) 바덴바이러에 전지요양(轉地療養). 7월 2일 오전 3시, 호텔 존메르에서 장결핵으로 세상을 떠남. 9일, 유해가 모스크바에 도착. 노보제비치 수도원에 묻힘.

▲ 유학생 시절의 체호프

▲ 체호프의 애인 리쟈 아이로바

▲ 공연 전에 모스크바 예술단의 사람들과 《갈매기》의 대본을 읽고 있는 체호프

◀ 체호프
부부

◀ 노보제비치 수도원에
있는 체호프의 무덤

Hye Won World Best

Hye Won World Best

Hye Won World Best